高等职业教育专业教学资源库建设项目规划教材配套用书

企业财务会计实训

Qiye Caiwu Kuaiji Shixun

孔德兰　主编

高等教育出版社·北京
HIGHER EDUCATION PRESS　BEIJING

内容提要

　　高等职业教育专业教学资源库建设项目（项目编号：2010-08）是教育部、财政部为深化高职教育教学改革，加强专业与课程建设，推动优质教学资源共建共享，提高人才培养质量而启动的国家级高职教育建设项目。会计专业于 2010 年 6 月被教育部确定为高等职业教育专业教学资源库年度立项及建设专业。

　　本书是《企业财务会计》主教材的配套用书，根据主教材设计了 12 个学习情境，首先对各学习情境的知识点进行回顾，然后分别从职业判断能力、职业实践能力、职业拓展能力三个方面，对学生的知识、能力、素质进行测试与训练。同时，本书配备了课程考核方法、考核标准、考核成绩、考核评价等内容，突出了能力考核与过程考核相结合、教师考核与学生互评相结合的特点。

　　本书可作为高等职业院校、高等专科学校、成人高校、民办高校及本科院校举办的二级职业技术学院会计专业及相关专业的教材，也可供五年制高职、中职学生使用，并可作为社会从业人士的参考读物。

　　本书提供数字课程的学习，欢迎读者登录 http://www.cchve.com.cn 或 http://hve.hep.com.cn 获取相关教学资源，进行自主学习及交流活动，同时完成在线实训项目。具体登录使用方法见书后郑重声明。

图书在版编目（CIP）数据

企业财务会计实训 / 孔德兰主编. —北京：高等教育出版社，2011.7
ISBN 978 - 7 - 04 - 032857 - 8

Ⅰ.①企…　Ⅱ.①孔…　Ⅲ.①企业管理－财务会计
Ⅳ.①F275.2

中国版本图书馆 CIP 数据核字（2011）第 109045 号

策划编辑　张　睿　　责任编辑　张　睿　　封面设计　于　涛　　版式设计　王　莹
责任校对　刘春萍　　责任印制　韩　刚

出版发行	高等教育出版社	咨询电话	400 - 810 - 0598
社　　址	北京市西城区德外大街 4 号	网　　址	http://www.hep.edu.cn
邮政编码	100120		http://www.hep.com.cn
印　　刷	高等教育出版社印刷厂	网上订购	http://www.landraco.com
开　　本	787 × 1092　1/16		http://www.landraco.com.cn
印　　张	12.5	版　　次	2011 年 7 月第 1 版
字　　数	300 000	印　　次	2011 年 7 月第 1 次印刷
购书热线	010 - 58581118	定　　价	19.80 元

本书如有缺页、倒页、脱页等质量问题，请到所购图书销售部门联系调换
版权所有　侵权必究
物 料 号　32857 - 00

编写委员会

顾　问：刘玉廷

主　任：赵丽生　钱乃余

副主任（按姓氏笔画排序）：

马元兴　王生根　孔德兰　孙万军　张洪波　张流柱　胡中艾
高丽萍　高翠莲　曹　军　梁伟样　程淮中

委　员（按姓氏笔画排序）：

丁佟倩　于　强　于美玲　马　彬　马会起　王　荃　王庆国
王忠勇　王金申　王春如　王美玲　王海峰　方　敏　尹　东
叶慧丹　吕均刚　朱华建　朱庆仙　刘　波　刘成竹　刘宝艳
许　娟　孙作林　孙莲香　苏文清　李　飞　李华娟　李　志
李　妍　李　坤　李　英　李　俊　李　蕊　李　维　李　超
李　群　李玉俊　李代俊　杨　丹　杨　蕊　杨　毅　杨兰花
杨金莲　吴丛慧　吴晓莉　吴鑫奇　邱正山　何秀贤　何明友
何涛涛　沈艾林　沈清文　张　英　张　敏　张　琰　张卫平
张凤明　张远录　张莲苓　张桂春　陆小虎　陈　凤　陈　凌
陈　娟　陈　强　陈冬妮　陈红慧　陈素兰　林祖乐　季光伟
周　彦　周宇霞　周海彬　郑红梅　赵　燕　赵云芳　赵孝廉
胡玲敏　胡蔚玲　施金影　施海丽　姚军胜　顾爱春　徐耀庆
高慧芸　高瑾瑛　郭书维　郭素娟　唐淑文　涂　君　桑丽霞
黄　玑　黄　培　黄晓平　黄菊英　黄新荣　常　洁　崔玉娟
银样军　笪建军　康　山　章慧敏　梁毅炜　董京原　蒋　萍
蒋小芸　蒋丽华　蒋麟凤　韩延龄　焦　丽　童晓茜　曾海帆
路荣平　鲍建青　裴淑琴　管朝龙　廖艳琳　颜永廷　潘宏霞
薛春燕　戴桂荣

总　　序

高等职业教育专业教学资源库建设项目(项目编号:2010-08)是教育部、财政部为深化高职教育教学改革,加强专业与课程建设,推动优质教学资源共建共享,提高人才培养质量而启动的国家级高职教育建设项目。会计专业作为与国家经济发展联系紧密、布点量大的专业,于2010年6月被教育部确定为高等职业教育专业教学资源库年度立项及建设专业,由山西省财政税务专科学校、山东商业职业技术学院共同主持。

会计专业教学资源库建设工作开展于2008年。三年多来,按照教育部提出的"由国家示范高职建设院校牵头组建开发团队,吸引行业企业参与,整合社会资源,在集成全国相关专业优质课程建设成果的基础上,采用整体顶层设计、先进技术支撑、开放式管理、网络运行的方法进行建设"的建设方针,项目组聘请了时任财政部会计司司长的刘玉廷教授担任资源库建设总顾问,确定了山西省财政税务专科学校、山东商业职业技术学院、浙江金融职业学院、江苏财经职业技术学院、无锡商业职业技术学院、丽水职业技术学院、北京财贸职业技术学院、淄博职业学院、长沙民政职业技术学院、天津职业大学、江苏经贸职业技术学院等11所院校和用友软件、立信大华、山西焦煤、鲁商集团等20余家企业作为联合建设单位,同时以课程和项目为单位吸收全国40余所高职院校的180余名骨干教师共同承担了12门专业课程开发和6个子项目建设工作,形成了一支学校、企业、行业紧密结合的建设团队。三年多来,项目建设团队先后召开了多次全国性研讨会,以建设具有高等职业教育特色的标志性、共享型专业教学资源库为目标,紧跟我国职业教育改革的步伐,确定了"能力本位、工学结合、校企合作、持续发展"的高职教育理念,以会计职业岗位及岗位任务分析为逻辑起点开发了会计职业基础、出纳业务操作、企业财务会计、成本核算、税费计算与申报、企业财务管理、会计信息化、会计综合实训、审计实务、财务报表分析、行业会计比较、企业会计制度设计12门会计专业理实一体课程,以先进技术为支撑建设了各课程系列教学资源,开发了虚拟实训平台、能力测试与训练平台、在线课堂平台3个教学平台,构建了综合案例库、账证表库、政策法规库、行业特色资源库等4个子库,基本完成了项目建设任务,并在部分学校开始推广试用。

本套教材是"高等职业教育会计专业教学资源库"建设项目的重要成果之一,也是资源库课程开发成果和资源整合应用的实践和重要载体。三年多来,项目组多次召开教材编写会议,组织各课程负责人及参编人员认真学习高等职业教育与课程开发理论,深入进行会计职业岗位及岗位任务的调研与分析,以培养高素质的技能型会计人才为目标,打破会计专业传统教材框架束缚,根据高职会计教学的需求重新构架教材体系、设计教材体例,形成了以下几点鲜明特色。

第一,确定高职就业面向与就业岗位,构建基于会计职业岗位任务的课程体系与教材体系。项目组在对会计职业进行调研分析的基础上,将高职高专会计专业的就业岗位定位于中小企业、非营利组织及社会中介机构的出纳、会计核算、会计管理、财务管理和会计监督等岗位,并对这些岗位的典型工作任务进行归纳分析,开发了会计职业基础、出纳业务操作等12门基于职业岗位任务的理实一体专业课程。在此基础上,组织编写了与12门专业课程对应的12本主体教材及5本配套实训教材。教材内容按照专业顶层设计进行了明确划分,做到逻辑一致,内容相谐,既使各课程之间知识、技能按照会计工作总体过程关联化、顺序化,又避免了不同课程内容之间的重复,实现了顶层设计下会计职业能力培养的递进衔接。

第二,立足高职"教学做"一体化教学特色,设计三位一体的教材组成。按照高职教育"教学做"一体化的教学要求,从"教什么、怎么教"、"学什么,怎么学"、"做什么,怎么做"三个问题出发,每门课程均编写了"主体教材"、"教师手册"(放入资源平台)、"实训手册"。其中,主体教材以"学习者用书"为主要定位,立足"学什么、怎么学"进行编写,是课程教学内容的载体;教师手册以"教师用书"为主要定位,立足"教什么、怎么教"进行编写,既是教师进行教学组织实施的载体,也是学生参与课堂活动设计的载体;实训手册以"能力训练与测试"为主要定位,立足"做什么,怎么做",通过职业判断能力训练、职业实践能力训练、职业拓展能力训练三部分训练全面提高学生的职业能力。

第三,有效整合教材内容与教学资源,打造立体化、自主学习式的新型教材。按照资源库建设的顶层设计要求,在教材编写的同时,各门课程开发了涵盖课程标准、教材、教学实施方案、电子课件、岗位介绍、操作演示、虚拟互动、典型案例、习题试题、票证账表、图片素材、法规政策、教学视频等在内的丰富的教学资源。这些教学资源的建设与教材编写同步而行,相携而成,是本套教材最大的特色。同时,为了引导学习者充分使用配套资源,打造真正的"自主学习型"教材,本套教材增加了辅学资源标注(视频 、动画 、文本 、图表),即在教材中通过图标形象地告诉读者本处教学内容所配备的资源类型、内容和用途,从而将教材内容和教学资源有机整合起来,使之浑然一体。如果说资源库数以千计的教学资源是一颗颗散落的明珠,那么本套教材就是将它们有序串接的珠链。我们有理由相信,这套嵌合着数以千计优质资源的教材将会成为高职会计专业教学第一套真正意义的数字化、自主学习型创新教材。

第四,遵循工作过程系统化课程开发理论,采用学习情境式教学单元,体现高职教育职业化、实践化特色。作为资源库课程开发成果的载体,本套教材不再使用传统的章节式体例,而是采用职业含义更加丰富的"学习情境"搭建教学单元。与传统的章节式体例相比,学习情境式教学单元融合了岗位任务完成所需的"职业环境、岗位要求、典型任务、职业工具和职业资料",立体化地描述了完成一项典型工作任务的工作过程和工作情境,再现了大量真实的会计职业的账、证、表,满足了高职教育职业性、实践性要求。

第五,主体教材装帧精美,采用四色、双色印刷,突出重点概念与技能、仿真再现会计资料。本套教材采用四色或双色印刷,并以不同的色块,突出重点概念与技能,通过视觉搭建知识技能结构,给人耳目一新的感觉。同时,彩色印刷还原了会计凭证、账簿、报表的本来面目,增强了教材的真实感、职业感。

千锤百炼出真知。本套教材的编写伴随着资源库建设的历程,历时三年,几经修改,既具积累之深厚,又具改革之创新,是全国40余所院校180余名教师的心血与智慧的结晶,也是资源库三年建设成果的集中体现。我们衷心地希望它的出版能够为中国高职会计专业教学改革探索出一条特色之路,一条成功之路,一条未来之路!

高等职业教育会计专业教学资源库项目组

2011年4月

前　言

当前高等职业教育由规模迅速扩张阶段进入规模稳定、注重质量、发展内涵阶段；由探索教育模式阶段进入模式基本成熟阶段。各校重视优质教学资源和网络信息资源的利用，现代信息技术已作为提高教学质量的重要手段。

2010年6月山西省财政税务专科学校和山东商业职业技术学院联合全国11所高职院校和20余家深度合作的企业以及财政部门和行业协会，共同申报的高等职业教育会计专业教学资源库项目正式立项。院校与单位联合申报的高等职业教育会计专业教学资源库项目的批准设立，标志着全国会计专业教学资源库建设工作正式启动。

"企业财务会计"是教育部高等职业教育会计专业教学资源库的建设项目之一，本课程由浙江省教学名师、浙江金融职业学院孔德兰教授主持，联合全国14所高职院校和相关合作企业共同参与资源库项目的建设。

本书是"企业财务会计"项目的重要建设成果之一，主要包括考核方法与考核标准、考核内容、考核成绩、考核评价四个部分，突出了课程考核的过程化、评价体系的职业化、评价主体的多元化。其中，考核内容部分首先对各学习情境的知识点进行回顾，具体考核主要包括【职业判断能力训练】、【职业实践能力训练】、【职业拓展能力训练】项目，全面对接主教材12个学习情境的主要知识、能力与素质要求，注重对学生职业能力和素质的培养与训练，同时兼顾初级会计师职业资格考试的主要题型和基本考点。

本书参与院校和教师的具体分工如下：

序号	学习情境	负责院校	参与教师
1	货币资金业务核算	浙江金融职业学院	孔德兰、李　华
2	应收款项业务核算	浙江商业职业技术学院	陈　强、吴丛慧
3	存货业务核算	丽水职业技术学院	叶慧丹、顾爱春、蒋麟凤
4	在建工程及固定资产业务核算	浙江经济职业技术学院	胡玲敏、韩延龄
5	投资业务核算	昆明冶金高等专科学校	黄　培、李　维、童晓茜
		四川财经职业学院	刘　波、曾海帆、李　俊
6	无形资产及其他资产业务核算	宁夏财经职业技术学院	吴晓莉
7	流动负债业务核算	江苏财经职业技术学院	李　群、丁佟倩、李　坤
8	非流动负债业务核算	广州番禺职业技术学院	张莲苓、林祖乐、黄　玑
9	所有者权益业务核算	衡阳财经工业职业技术学院	周宇霞、涂　君、蒋丽华
10	收入和费用业务核算	浙江金融职业学院	孔德兰、姚军胜
		宁波职业技术学院	马　彬、何明友
11	利润业务核算	浙江经贸职业技术学院	张　英

续表

序号	学习情境	负责院校	参与教师
12	财务会计报告编制	山西省财政税务专科学校	郑红梅、常　洁
		黄河水利职业技术学院	陈素兰

　　本书各章节内容均几易其稿，反复斟酌与校对，最后由孔德兰教授统稿与审定。

　　由于时间仓促以及编者水平有限，书中难免出现错误，欢迎各位同仁提出宝贵意见。

孔德兰

2011 年 4 月

目　　录

考核方法与考核标准

　　"企业财务会计"课程从职业活动和岗位需求分析入手,围绕课程整合后形成的不同学习情境,制订相应的考核内容、考核办法和评价标准,形成以职业能力为导向的新型考核体系。本课程采取能力考核与过程考核相结合、教师考核与学生互评相结合的考核方法。能力考核内容为实训手册的相关内容,主要包括三部分:职业判断能力训练、职业实践能力训练、职业拓展能力训练,以教师手册中"能力训练手册答案及难题解析"部分提供的答案为依据,由教师进行考核评分。过程考核主要考核学生在能力训练过程中的工作计划、过程实施、职业态度、合作交流、资源利用、组织纪律等过程表现,由教师和相关学生共同评分,按照一定比例综合计算得分。对每一学习情境,将能力考核结果与过程考核得分按照一定的分值比例综合计算,得到每一学习情境考核分,期末综合所有学习情境考核得分计算课程总分。通过这种考核方法把评价学生的学习过程和能力培养结合起来,评价知识的掌握和实际运用结合起来。考核表如下表所示:

学习情境序号	能力考核(70%)					过程考核(30%)									总分
	考核主体	职业判断能力训练(40%)	职业实践能力训练(40%)	职业拓展能力训练(20%)	合计	考核主体	工作计划	过程实施	职业态度	合作交流	资源利用	组织纪律	小计	折合分值	
学习情境1	教师					教师(60%)									
						小组(40%)									
学习情境2	教师					教师(60%)									
						小组(40%)									
……						……									
						……									
学习情境12	教师					教师(60%)									
						小组(40%)									

各个模块的考核标准如下表所示：

1. 职业判断能力训练考核标准

职业判断能力训练项目	考核标准	每题分值	项目实际得分	总分	折合百分制总分
单项选择题	答案与教师手册上标准答案一致	1			
多项选择题	答案与教师手册上标准答案一致,多选、少选、错选均不得分	2			
判断题	答案与教师手册上标准答案一致,判断错误不得分也不扣分	1			

2. 职业实践能力训练考核标准

职业实践能力训练项目	考核标准	每题分值	项目实际得分	总分	折合百分制总分
计算分析题	答案与教师手册上标准答案一致,答案不完整酌情扣分	2			
实务操作题	答案与教师手册上标准答案一致,答案不完整酌情扣分	4			

3. 拓展能力训练考核标准

职业拓展能力训练项目	考核标准	每题分值	项目实际得分	总分	折合百分制总分
拓展训练一 拓展训练二 ……	答案与教师手册上标准答案一致。重在学生能力的考核,注意过程标准与结果标准二者兼顾。过程正确而结果错误的,只扣结果分,利用之前错误结果导致之后步骤答案错误的,要适当给予过程分	20			

4. 过程考核标准

过程考核项目	考核标准	项目标准分值	项目实际得分	总分
工作计划	有完整的工作计划,计划合理,可执行性强	15		
过程实施	按计划完成,过程正确	20		
职业态度	具备会计工作要求的职业态度和职业素养	20		
合作交流	具有团队精神,能与其他成员良好合作交流	15		
资源利用	能灵活使用多种手段,充分利用各种资源	15		
组织纪律	组织纪律性强	15		

第二部分

考 核 内 容

✦ 学习情境 1 货币资金业务核算 ✦

知识点回顾：

1. 库存现金业务核算

业务内容	会计处理
收到零星产品销售收入	借：库存现金 　　贷：主营业务收入 　　　　应交税费——应交增值税（销项税额）
从银行提取现金	借：库存现金［按支票存根记载的金额］ 　　贷：银行存款

2. 银行存款业务核算

业务内容	会计处理
将现金存入银行	借：银行存款 　　贷：库存现金
收回应收款项	借：银行存款 　　贷：应收账款／应收票据／其他应收款

3. 其他货币资金核算

业务内容		会计处理
银行本票	企业申请银行本票	借：其他货币资金——银行本票 　　贷：银行存款
	持银行本票进行业务结算	借：原材料／库存商品等 　　应交税费——应交增值税（进项税额） 　　银行存款［多余款项退回］ 　　贷：其他货币资金——银行本票 　　　　银行存款［补付不足款项］

续表

业务内容		会计处理
银行汇票	企业申请银行汇票	借:其他货币资金——银行汇票 　　贷:银行存款
	持银行汇票进行业务结算	借:原材料/库存商品等 　　应交税费——应交增值税(进项税额) 　　银行存款[多余款项退回] 　　贷:其他货币资金——银行汇票 　　　　银行存款[补付不足款项]
信用卡	企业申请信用卡	借:其他货币资金——信用卡 　　贷:银行存款
	企业持信用卡购物或支付有关费用	借:管理费用等 　　贷:其他货币资金——信用卡
	企业注销信用卡	借:银行存款 　　贷:其他货币资金——信用卡
信用证保证金	企业申请信用证	借:其他货币资金——信用证保证金 　　贷:银行存款
	持信用卡办理业务	借:原材料/库存商品等 　　应交税费——应交增值税(进项税额) 　　贷:其他货币资金——信用证保证金
	收到信用证余款	借:银行存款 　　贷:其他货币资金——信用证保证金
外埠存款	企业申请异地采购专户	借:其他货币资金——外埠存款 　　贷:银行存款
	异地采购办理结算	借:原材料/库存商品等 　　应交税费——应交增值税(进项税额) 　　银行存款[多余款项退回] 　　贷:其他货币资金——外埠存款 　　　　银行存款[补付不足款项]

职业判断能力训练

一、单项选择题

1. 某企业以开会名义提取现金 50 000 元,用于发放一次性奖金,根据《现金管理暂行条例》的规定,该行为属于(　　)。

A. 套取现金　　　　B. 白条抵库　　　　C. 私设小金库　　　　D. 出借账户

2. 远离银行或交通不便的开户单位,银行最多可以根据企业(　　)的正常开支量来核定库存现金的限额。

A. 3~5 天　　　　B. 1 周　　　　C. 15 天　　　　D. 2 周

3. 企业从开户银行提取现金,应当写明用途,由( )签章,经开户银行审核后,予以支付现金。

A. 本单位负责人   B. 本单位财会部门负责人

C. 本单位的上级负责人   D. 本单位预算负责人

4. 职工出差前用现金预支差旅费应贷记的账户是( )。

A. 其他应收款   B. 管理费用   C. 库存现金   D. 预付款项

5. 以现金发放职工工资,应借记( )。

A. 库存现金   B. 应付职工薪酬   C. 银行存款   D. A 和 C 均可

6. 对于现金溢余,属于应支付给有关人员或单位的应计入( )。

A. 其他应收款   B. 其他应付款   C. 营业外收入   D. 其他业务收入

7. 下列各项经济业务中,不能用现金进行结算的有( )。

A. 职工差旅费   B. 个人劳务报酬   C. 购买固定资产   D. 困难补助金

8. 无论是单位还是个人,都可凭借已承兑的商业汇票、债券、存单等付款人的债务证明向银行办理收取款项的结算方式是( )。

A. 委托收款   B. 汇兑   C. 托收承付   D. 银行汇票

9. 办理托收承付结算的款项,必须是( )。

A. 商品交易的款项   B. 代销商品的款项

C. 寄销商品的款项   D. 赊销商品的款项

10. 下列各项,不通过"其他货币资金"账户核算的是( )。

A. 信用证保证金存款   B. 备用金   C. 存出投资款   D. 银行本票存款

二、多项选择题

1. 清查库存现金时不应包括( )。

A. 没有记账的收款凭证   B. 没有记账的付款凭证   C. 白条抵库

D. 未经批准的借据   E. 账外公款

2. 以下关于现金的限额叙述正确的是( )。

A. 现金的限额是指为了保证企业日常零星开支的需要,允许单位留存现金的最低数额

B. 现金的限额是指为了保证企业日常零星开支的需要,允许单位留存现金的最高数额

C. 现金限额由开户银行根据单位的实际需要核定,一般按照单位 3~5 天日常零星开支的需要确定

D. 边远地区和交通不便地区开户单位的库存现金限额,可按多于 5 天但不超过 10 天的日常零星开支的需要确定

3. 出纳人员不能兼任的工作有( )。

A. 稽核   B. 会计档案保管   C. 收入账目的工作

D. 债权账目的登记工作   E. 企业内部生产成本核算

4. 以下关于现金核算叙述正确的是( )。

A. 企业应当设置"库存现金"总账和"现金日记账",分别进行企业库存现金的总分类核算和明细分类核算

B. 借方登记现金的增加,贷方登记现金的减少

C. 期末余额在借方,反映企业实际持有的库存现金的金额

D. 现金日记账由出纳人员根据收付款凭证,按照业务发生顺序逐笔登记

5. 以下关于现金清查叙述正确的是（　　　　　）。

A. 企业应当按规定进行现金的清查,一般采用实地盘点法

B. 对于清查的结果应当编制现金盘点报告单

C. 经检查仍无法查明原因的现金溢余冲减管理费用

D. 经检查仍无法查明原因的现金短缺,经批准后应计入管理费用

6. 编制银行存款余额调节表时,下列未达账项中,会导致企业银行存款日记账的账面余额小于银行对账单余额的有（　　　　　）。

A. 企业开出支票,银行尚未支付

B. 企业送存支票,银行尚未入账

C. 银行代收款项,企业尚未接到收款通知

D. 银行代付款项,企业尚未接到付款通知

7. 以下关于银行存款核算正确的是（　　　　　）。

A. 企业应当设置银行存款总账和银行存款日记账,分别进行银行存款的总分类核算和明细分类核算

B. 企业可按开户银行和其他金融机构、存款种类等设置"银行存款日记账"

C. 出纳根据收付款凭证,按照业务的发生顺序逐笔登记。每日终了,应结出余额

D. "银行存款日记账"应定期与"银行对账单"核对,至少每月核对一次

8. 下列结算方式中,可以用于同城结算的有（　　　　　）。

A. 支票　　　B. 银行汇票　　　C. 银行本票　　　D. 商业汇票　　　E. 汇兑

9. 办理异地托收承付的款项应该是（　　　　　）。

A. 商品交易的款项　　　　　　　　B. 代销、寄销的款项

C. 债权债务款项　　　　　　　　　D. 因商品交易而产生的劳务供应款项

10. 商业承兑汇票是由（　　　　　）的票据。

A. 收款人签发并承兑　　　　　　　B. 付款人签发并承兑

C. 收款人签发,付款人承兑　　　　　D. 付款人签发,收款人承兑

三、判断题

1. 企业应根据实际需要向开户银行提出申请,由开户银行核定库存现金的限额。（　　）

2. 货币资金核算主要包括库存现金、银行存款和应收账款等内容。（　　）

3. 通常情况下,企业支付现金要从本单位库存现金中支付或从开户银行提取,不得"坐支"库存现金。（　　）

4. 根据需要,企业可以从本单位库存现金中"坐支"以简化核算和操作流程。（　　）

5. 因特殊情况需要,企业可以将单位收入的现金以个人名义存入储蓄,存入限额由开户银行根据单位的实际需要核定。（　　）

6. 企业有内部周转使用备用金的,可以单独设置"备用金"账户。（　　）

7. 银行本票是银行签发的,承诺自己在见票时无条件支付确定的金额给收款人或持票人的票据。适用于在同一票据交换区域需要支付各种款项的单位和个人。（　　）

8. 银行本票按照其金额是否固定可分为不定额和定额两种。(   )

9. 商业汇票是指出票人签发的,委托付款人在指定日期无条件支付确定的金额给收款人或者持票人的票据。(   )

10. 支票付款期限由交易双方商定,但最长不超过 12 个月。(   )

职业实践能力训练

一、计算分析题

杭州新天地有限责任公司 2010 年发生下列经济业务,请逐笔编制相关会计分录。

1. 6 月 8 日,收到职工张利民还回的借款 4 500 元。

2. 6 月 15 日,开出现金支票,从银行提取现金 25 600 元准备发放工资。

3. 6 月 30 日,职工李大强出差回来报销差旅费 900 元,交回多余款项 100 元(出差前预借 1 000 元)。

4. 6 月 30 日,现金购买办公用品 400 元。

5. 6 月 30 日,现金送存银行 1 200 元。

6. 6 月 30 日,发放职工工资 25 600 元。

7. 6 月 30 日,在对现金进行清查时,发现短缺 80 元。

8. 8 月 5 日,公司向开户银行申请办理银行本票,并将款项 9 500 元交存银行取得银行本票。

9. 8 月 15 日,公司用银行本票办理采购货款的结算,其中货款 8 000 元,增值税 1 360 元,材料已验收入库。

10. 8 月 30 日,公司银行本票(6 月 5 日取得,金额为 19 500 元)因超出付款期限未使用,向开户银行申请并退回款项。

二、实务操作题

实训项目	货币资金业务核算
实训目的	熟悉出纳岗位的基本职责、业务流程;熟悉并能填制各类原始凭证;学会审核凭证并能办理款项结算业务;学会登记现金日记账、银行存款日记账;掌握货币资金业务的账务处理;学会编制银行存款余额调节表
实训资料	1. 实训企业概况 　企业名称:华新化工科技有限公司 　地址:杭州市科技产业园 27 号 　法人代表:孙丰 　注册资金:500 万元 　企业类型:有限责任公司(增值税一般纳税人) 　经营范围:化工产品 　开户银行:工行天安支行 　基本账户账号:14253911 2. 期初有关账户余额: 　"库存现金":3 000 元 　"银行存款":168 900 元 3. 2010 年 12 月有关业务附后 4. 所需凭证账页:记账凭证(通用或专用凭证)、三栏式日记账或明细账页

续表

实训项目	货币资金业务核算
实训任务	1. 填制各种原始单据，并据以编制记账凭证 2. 登记"现金日记账"、"银行存款日记账" 3. 登记其他货币资金明细账

2010 年 12 月，华新化工科技有限公司发生如下业务：

业务 1：1 日，向信达广告公司支付广告费 5 万元。相关凭证如下。

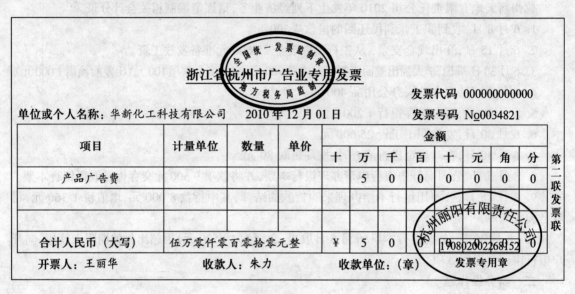

浙江省杭州市广告业专用发票

全国统一发票监制章　地方税务局监制

发票代码 000000000000

单位或个人名称：华新化工科技有限公司　　2010 年 12 月 01 日　　发票号码 No0034821

项目	计量单位	数量	单价	金额								
				十	万	千	百	十	元	角	分
产品广告费					5	0	0	0	0	0	0
合计人民币（大写）	伍万零仟零百零拾零元整			￥	5	0					0

开票人：王丽华　　　收款人：朱力　　　收款单位：（章）　　发票专用章

第二联 发票联

中国工商银行　（浙）
转账支票存根

$\dfrac{B}{0}\ \dfrac{G}{2}$ XI48634

附加信息

_____

_____

出票日期　2010 年 12 月 01 日

收款人：信达广告公司
金　额：￥50 000.00
用　途：产品广告费

单位主管：李强　会计：刘晓红

业务 2:27 日,购入生产流水线交给第一安装公司安装。相关凭证如下。

建筑安装行业统一发票

发票代码 000000000000

2010 年 12 月 27 日　　发票号码 NO822612

机 打 代 码		税 控 码			
机 打 号 码					
机 器 编 号					
付款方名称	华新化工科技有限公司	身份证号/组织机构代码/纳税人识别号		是否为总包人	
收款方名称	第一安装公司	身份证号/组织机构代码/纳税人识别号		是否为分包人	
工程项目名称	工程项目编号	结算项目	金额（元）	完税凭证号码（代扣代缴税款）	
流水线安装			¥20 000.00		
人民币合计（大写）贰万元整				¥20 000.00	
备注:建造合同号码　YZ09				转账收讫	

收款单位（盖章）　财务专用章　　会计:　　复核:于纳　　制单:张静

第二联 发票联

中国工商银行
转账支票存根

支票号码:17557046

科　　目＿＿＿＿＿＿

对方科目＿＿＿＿＿＿

出票日期　2010 年 12 月 27 日

收款人:第一安装公司
金　额:¥20 000.00
用　途:流水线安装费

单位主管　　会计 刘晓红

业务3：5日，收到开户银行发来的特种转账借方传票。传票如下所示。

中国工商特种转账借方传票

2010 年 12 月 05 日

付款单位	全 称	华新化工科技有限公司	收款单位	全 称	光大公司
	账 号	14253911		账 号	48723367
	开户银行	工行天安支行		开户银行	中行朝阳支行

金额	人民币（大写）	捌万元整	千	百	十	万	千	百	十	元	角	分
					¥	8	0	0	0	0	0	0

原凭证金额	¥80 000.00	赔偿金		科 目（借）_____
原凭证名称	商业承兑汇票	号码	00082	对方科目（贷）_____

转账原因	根据 00082 号汇票划转票款	会计××
		复核×× 记账×× 制票××

中国工商银行
天安支行
2010.12.05
银行盖章
转讫

业务4：7日，李卫预借差旅费 1 500 元。借款单如下所示。

借 款 单

2010 年 12 月 07 日

借款部门：销售部门	借款人：李卫
借款理由：参加广交会	
借款数额：人民币（大写）壹仟伍佰元整　　¥1 500.00	

单位负责人核批：	会计主管人员核批：	付款记录：
同意	同意	现金付讫
×××	×××	

业务 5：7 日,华新化工科技有限公司收到前欠应收账款。进账单如下所示。

中国工商银行进账单(回单或收账通知)

2010 年 12 月 07 日　　　　　　　　　　第 20 号

收款单位	全　称	华新化工科技有限公司	付款单位	全　称	杭州伟兴有限公司
	账　号	14253911		账号或地址	43810548
	开户银行	工行天安支行		开户银行	建行玄武支行

人民币(大写)　壹拾伍万元整		百	十	万	千	百	十	元	角	分
	¥	1	5	0	0	0	0	0	0

票据种类	转账支票 XI23168	

收款人开户行盖章(略)

职业拓展能力训练

拓展训练一

甲公司 2010 年 12 月份发生与银行存款有关的业务如下:

1. (1) 12 月 28 日,甲公司收到 A 公司开出的 480 万元转账支票,交存银行。该笔款项系 A 公司违约支付的赔款,甲公司将其计入当期损益。

(2) 12 月 29 日,甲公司开出转账支票支付 B 公司咨询费 360 万元,并于当日交给 B 公司。

2. 12 月 31 日,甲公司银行存款日记账余额为 432 万元,银行转来对账单余额为 664 万元。经逐笔核对,发现以下未达账项:

(1) 甲公司已将 12 月 28 日收到的 A 公司赔款登记入账,但银行尚未记账。

(2) B 公司尚未将 12 月 29 日收到的支票送存银行。

(3) 甲公司委托银行代收 C 公司购货款 384 万元,银行已于 12 月 30 日收妥并登记入账,但甲公司尚未收到收款通知。

(4) 12 月份甲公司发生借款利息 32 万元,银行已减少其存款,但甲公司尚未收到银行的付款通知。

要求:

(1) 编制甲公司上述业务 1 的会计分录。

(2) 根据上述资料编制甲公司银行存款余额调节表。(答案中的金额单位用万元表示)

甲公司银行存款余额调节表

2010 年 12 月 31 日　　　　　　　　　　单位:万元

项目	金额	项目	金额
银行存款日记账余额		银行对账单余额	
加:银行已收、公司未收款		加:公司已收、银行未收款	
减:银行已付、公司未付款		减:公司已付、银行未付款	
调节后的存款余额		调节后的存款余额	

拓展训练二

黄河工厂 6 月 28 日至 30 日银行存款日记账及银行对账单如下表所示。

银行存款日记账

开户行名称：工行天安支行　　　　　　　　　　　　　　　　　　　　银行账号：14253911

2010年 月	日	凭证编号 类	号	摘要	结算凭证 类	号	借方	✓	贷方	✓	余额
6	28			承上页							98750 00
	28			支付设备款（转支#54325）					23420 00		75330 00
	28			汇出邮购款（电汇）					25200 00		50130 00
	29			收到货款（托收承付）			47810 00				97940 00
	29			支付材料款（转支#543326）					30500 00		67440 00
	29			销货款（转支#33738）			31680 00				99120 00
	30			提现（现支#22125）					1060 00		98060 00
	30			房租（特约委托收款）					4570 00		93490 00
	30			销货款（转支#81972）			28990 00				122480 00

银行对账单　　　　　　　　　　　　　　　　　　　　　单位：元

2010年 月	日	凭证号数	摘要	借方	贷方	借或贷	余额
6	28		承上页			贷	98 750
	28		托收承付（收到货款）		47 810	贷	146 560
	28		电汇（邮购款）	25 200		贷	121 360
	29		特约委托收款（房租）	4 570		贷	116 790
	29	略	转支 #54325（支付设备款）	23 420		贷	93 370
	30		托收承付（收到货款）		22 000	贷	115 370
	30		转支 #33738（销货款）		31 680	贷	147 050
	30		现支 #22125（提现）	1 060		贷	145 990
	30		短期借款利息单	3 360		贷	142 630

要求：

(1) 将银行存款日记账与银行对账单逐笔勾对，找出未达账项。

(2) 编制银行存款余额调节表，检验企业与银行双方账目是否相符。

黄河工厂银行存款余额调节表
2010 年 6 月 30 日　　　　　　　　　　　　　　单位：元

项目	金额	项目	金额
银行存款日记账余额		银行对账单余额	
加：银行已收、公司未收款		加：公司已收、银行未收款	
减：银行已付、公司未付款		减：公司已付、银行未付款	
调节后的存款余额		调节后的存款余额	

拓展训练三

6月30日乙公司银行存款日记账的账面余额为800 000元,开户银行送来的对账单所列公司存款余额为740 000元,经逐笔核对有以下的未达账项:6月26日,公司委托银行收取销货款60 000元,银行已收妥入账,公司尚未入账;6月27日,公司因购买材料开出转账支票30 000元,银行尚未入账;6月30日,公司销售货物收到转账支票40 000元,公司已经入账,银行尚未入账;6月30日,银行已经按合同规定为公司支付电费110 000元,公司尚未入账。

要求:根据乙公司6月份有关银行存款日记账和银行对账单资料分析未达账项,编制银行存款余额调节表。

乙公司银行存款余额调节表

2010年6月30日   单位:元

项目	金额	项目	金额
公司银行存款日记账余额		银行对账单余额	
加:银行已收、公司未收款		加:公司已收、银行未收款	
减:银行已付款、公司未付款		减:公司已付、银行未付款	
调节后的存款余额		调节后的存款余额	

拓展训练四

甲、乙、丙三个公司均为以人民币为记账本位币,以银行公布的人民币汇率中间价作为即期汇率。6月28日中国银行新城营业部公布的美元卖出价为6.84(1美元=6.84元人民币),买入价为6.76(1美元=6.76元人民币),中间价(即期汇率)为6.80(1美元=6.80元人民币)。本日有关外币交易和事项如下:

(1)甲公司以人民币向中国银行新城营业部买入50 000美元,款项已以转账支票支付,美元已存入银行。

(2)乙公司以30 000美元向中国银行新城营业部兑换人民币,款项已以转账支票支付,人民币已存入银行。

(3)乙公司向国外A公司出口Z商品一批,合同金额为40 000美元,款项尚未收到(假定暂不考虑出口产品的增值税和关税)。

(4)甲公司向国外B公司进口M材料一批,合同金额为20 000美元,款项尚未支付,材料已经运抵公司,已以银行存款(人民币)支付该批材料的进口关税136 000元,增值税23 120元。

(5)乙公司根据合同和公司章程,收到A外商投入的资本100 000美元存入中国银行新城营业部。

(6)丙公司向中国银行新城营业部借入期限为3个月的短期借款60 000美元存入银行。

要求:根据资料编制会计分录。

拓展训练五

甲、乙、丙三个公司均以人民币为记账本位币,以银行公布的人民币汇率中间价作为即期汇率。6月30日(资产负债表日)即期汇率为6.79(1美元=6.79元人民币)。

(1)甲公司6月30日美元存款账户余额为50 000美元,账面人民币金额为340 000元;应付款账户贷方为 20 000 美元,账面人民币金额为 136 000 元。

(2) 乙公司 6 月 30 日应收账款账户借方余额为 40 000 美元,账面人民币金额为 272 000 元;美元户存款余额为 100 000 美元,账面人民币金额为 680 000 元。

(3) 丙公司 6 月 30 日美元存款余额为 60 000 美元,短期借款贷方余额为 60 000 美元,两个账户账面人民币金额均为 408 000 元。

要求:根据资料按照银行公布的人民币汇率中间价为即期汇率,在资产负债表日对外币货币性项目账户结算出记账本位币余额,编制有关会计分录。

学习情境 2　应收款项业务核算

知识点回顾:

1. 应收票据业务核算

业务内容	会计处理
取得应收票据	借:应收票据 　贷:主营业务收入 　　　应交税费——应交增值税(销项税额) 或: 借:应收票据 　贷:应收账款
到期应收票据	借:银行存款 　贷:应收票据 借:应收账款[按商业汇票的票面金额] 　贷:应收票据
转让应收票据	借:材料采购或原材料、库存商品[应计入取得物资成本的金额] 　　应交税费——应交增值税(进项税额) 　贷:应收票据[商业汇票的票面金额] 如有差额,借记或贷记"银行存款"等账户
贴现应收票据	银行不拥有追索权: 借:银行存款[按实际收到的金额] 　财务费用[贴现息部分] 　贷:应收票据[按商业汇票的票面金额] 银行拥有追索权: 借:银行存款[按实际收到的金额] 　财务费用[贴现息部分] 　贷:短期借款[按商业汇票的票面金额]

2. 应收账款业务核算

业务内容	会计处理
取得应收账款	借:应收账款 　贷:主营业务收入 　　应交税费——应交增值税(销项税额)
收回应收账款	借:银行存款 　贷:应收账款 或: 借:应收票据 　贷:应收账款

3. 预付账款业务核算

业务内容	会计处理
预付货款	借:预付账款 　贷:银行存款
收到预定物资	借:材料采购、原材料等[根据发票账单等列明的应计入购入物资成本的金额] 　应交税费——应交增值税(进项税额) 　贷:预付账款[应付金额]
补付货款	借:预付账款 　贷:银行存款 退回多付的货款作相反会计分录

4. 其他应收款业务核算

业务内容	会计处理
预支出差费用	借:其他应收款等[按实际借出金额] 　贷:库存现金
收到交回的剩余款	借:库存现金[按实际收回的现金] 　管理费用[按应报销的金额] 　贷:其他应收款[按实际借出的现金]
补报不足的费用	借:管理费用[按应报销的金额] 　贷:其他应收款[按实际借出的现金] 　　库存现金[按实际补付的现金]

5. 应收款项减值业务核算

业务内容	会计处理
坏账损失确认	借:坏账准备 　贷:应收款项等
坏账收回	借:银行存款 　贷:坏账准备
计提坏账准备	借:资产减值损失——计提的坏账准备 　贷:坏账准备 冲销坏账准备作相反的会计分录

职业判断能力训练

一、单项选择题

1. 下列项目中,属于应收账款范围的是( )。
   A. 应向接受劳务单位收取的款项　　　　B. 应收外单位的赔偿款
   C. 应收存出保证金　　　　　　　　　　D. 应向职工收取的各种垫付款项

2. 如果企业预收款项情况不多的,可以将预收款项直接记入( )账户。
   A. 应付账款　　　　B. 应收账款　　　　C. 应付票据　　　　D. 应收票据

3. 企业某项应收账款 50 000 元,现金折扣条件为 2/10,1/20,n/30,客户在第 20 天付款,应给予客户的现金折扣为( )元。
   A. 1 000　　　　B. 750　　　　C. 500　　　　D. 0

4. 企业某项应收账款 100 000 元,现金折扣条件为 2/10,1/20,n/30,客户在 10 天内付款,该企业实际收到的款项金额为( )元。
   A. 98 000　　　　B. 98 500　　　　C. 99 000　　　　D. 100 000

5. 企业收回应收账款时,发生的现金折扣应作为( )处理。
   A. 主营业务收入减少　　　　　　　　　B. 销售费用增加
   C. 管理费用增加　　　　　　　　　　　D. 财务费用增加

6. "坏账准备"账户在期末结账前如为借方余额,反映的内容是( )。
   A. 主营业务收入　　B. 其他业务收入　　C. 其他应付款　　D. 营业外收入

7. 企业内部各部门、各单位周转使用的备用金,应在( )账户或单独设置"备用金"账户进行核算。
   A. 库存现金　　　　B. 其他应收款　　　　C. 其他货币资金　　　　D. 其他应付款

8. 某企业按照应收账款余额的 10% 计提坏账准备。该企业 2009 年应收账款余额为 2 000 万元,坏账准备余额为 200 万元。2010 年发生坏账 50 万元,发生坏账收回 60 万元,2010 年年底应收账款余额为 2 500 万元,那么该企业 2010 年应该提取的坏账准备为( )万元。
   A. 40　　　　B. 50　　　　C. 30　　　　D. 60

9. 在应收账款计提坏账准备的情况下,已确认的坏账又收回时,应借记( )账户,贷记"坏账准备"账户。
   A. 银行存款　　　　　　　　　　　　　B. 应收账款
   C. 营业外收入　　　　　　　　　　　　D. 资产减值损失——计提的坏账准备

10. 某企业期末"应收账款"账户所属有关明细科目的期末借方余额合计为 60 000 元,贷方余额合计为 4 000 元;"预收账款"账户所属有关明细账户借方余额为 5 000 元,贷方余额为 7 000 元。则资产负债表中"应收账款"账户的金额为( )元。
   A. 60 000　　　　B. 65 000　　　　C. 67 000　　　　D. 62 000

二、多项选择题

1. 下列账户中,应计提坏账准备的有( )。
   A. 应收账款　　　B. 应收票据　　　C. 其他应收款　　　D. 预付账款

2. 应通过"应收票据"账户或"应付票据"账户核算的票据有( )。

A. 银行本票　　　　　B. 银行汇票　　　　　C. 商业承兑汇票　　　　　D. 银行承兑汇票

3. 下列事项中,应记入"坏账准备"账户贷方的有(　　　　　　)。

A. 转销已确认无法收回的应收账款

B. 转销确实无法支付的应付账款

C. 收回过去已经确认并转销的坏账

D. 按规定提取坏账准备

4. 企业收回过去已确认并转销的坏账时,可作会计分录(　　　　　　)。

A. 借记"应收账款"账户,贷记"管理费用"账户

B. 借记"应收账款"账户,贷记"坏账准备"账户

C. 借记"银行存款"账户,贷记"应收账款"账户

D. 借记"银行存款"账户,贷记"坏账准备"账户

5. 下列事项中,应在"其他应收款"账户核算的有(　　　　　　)。

A. 应收保险公司的各种赔款

B. 应向职工收取的各种垫付款

C. 应收出租包装物的租金

D. 设置"备用金"账户的预付给企业内部单位或个人的备用金

6. 下列各项中,应记入"坏账准备"账户借方的有(　　　　　　)。

A. 提取坏账准备 20 000 元　　　　　　B. 冲回多提坏账准备 20 000 元

C. 收回以前确认并转销的坏账　　　　　D. 备抵法下实际发生坏账

7. 按现行会计准则的规定,下列说法中正确的有(　　　　　　)。

A. 企业的预付账款,如有确凿证据表明其不符合预付账款性质,或者因供货单位破产、撤销等原因已无望再收到所购物资的,应当将原计入预付账款的金额转入应收账款,并按规定计提坏账准备

B. 企业持有的未到期的应收票据,如有确凿证据表明不能收回或收回的可能性不大时,不应将其账面余额转入应收账款,但应计提相应的坏账准备

C. 企业应当在期末分析各项应收账款的可收回性,并预计可能产生的坏账损失。对预计可能发生的坏账损失,计提坏账准备

D. 预付账款业务不多的企业,可以不设置"预付账款"账户,预付货款的业务在"应付账款"账户里核算

8. 关于"预付账款"账户,下列说法中正确的是(　　　　　　)。

A. 该账户借方余额反映企业向供货单位预付的货款

B. 预付货款不多的企业,可以不单独设置预付货款账户,将预付的货款记入"应付账款"账户的借方

C. 预付账款账户贷方余额反映的是应付供应单位的款项

D. 预付货款不多的企业,可以不设置"预付账款"账户,将预付的款项记入"应收账款"账户的借方

9. 按照现行会计准则的规定,下列各项中可以记入"应收账款"账户的有(　　　　　　)。

A. 销售商品价款　　　　　　　　B. 销售商品的增值税销项税

C. 代购货单位垫付的运杂费　　　　　　D. 商业折扣

10. 企业进行坏账核算时,估计坏账损失的方法有(　　　　)。

A. 应收款项余额百分比法　　　　　　　B. 账龄分析法

C. 销货百分比法　　　　　　　　　　　D. 个别认定法

三、判断题

1. 在存在现金折扣的情况下,若采用总价法核算,应收账款应按销售收入扣除预计的现金折扣后的金额确认。(　)

2. 在我国"应收票据"账户的核算内容包括商业汇票和银行汇票,但不包括支票。(　)

3. 取得应收票据时,无论是商业承兑汇票还是银行承兑汇票,也无论是带息商业汇票还是不带息商业汇票,一般应按其到期值入账。(　)

4. 商业折扣对应收账款入账金额的确认无实质性的影响。(　)

5. 企业如果不设置"预付账款"账户,而将预付账款经济业务记录在"应付账款"账户借方的,其在编制资产负债表时仍需要将其列入"预付账款"账户中。(　)

6. 企业存在无法收回的应收账款,应当按照管理权限经批准后作为坏账损失处理,确认坏账损失。(　)

7. "坏账准备"账户年末结账后的余额可能在借方也可能在贷方。(　)

8. 用账龄分析法估计坏账损失是基于这种观点:账款拖欠的时间越长,发生坏账的可能性就越大,应提取的坏账准备金额就越多。(　)

9. 企业将应收债权出售给银行,且不承担相应的坏账风险,则应按应收债权出售处理,并计提坏账准备。(　)

10. 在资产负债表上,"应收账款"账户、"其他应收款"账户均按减去已计提坏账准备后的可收回净额列示。(　)

职业实践能力训练

一、计算分析题

1. 甲公司为一般纳税人工业企业,期末按应收账款余额的 10% 计提坏账准备。2010 年 12 月发生以下经济业务:

(1) 12 月初,应收账款余额为 40 000 元,期末"坏账准备"账户余额为 4 000 元,当月销售给浩方有限责任公司一批 X 商品成本 10 000 元,售价 15 000 元,增值税税率 17%,未收到价款,已将提货单交给浩方有限责任公司。

(2) 12 月 8 日,预收天地集团 58 000 元货款,当月发出 Y 商品成本 20 000 元,售价 25 000 元,增值税税率 17%。

(3) 12 月 11 日,向 S 公司销售 Z 商品一批,售价 20 000 元,经双方协调给予一定的商业折扣,实际售价为 18 000 元(售价中不含增值税额),实际成本为 16 000 元。已开出增值税专用发票,商品已交付给 S 公司。为了及早收回货款,甲公司在合同中规定的现金折扣条件为:2/10,1/20,n/30,至 2008 年年末,S 公司尚未付款。

(4) 12 月份只发生了上述三笔销售业务。年末得到浩方有限责任公司的通知,归还应收账款有困难,且无法预计何时能够归还,甲公司对该项应收账款按 40% 计提坏账准备。当月未发生坏账损失。

要求：

（1）根据资料（1）、（2）、（3）编制企业确认收入的会计分录。

（2）根据资料（4）计算确定 2010 年 12 月末甲公司应计提的坏账准备金额，并编制计提坏账准备的会计分录。

2. 2010 年 12 月 1 日，福达公司"应收账款"账户余额为 154 000 元，计提坏账准备的比例为 5‰，"坏账准备"账户贷方余额为 770 元。12 月份发生的有关业务如下（假定福达公司为增值税一般纳税人）：

（1）10 日，向黄河公司销售产品一批，货款为 20 000 元，增值税为 3 400 元，款项尚未收到。

（2）15 日，有足够证据表明，2006 年形成的 3 200 元应收 A 公司的账款无法收回，按有关规定确认为坏账损失。

（3）18 日，接银行通知，上年度已冲销的 B 公司 8 800 元坏账又收回并存入银行。

（4）20 日，有足够证据表明，2007 年形成的 5 000 元应收 C 公司的账款无法收回，按有关规定确认为坏账损失。

（5）25 日，有足够证据表明，2008 年形成的 9 000 元应收 D 公司的账款无法收回，按有关规定确认为坏账损失。

（6）28 日，收到 2007 年形成的应收 E 公司账款 40 000 元，存入银行。

要求：

（1）根据上述经济业务编制相关会计分录（涉及的"应交税费"账户和"应收账款"账户，必须写出各级明细账户）。

（2）计算 2010 年 12 月 31 日应收账款余额。

（3）计算 2010 年 12 月份应计提的坏账准备金额并编制会计分录。

3. 沪宇公司为一般纳税企业，适用的增值税税率为 17%，采用实际成本进行存货日常核算。该公司 2010 年 4 月 30 日"应交税费——应交增值税"账户余额为 0，"预收账款——大海公司"账户贷方余额为 320 000 元，"预付账款——大江公司"账户借方余额为 90 000 元。5 月份发生的相关经济业务如下：

（1）2 日，购买原材料一批，增值税专用发票上注明价款为 600 000 元，增值税额为 102 000 元，公司已用转账支票付款，材料当即验收入库。

（2）4 日，将多余的某种原材料对外销售，销售价格为 410 000 元，增值税销项税额为 69 700 元，全部款项已存入银行。

（3）10 日，销售产品一批，销售价格为 200 000 元（不含税），提货单和增值税专用发票已交购货方，但货款尚未收到。

（4）沪宇公司曾在 2010 年 1 月 14 日与大海公司签订一项销售合同，按合同规定，货款金额总计 800 000 元（不含税），大海公司当即预付货款 320 000 元。余款待交货时一次付清。5 月 15 日，沪宇公司按合同规定将全部产品交付大海公司。

（5）16 日，收到大海公司补付的款项并存入银行。

（6）17 日，购入运输货车一辆，增值税专用发票列明价款 50 000 元，增值税 8 500 元，款项已用转账支票付讫，货车直接交车队使用。

（7）19 日，在建工程领用原材料一批，该批原材料实际成本为 300 000 元，增值税进项税额为 51 000 元。

（8）20 日，购买原材料一批，增值税专用发票上注明价款为 400 000 元，增值税额为 68 000 元，货款尚未支付，材料已验收入库。

（9）22 日，将本公司生产的一批产品用于在建工程，其成本为 500 000 元，对外销售价格为 800 000 元（公允价格）。

（10）沪宇公司上月份曾与大江公司签订一项购货合同。按合同规定，货款金额总计 300 000 元（不含税），当时已预付 90 000 元。5 月 25 日，沪宇公司收到货物并验收入库，当即按合同规定支付其余款项。购进货物的增值税税率为 17%。

要求：

（1）根据上述业务编制相关会计分录（涉及的"应交税费"账户，必须写出各级明细账户）。

（2）计算本月应交增值税额，并作出以银行存款足额交纳增值税的会计分录。

4. 荣丰公司为一般纳税人，适用的增值税税率为 17%，原材料按实际成本核算。2010 年发生如下经济业务：

（1）4 月 20 日向金星公司赊销商品一批，该批商品加税合计为 117 000 元，销售成本为 80 000 元，现金折扣条件为：2/10，n/30，销售时用银行存款代垫运费 1 000 元。

（2）5 月 20 日，金星公司用银行存款支付上述代垫运杂费 1 000 元，并开出一张面值为 117 000 元、期限为 4 个月的商业汇票偿付上述贷款和增值税。

（3）8 月 16 日，向华夏公司采购原材料，价款 180 000 元，增值税 30 600 元，材料已经验收入库，荣丰公司将金星公司的商业汇票背书转让，不足部分以银行存款支付。

（4）9 月 1 日，用银行存款向永顺公司预付材料款 20 000 元。

（5）9 月 10 日收到永顺公司发来的材料，并验收入库。材料价款为 40 000 元，增值税为 6 800 元。

（6）9 月 12 日开出转账支票补付应付永顺公司不足材料款。

（7）荣丰公司某生产车间核定的备用金定额为 5 000 元，以现金支付。

（8）上述生产车间报销日常管理支出 5 500 元。

（9）发出随同产品出售但单独计价包装物一批，成本 3 060 元。

要求：编制上述业务的会计分录。

5. 甲公司 2008—2010 年应收乙公司的账款及计提坏账准备的情况如下：

（1）2008 年 12 月 31 日，甲公司对应收乙公司的账款进行减值测试。应收账款余额为 1 000 000 元，甲公司根据乙公司的资信情况确定按 10% 计提坏账准备。

（2）甲公司 2009 年对乙公司的应收账款实际发生坏账损失 30 000 元，确认坏账损失。

（3）甲公司 2009 年年末应收乙公司的账款余额为 1 200 000 元。经减值测试，甲公司决定仍按 10% 计提坏账准备。

（4）甲公司 2010 年 6 月 10 日收回 2009 年已转销的坏账 20 000 元，已存入银行。

要求：编制上述业务的会计分录。

6. 某企业 2009 年 9 月 1 日销售一批产品给 A 公司，货已发出，发票注明的销售收入为 100 000 元，增值税额为 17 000 元，收到 A 公司交来的商业承兑汇票一张，期限为 6 个月，票面利率为 10%。

要求：编制收到票据、年度计息以及票据到期收回票款的会计分录。

7. 某企业第一年年末应收账款余额为 100 000 元,第二年和第三年没有发生坏账损失,第二年年末和第三年年末应收账款余额分别为 250 000 元和 220 000 元,该企业第四年 5 月发生坏账损失 1 200 元,第四年年末应收账款余额为 200 000 元,假设该企业按应收账款的 5‰ 提取坏账准备金。

要求:编制有关会计分录。

8. 甲公司为增值税一般纳税企业。2011 年 3 月份发生下列销售业务:

(1) 3 日,向 A 公司销售商品 1 000 件,每件商品的标价为 80 元。为了鼓励多购商品,甲公司同意给予 A 公司 10% 的商业折扣。开出的增值税专用发票上注明的售价总额为 72 000 元,增值税额为 12 240 元。商品已发出,货款已收存银行。

(2) 5 日,向 B 公司销售商品一批,开出的增值税专用发票上注明的售价总额为 60 000 元,增值税额为 10 200 元。甲公司为了及早收回货款,在合同中规定的现金折扣条件为:2/10,1/20,n/30。

(3) 13 日,收到 B 公司的扣除享受现金折扣后的全部款项,并存入银行。假定计算现金折扣时不考虑增值税。

(4) 15 日,向 C 公司销售商品一批,开出的增值税专用发票上注明的售价总额为 90 000 元,增值税额为 15 300 元。货款尚未收到。

(5) 20 日,C 公司发现所购商品不符合合同规定的质量标准,要求甲公司在价格上给予 6% 的销售折让。甲公司经查明后,同意给予折让并取得了索取折让证明单,开具了增值税专用发票(红字)。

要求:编制甲公司上述销售业务的会计分录。

("应交税费"账户要求写出明细账户;不要求编制结转销售成本的会计分录)

9. 2010 年 5 月 31 日,A 公司收到 B 公司签发的一张面值为 100 000 元的带息商业承兑汇票,B 公司用其来偿还所欠 A 公司货款。经计算,该票据每月利息 1 000 元。A 公司 7 月 1 日因急需资金,持该票据向银行申请贴现,经计算月贴现息为 900 元。11 月 30 日,该票据到期因 B 公司无力承兑,贴现银行从 A 公司存款户中划款,但 A 公司银行存款账户余额不足,银行将其作逾期贷款处理。

要求:作出 A 公司有关该票据的全部账务处理。

10. 正保股份有限公司(以下简称正保公司)为增值税一般纳税企业,适用的增值税税率为17%。商品销售价格均不含增值税额,所有劳务均属于工业性劳务。销售实现时结转销售成本。正保公司以销售商品和提供劳务为主营业务。2010 年 12 月,正保公司销售商品和提供劳务的资料如下:

(1) 12 月 1 日,对 A 公司销售商品一批,增值税专用发票上销售价格为 100 万元,增值税额为 17 万元。提货单和增值税专用发票已交 A 公司,A 公司已承诺付款。为及时收回货款,给予 A 公司的现金折扣条件如下:2/10,1/20,n/30(假设计算现金折扣时不考虑增值税因素)。该批商品的实际成本为 85 万元。12 月 19 日,收到 A 公司支付的扣除所享受现金折扣金额后的款项,并存入银行。

(2) 12 月 2 日,收到 B 公司来函,要求对当年 11 月 2 日所购商品在价格上给予 5% 的折让(正保公司在该批商品售出时,已确认销售收入 200 万元,并收到款项)。经核查,该批商品确实存在质量问题。正保公司同意了 B 公司提出的折让要求。当日,收到 B 公司交来的税务机关开具的索取折让证明单,并出具红字增值税专用发票和支付折让款项。

(3) 12 月 14 日,与 D 公司签订合同,以现销方式向 D 公司销售商品一批。该批商品的销售价格为 120 万元,实际成本 75 万元,提货单已交 D 公司。款项已于当日收到,并存入银行。

(4) 12 月 15 日,与 E 公司签订一项设备维修合同。该合同规定,该设备维修总价款为 60 万元(不含增值税额),于维修完成并验收合格后一次结清。12 月 31 日,该设备维修任务完成并经 E 公司验收合格。正保公司实际发生的维修费用为 20 万元(均为维修人员工资)。12 月 31 日,鉴于 E 公司发生重大财务困难,正保公司预计很可能收到的维修款为 17.55 万元(含增值税额)。

(5) 12 月 25 日,与 F 公司签订协议,委托其代销商品一批。根据代销协议,将来受托方没有将商品售出时可以将商品退回给委托方,或受托方因代销商品出现亏损时可以要求委托方补偿。该批商品的协议价 200 万元(不含增值税额),实际成本为 180 万元。商品已运往 F 公司。12 月 31 日,正保公司收到 F 公司开来的代销清单,列明已售出该批商品的 20%,款项尚未收到。

(6) 12 月 31 日,与 G 公司签订一份特制商品的合同。该合同规定,商品总价款为 80 万元(不含增值税额),自合同签订日起 2 个月内交货。合同签订日,收到 G 公司预付的款项 40 万元,并存入银行。商品制造工作尚未开始。

(7) 12 月 31 日,收到 A 公司退回的当月 1 日所购全部商品。经核查,该批商品存在质量问题,正保公司同意了 A 公司的退货要求。当日,收到 A 公司交来的税务机关开具的进货退出证明单,并开具红字增值税专用发票和支付退货款项。

要求:

(1) 编制正保公司 12 月份发生的上述经济业务的会计分录。

(2) 计算正保公司 12 月份主营业务收入和主营业务成本。("应交税费"账户要求写出明细账户,答案中的金额单位用万元表示)。

二、实务操作题

实训项目	应收款项业务核算
实训目的	熟悉往来账资产会计核算岗位的基本职责、业务流程;熟悉并能填制各类原始凭证;学会审核凭证并能编制相关记账凭证;掌握应收款项业务的账务处理
实训资料	1. 实训企业概况 企业名称:东方股份有限公司 设立时间:2007.01 法定代表人:孙峰 业务范围:钢材制品的生产与销售 开户银行及账号:中国工商银行江城市庆春支行 33011809032591 税务登记号:增值税一般纳税人,国税登记证号:32012248823391,地税登记证号:3201225456871230 2. 东方股份有限公司按月估计减值损失,计提减值准备。坏账准备计提方法为余额百分比法,以月末应收账款和其他应收账账面余额为基数,按历史损失率 5% 估计资产减值。2010 年 9 月 1 日东方股份有限公司有关应收账款余额资料如下:

续表

实训项目	应收款项业务核算		
实训资料	会计科目	借/贷	月初余额
	应收账款	借	285 000
	应收账款——江平机械有限责任公司	借	0
	应收账款——江城万国汽车有限责任公司	借	65 000
	3. 2010 年 09 月有关业务附后		
	4. 所需凭证账页:记账凭证(通用或专用凭证)、三栏式日记账或明细账页		
实训任务	1. 设置应收账款总账及明细账,登记期初余额		
	2. 根据经济业务填制有关的原始凭证		
	3. 根据实训资料中的原始凭证,填制记账凭证,并将原始单据附于后面		
	4. 根据记账凭证及原始凭证登记应收账款明细账;根据记账凭证登记应收账款总账		
	5. 月末,核对总账、明细账金额是否一致,如不一致,查账原因,进行更正		

2010 年 9 月,东方股份有限公司发生如下业务。

业务 1:3 日,向江平机械有限责任公司销售产品一批,价款 84 000 元,增值税 14 280 元,采用托收承付结算方式结算,产品发运时,以转账支票支付代垫运杂费 2 000 元,已向银行办妥托收手续。相关凭证如下所示。

中国工商银行托收凭证(第一联)

委托日期:2010 年 09 月 03 日 　　　　1

票据号码:4215

业务类型	委托收款(□邮划、□电划)			托收承付(□邮划、☑电划)		
付款人	全 称	江平机械有限责任公司		收款人	全 称	东方股份有限公司
	账 号	00022713559			账 号	33011809032591
	地 址	江苏省江平市/县	开户行 望江支行		地 址	浙江省江城市/县 开户行 庆春支行

委托款项	人民币(大写)	壹拾万零贰佰捌拾元整	亿 千 百 十 万 千 百 十 元 角 分
			¥ 1 0 0 2 8 0 0 0

款项内容	货款	委托收款凭证名称	合同及发票	附寄单证张数	2
商品发运情况		已发运		合同名称号码	购销合同2010-09-78
收款人 行号	115	款项收妥日期			
备注:					

中国工商银行
江城市春支行
2010.09.03
收款人开户银行签章
受理凭证专用章

复核: 　　记账: 　　　　　　　　年 月 日

浙江省增值税专用发票

NO. 00750672

开票日期：2010 年 09 月 03 日

购货单位	名　称：江平机械有限责任公司 纳税人识别号：430101167860331 地址、电话：江苏省江平市望江路 145 号 28320030 开户行及账号：工行望江路支行 00022713559	密码区	（略）

货物或应税劳务名称	规格型号	单位	数量	单价	金额	税率	税额
钢材	M3	套	500	168.00	84 000.00	17%	14 280.00

价税合计（大写）	×仟×佰×拾玖万捌仟贰佰捌拾零元零角零分	￥：98 280.00

销货单位	名　称：东方股份有限公司 纳税人识别号：32012248823391 地址、电话：浙江省江城市庆春路 102 号 77321230 开户行及账号：中国工商银行江城市庆春支行 33011809032591	备注	东方股份有限公司 32012248823391 销货单位（章） 发票专用章

收款人：　　　　复核：　　　　开票人：张　雨　　　销货单位：（章）

第三联：发票联　购货方记账凭证

中国工商银行　（浙） 现金支票存根 C M／0 2（02886130） 附加信息 出票日期　年　月　日 收款人： 金　额： 用　途： 单位主管：　　会计：	中国工商银行　转账支票　（浙）　CM/02 20886130 出票日期（大写）　　年　月　日　　　付款行名称： 收款人：　　　　　　　　　　　　　　出票人账号： 人民币 （大写）　　　　　　　　　　千百十万千百元十角分 用途 以上款项请从 我账户内支付 吴昊瑞 东方股份有限公司 财务专用章 出票人签章：　　　　复核：　　　　记账：

　　业务 2：5 日，上月应收江城万国汽车有限责任公司货款 65 000 元，经协商改用商业汇票结算。已收到江城万国汽车有限责任公司交来的一张 2010 年 9 月 1 日签发的、2011 年 2 月 28 日到期的为期六个月的商业承兑汇票，票面价值为 65 000 元。相关凭证如下。（江城万国汽车有限责任公司开户行及账号：江城惠新路支行 86034612145）

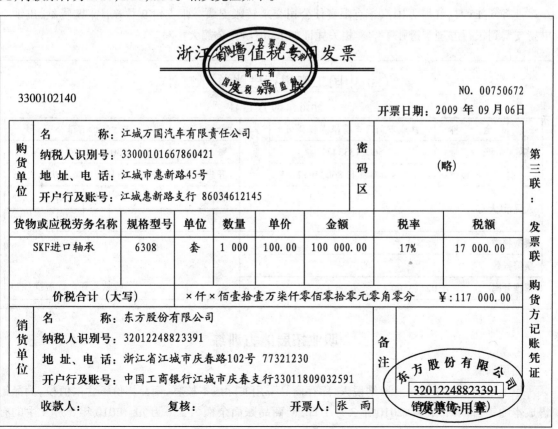

商业承兑汇票（卡片）

出票日期	年 月 日	00920753
（大写）		

付款人：全称 / 账号或住址 / 开户行 / 行号 121

收款人：全称 / 账号或住址 / 开户行 / 行号 115

出票金额：人民币（大写）　千 百 十 万 千 百 十 元 角 分

汇票到期日　　交易合同号码 *2010-09-233*

本汇票一经承兑到期无条件付款

本汇票请予以承兑于到期日付款

承兑人签章　财务专用章　承兑日期 年 月 日　　财务专用章　出票人签章

业务3：6日，向江城万国汽车有限责任公司销售产品一批，价款100 000元，增值税为17 000元，付款条件为2/10，1/20，n/30。相关凭证如下。

浙江省增值税专用发票

3300102140　　　　　　　　　　　　　　　　NO. 00750672

开票日期：2009 年 09 月 06 日

购货单位：
名　称：江城万国汽车有限责任公司
纳税人识别号：33000101667860421
地址、电话：江城市惠新路45号
开户行及账号：江城惠新路支行 86034612145

密码区：（略）

第三联：发票联 购货方记账凭证

货物或应税劳务名称	规格型号	单位	数量	单价	金额	税率	税额
SKF进口轴承	6308	套	1 000	100.00	100 000.00	17%	17 000.00

价税合计（大写）　×仟×佰壹拾壹万柒仟零佰零拾零元零角零分　¥：117 000.00

销货单位：
名　称：东方股份有限公司
纳税人识别号：32012248823391
地址、电话：浙江省江城市庆春路102号 77321230
开户行及账号：中国工商银行江城市庆春支行33011809032591

备注：东方股份有限公司 32012248823391 销售发票专用章

收款人：　复核：　开票人：张 雨

业务 4:15 日,接银行通知,9 月 3 日销售给江平机械有限责任公司的货款已收妥入账。

中国工商银行托收凭证 （第四联）

委托日期：2010 年 09 月 03 日　　　　　　　　　　票据号码：4215

业务类型		委托收款（□邮划、□电划）			托收承付（□邮划、☑电划）		
付款人	全　称	江平机械有限责任公司		收款人	全　称	东方股份有限公司	
	账　号	00022713559			账　号	33011809032591	
	地　址	江苏省江平市/县	开户行 望江支行		地　址	浙江省江城市/县	开户行 庆春支行

委托款项	人民币（大写）	壹拾万零贰佰捌拾元整	亿	千	百	十	万	千	百	十	元	角	分
						￥	1	0	0	2	8	0	0	0

款项内容	货款	托收凭据名称	合同及发票	附寄单证张数	2
商品发运情况		发运		合同名称号码	购销合同 2010-09-78
收款人 行号	115	款项收妥日期 2010年09月15日		收款人开户银行签章 2010年09月15日	

（此联为收款通知，由收款人开户银行在款项收妥后给收款人）

中国工商银行
江城庆春支行
2010.09.15
转讫

业务 5:15 日,江城万国汽车有限责任公司交来转账支票一张支付 9 月 6 日采购货款,出纳李琳持支票到银行办理了进账手续。相关凭证如下,请填写金额大小写。

中国工商银行进账单（收账通知）

2010 年 09 月 15 日

出票人	全　称	江城万国汽车有限责任公司	付款单位	全　称	东方股份有限公司								
	账　号	56011333421		账　号	33011809032391								
	开户银行	江城惠新路支行 86034612145		开户银行	中国工商银行江城市庆春支行								

人民币（大写）		百	十	万	千	百	十	元	角	分

票据种类	转账支票
票据张数	1
票据号码	02113500

收款人开户行盖章（略）

职业拓展能力训练

拓展训练一

甲上市公司为增值税一般纳税人,库存商品采用实际成本核算,商品售价不含增值税,商品销售成本随销售同时结转。2010 年 3 月 1 日,W 商品账面余额为 230 万元。2010 年 3 月发生的有

关采购与销售业务如下:

(1) 3月3日,从A公司采购W商品一批,收到的增值税专用发票上注明的货款为80万元,增值税为13.6万元。W商品已验收入库,款项尚未支付。

(2) 3月8日,向B公司销售W商品一批,开出的增值税专用发票上注明的售价为150万元,增值税为25.5万元,该批W商品实际成本为120万元,款项尚未收到。

(3) 销售给B公司的部分W商品由于存在质量问题,3月20日B公司要求退回3月8日所购W商品的50%,经过协商,甲上市公司同意了B公司的退货要求,并按规定向B公司开具了增值税专用发票(红字),发生的销售退回允许扣减当期的增值税销项税额,该批退回的W商品已验收入库。

(4) 3月31日,经过减值测试,W商品的可变现净值为230万元。

要求:

(1) 编制甲上市公司上述(1)、(2)、(3)项业务的会计分录。

(2) 计算甲上市公司2010年3月31日W商品的账面余额。

(3) 计算甲上市公司2010年3月31日W商品应确认的存货跌价准备并编制会计分录。

拓展训练二

甲公司为增值税一般纳税人,增值税税率为17%。商品销售价格不含增值税,在确认销售收入时逐笔结转销售成本。假定不考虑其他相关税费。2010年6月份甲公司发生如下业务:

(1) 6月2日,向乙公司销售A商品1 600件,标价总额为800万元(不含增值税),商品实际成本为480万元。为了促销,甲公司给予乙公司15%的商业折扣并开具了增值税专用发票。甲公司已发出商品,并向银行办理了托收手续。

(2) 6月10日,因部分A商品的规格与合同不符,乙公司退回A商品800件。当日,甲公司按规定向乙公司开具增值税专用发票(红字),销售退回允许扣减当期增值税销项税额,退回商品已验收入库。

(3) 6月15日,甲公司将部分退回的A商品作为福利发放给本公司职工,其中生产工人500件,行政管理人员40件,专设销售机构人员60件,该商品每件市场价格为0.4万元(与计税价格一致),实际成本0.3万元。

(4) 6月25日,甲公司收到丙公司来函。来函提出,5月10日从甲公司所购B商品不符合合同规定的质量标准,要求甲公司在价格上给予10%的销售折让。该商品售价为600万元,增值税额为102万元,货款已结清。经甲公司认定,同意给予折让并以银行存款退还折让款,同时开具了增值税专用发票(红字)。

除上述资料外,不考虑其他因素。

要求:

(1) 逐笔编制甲公司上述业务的会计分录。

(2) 计算甲公司6月份主营业务收入总额。

拓展训练三

W股份有限公司2010年有关资料如下:

(1) 1月1日部分总账及其所属明细账余额如下表所示:

单位:万元

总账	明细账	借或贷	余额
应收账款	——A 公司	借	600
坏账准备		贷	30
长期股权投资	——B 公司	借	2 500
固定资产	——厂房	借	3 000
累计折旧		贷	900
固定资产减值准备		贷	200
应付账款	——C 公司	借	150
	——D 公司	贷	1 050
长期借款	——甲银行	贷	300

注:① 该公司未单独设置"预付账款"会计账户。

② 表中长期借款为 2010 年 10 月 1 日从银行借入,借款期限 2 年,年利率 5%,每年付息一次。

(2) 2010 年 W 股份有限公司发生如下业务:

① 3 月 10 日,收回上年已作为坏账转销的应收 A 公司账款 70 万元并存入银行。

② 4 月 15 日,收到 C 公司发来的材料一批并验收入库,增值税专用发票注明货款 100 万元,增值税 17 万元,其款项上年已预付。

③ 4 月 20 日,对厂房进行更新改造,发生后续支出总计 500 万元,所替换的旧设施账面价值为 300 万元(该设施原价 500 万元,已提折旧 167 万元,已提减值准备 33 万元)。该厂房于 12 月 30 日达到预定可使用状态,其后续支出符合资本化条件。

④ 1 月至 4 月该厂房已计提折旧 100 万元。

⑤ 6 月 30 日从乙银行借款 200 万元,期限 3 年,年利率 6%,每半年付息一次。

⑥ 10 月份以票据结算的经济业务有(不考虑增值税):持银行汇票购进材料 500 万元;持银行本票购进库存商品 300 万元;签发 6 个月的商业汇票购进物资 800 万元。

⑦ 12 月 31 日,经计算本月应付职工工资 200 万元,应计提社会保险费 50 万元。同日,以银行存款预付下月住房租金 2 万元,该住房供公司高级管理人员免费居住。

⑧ 12 月 31 日,经减值测试,应收 A 公司账款预计未来现金流量现值为 400 万元。

⑨ W 股份有限公司对 B 公司的长期股权投资采用权益法核算,其投资占 B 公司的表决权股份的 30%。2008 年 B 公司实现净利润 9 000 万元。长期股权投资在资产负债表日不存在减值迹象。

除上述资料外,不考虑其他因素。

要求:计算 W 股份有限公司 2010 年 12 月 31 日资产负债表下列账户的年末余额。

(1) 应收账款;

(2) 预付款项;

(3) 长期股权投资;

(4) 固定资产;

(5) 应付票据;

（6）应付账款；

（7）应付职工薪酬；

（8）长期借款。

拓展训练四

甲公司为增值税一般纳税人，适用的增值税税率为17%，商品、原材料售价中不含增值税。假定销售商品、原材料和提供劳务均符合收入确认条件，其成本在确认收入时逐笔结转，不考虑其他因素。2010年4月，甲公司发生如下交易或事项：

（1）销售商品一批，按商品标价计算的金额为200万元，由于是成批销售，甲公司给予客户10%的商业折扣并开具了增值税专用发票，款项尚未收回。该批商品实际成本为150万元。

（2）向本公司行政管理人员发放自产产品作为福利，该批产品的实际成本为8万元，市场售价为10万元。

（3）向乙公司转让一项软件的使用权，一次性收取使用费20万元并存入银行，且不再提供后续服务。

（4）销售一批原材料，增值税专用发票注明售价80万元，款项收到并存入银行。该批材料的实际成本为59万元。

（5）将以前会计期间确认的与资产相关的政府补助在本月分配计入当月收益300万元。

（6）确认本月设备安装劳务收入。该设备安装劳务合同总收入为100万元，预计合同总成本为70万元，合同价款在前期签订合同时已收取。采用完工百分比法确认劳务收入。截止到4月末，该劳务的累计完工进度为60%，前期已累计确认劳务收入50万元，劳务成本35万元。

（7）以银行存款支付管理费用20万元，财务费用10万元，营业外支出5万元。

要求：

（1）逐笔编制甲公司上述交易或事项的会计分录。

（2）计算甲公司4月的营业收入、营业成本、营业利润、利润总额。

拓展训练五

甲有限责任公司（简称甲公司）为增值税一般纳税人，适用的增值税税率为17%。原材料等存货按实际成本进行日常核算。2010年1月1日有关账户余额如下表所示：

金额单位：万元

科目名称	借方余额	贷方余额
银行存款	450	
应收票据	32	
应收账款	300	
原材料	350	
库存商品	300	
低值易耗品	100	
生产成本——A产品	110	
长期股权投资——丁公司	550	

续表

科目名称	借方余额	贷方余额
坏账准备		30
存货跌价准备		76
长期股权投资减值准备		0

2010 年甲公司发生的交易或事项如下：

(1) 收到已作为坏账核销的应收乙公司账款 50 万元并存入银行。

(2) 收到丙公司作为资本投入的原材料并验收入库。投资合同约定该批原材料价值 840 万元（不含允许抵扣的增值税进项税额 142.8 万元），丙公司已开具增值税专用发票。假设合同约定的价值与公允价值相等，未发生资本溢价。

(3) 行政管理部门领用低值易耗品一批，实际成本 2 万元，采用一次转销法进行摊销。

(4) 因某公司破产，应收该公司账款 80 万元不能收回，经批准确认为坏账并予以核销。

(5) 因自然灾害毁损原材料一批，其实际成本 100 万元，应负担的增值税进项税额 17 万元。该毁损材料未计提存货跌价准备，尚未经有关部门批准处理。

(6) 甲公司采用权益法核算对丁公司进行长期股权投资，其投资占丁公司有表决权股份的 20%。丁公司宣告分派 2006 年度现金股利 1 000 万元。

(7) 收到丁公司发放的 2006 年度现金股利并存入银行。

(8) 丁公司 2007 年度实现净利润 1 500 万元，甲公司确认实现的投资收益。

(9) 将持有的面值为 32 万元的未到期、不带息银行承兑汇票背书转让，取得一批材料并验收入库，增值税专用发票上注明的价款为 30 万元，增值税进项税额为 5.1 万元。其余款项以银行存款支付。

(10) 年末，甲公司经减值测试，确认对丁公司的长期股权投资可收回金额为 560 万元，存货的可变现净值为 1 800 万元，决定按年末应收账款余额的 10% 计提坏账准备。

假定除上述资料外，不考虑其他因素。

要求：

(1) 编制甲公司上述(1)至(9)项交易或事项的会计分录。

(2) 计提甲公司长期股权投资减值准备并编制会计分录。

(3) 计算甲公司存货应计提或转回的存货跌价准备并编制会计分录。

(4) 计算甲公司应收账款应计提或转回的坏账准备并编制会计分录。

(5) 计算甲公司 2010 年年末资产负债表中下列账户的期末数：

① 货币资金；② 存货；③ 应收账款；④ 长期股权投资。

（"应交税费"账户要求写出明细账户及专栏名称，答案中的金额单位用万元表示）

❖ 学习情境 3 存货业务核算 ❖

知识点回顾:

1. 原材料业务核算

业务内容		会计处理
外购原材料(实际成本法)	料已到,款已付	借:原材料 　　应交税费——应交增值税(进项税额) 　　贷:银行存款等
	料未到,款已付	款已付时: 借:在途物资 　　应交税费——应交增值税(进项税额) 　　贷:银行存款等 验收入库时: 借:原材料 　　贷:在途物资
	料已到,款未付	料到时暂不入账 单到付款时视同料已到,款已付处理 若月末单仍未到款未付,则暂估入账: 借:原材料[按合同价估计] 　　贷:应付账款 下月初作相反分录或红字冲回: 借:应付账款 　　贷:原材料 等单到付款时,视同料已到,款已付
外购原材料(计划成本法)	料已到,款已付和料未到,款已付	借:材料采购[按实际成本] 　　应交税费——应交增值税(进项税额) 　　贷:银行存款等 验收入库时: 借:原材料[按计划成本] 　　贷:材料采购[按计划成本] 结转差异:[或相反] 借:材料采购[实际成本与计划成本的差额] 　　贷:材料成本差异
	料已到,款未付	料到时暂不入账 单到付款时视同料已到,款已付处理 若月末单仍未到款未付,则暂估入账: 借:原材料(按计划成本) 　　贷:应付账款 下月初作相反分录或红字冲回: 借:应付账款 　　贷:原材料[按计划成本] 等单到付款时,视同料已到,款已付

续表

业务内容			会计处理
委托加工物资	拨付委托加工物资		借:委托加工物资 　贷:原材料/库存商品
	支付加工费、增值税		借:委托加工物资 　应交税费——应交增值税(进项税额) 　贷:银行存款
	交纳消费税	用于直接销售	借:委托加工物资 　贷:银行存款等
		用于连续生产	借:应交税费——应交消费税 　贷:银行存款等
	收回委托加工物资		借:原材料、库存商品 　贷:委托加工物资[上述委托加工物资的合计金额]
自制原材料			借:原材料 　贷:生产成本
领用原材料	实际成本法		借:生产成本[按实际成本] 　制造费用等[按实际成本] 　贷:原材料
	计划成本法		借:生产成本[按计划成本] 　制造费用等[按计划成本] 　贷:原材料[按计划成本] 借:生产成本[按差异] 　制造费用等 　贷:材料成本差异[或相反分录]
出售多余原材料			借:银行存款等 　贷:其他业务收入[按售价] 　　　应交税费——应交增值税(销项税额) 借:其他业务成本[按实际成本] 　贷:原材料
原材料清查	盘盈		借:原材料 　贷:待处理财产损溢 借:待处理财产损溢 　贷:管理费用
	盘亏		借:待处理财产损溢 　贷:原材料 借:其他应收款[过失人或保险公司赔偿] 　管理费用[收发计量差错等] 　营业外支出[自然灾害或意外事故] 　贷:待处理财产损溢 　　　应交税费——应交增值税(进项税额转出)[非正常损失造成的 　　　进项税额]

续表

业务内容		会计处理
原材料期末计价	计提存货跌价准备	借:资产减值损失[本期应计提的跌价准备] 　　贷:存货跌价准备
	冲销存货跌价准备	借:存货跌价准备[本期应冲销的跌价准备] 　　贷:资产减值损失

2. 周转材料业务核算

业务内容		会计处理
包装物的核算	生产领用包装物	借:生产成本[按包装物实际成本] 　　贷:周转材料——在库包装物
	随同商品出售不单独计价	借:销售费用[按包装物实际成本] 　　贷:周转材料——在库包装物
	随同商品出售单独计价	借:银行存款等 　　贷:其他业务收入[按包装物售价] 　　　　应交税费——应交增值税(销项税额) 借:其他业务成本[按包装物实际成本] 　　贷:周转材料——在库包装物
	出租包装物	收租金及结转成本处理同随同出售单独计价包装物 收取押金: 借:银行存款等[按收取的押金] 　　贷:其他应付款 退还作相反处理
	出借包装物	同随同商品出售不单独计价
低值易耗品摊销的核算	一次摊销法	借:制造费用/管理费用等[按低值易耗品全部成本] 　　贷:周转材料——在库低值易耗品
	五五摊销法	领用时: 借:周转材料——在用低值易耗品[按全部成本] 　　贷:周转材料——在库低值易耗品 借:制造费用/管理费用等[按一半成本] 　　贷:周转材料——低值易耗品摊销 报废时: 借:制造费用/管理费用等[按一半成本] 　　贷:周转材料——低值易耗品摊销 借:周转材料——低值易耗品摊销[按全部成本] 　　贷:周转材料——在用低值易耗品

3. 库存商品业务核算

业务内容		会计处理
出售产成品		借:主营业务成本 　　贷:库存商品
产品完工入库		借:库存商品 　　贷:生产成本
商品流通企业库存商品核算	数量进价金额核算法	借:库存商品[按实际购买成本] 　　应交税费——应交增值税(进项税额) 　　贷:银行存款等
	售价金额核算法	借:库存商品[按售价] 　　应交税费——应交增值税(进项税额) 　　贷:银行存款[按实际支付价款] 　　商品进销差价[按差额]

职业判断能力训练

一、单项选择题

1. 某企业为增值税一般纳税人,从外地购入原材料 60 吨,收到增值税专用发票上注明的售价为每吨 1 000 元,增值税税款为 10 200 元,另发生运输费 600 元(可按 7% 抵扣增值税),装卸费 50 元,途中保险费为 180 元。原材料运到后验收数量为 59.9 吨,短缺 0.1 吨为合理损耗,则该原材料的入账价值为( )元。

A. 60 788　　　　B. 60 830　　　　C. 71 030　　　　D. 60 688

2. 某企业 11 月 1 日 A 材料结存数量为 200 件,单价为 4 元;11 月 2 日发出 A 材料 150 件;11 月 5 日购进 A 材料 200 件,单价 4.4 元;11 月 7 日发出 100 件。在对 A 材料发出采用先进先出法的情况下,11 月 7 日发出 A 材料的实际成本为( )元。

A. 400　　　　B. 420　　　　C. 430　　　　D. 440

3. 下列原材料相关损失项目中,应计入管理费用的是( )。

A. 计量差错引起的原材料盘亏　　　　B. 自然灾害造成的原材料损失

C. 原材料运输途中发生的合理损耗　　　　D. 人为责任造成的原材料损失

4. 存货采用先进先出法计价的情况下,如果物价上涨,将会使企业( )。

A. 期末存货升高,当期利润减少　　　　B. 期末存货升高,当期利润增加

C. 期末存货降低,当期利润增加　　　　D. 期末存货降低,当期利润减少

5. 甲企业委托乙单位将 A 材料加工成用于直接对外销售的应税消费品 B 材料,消费税税率为 5%。发出 A 材料的实际成本为 978 500 元,加工费为 285 000 元,往返运杂费为 8 400 元。假设双方均为一般纳税企业,增值税税率为 17%。B 材料加工完毕验收入库时,其实际成本为( )元。

A. 1 374 850　　　　B. 1 326 400　　　　C. 1 338 400　　　　D. 1 273 325

6. 下列各项中,不应计入存货实际成本的是( )。

A. 用于继续加工的委托加工应税消费品收回时支付的消费税

B. 小规模纳税企业委托加工物资收回时所支付的增值税

C. 发出用于委托加工的物资在运输途中发生的合理损耗

D. 商品流通企业外购商品时所发生的合理损耗

7. 采用计划成本进行原材料日常核算时,月末发出材料应分摊的成本节约差异应记入( )。

A. "材料成本差异"账户的借方　　　　B. "材料成本差异"账户的贷方

C. "材料成本差异"账户的借方或贷方　　D. 其他账户

8. 按照规定,在成本与可变现净值孰低法下,对成本与可变现净值进行比较,以确定当期存货跌价准备金额时,一般应当( )。

A. 分别单个存货项目进行比较　　　　B. 分存货类别进行比较

C. 按全部存货进行比较　　　　　　　D. 根据企业实际情况作出选择

9. 某公司赊购材料,商品价目单中的报价为 10 000 元,商业折扣为 10%,付款条件为 2/10, 1/20, n/30,公司在折扣期内付款,则该批材料的入账价值为( )元。

A. 10 000　　　　B. 9 800　　　　C. 9 000　　　　D. 8 820

10. 下列各种存货发出计价方法中,不利于存货成本日常管理与控制的方法是( )。

A. 先进先出法　　　　　　　　　　B. 移动加权平均法

C. 月末一次加权平均法　　　　　　D. 个别计价法

二、多项选择题

1. 某商场月初"库存商品"账户余额为 15 000 元,"商品进销差价"账户余额为 3 000 元。本月购买商品进价 50 000 元,售价 65 000 元;本月销售商品 45 000 元。则月末库存商品进价成本和商品销售实际成本分别为( )元。

A. 27 125　　　　B. 69 000　　　　C. 34 875　　　　D. 45 000

E. 34 000

2. 下列应记入"销售费用"账户的业务有( )。

A. 领用随产品出售单独计价的包装物　　B. 领用随产品出售不单独计价的包装物

C. 摊销出租包装物的成本　　　　　　　D. 摊销出借包装物的成本

E. 生产车间生产产品领用的包装物

3. 在我国的会计实务中,下列项目中构成企业存货实际成本的有( )。

A. 支付的买价　　　　　　　　　　B. 入库后的挑选整理费

C. 运输途中的合理损耗　　　　　　D. 一般纳税人购货时的增值税进项税额

4. 下列项目中应构成一般纳税企业委托加工物资成本的是( )。

A. 发出用于加工的材料成本　　　　B. 支付的加工费

C. 支付的往返运杂费　　　　　　　D. 支付的加工物资的增值税税款

5. 存货的计价方法有实际成本法和计划成本法,在实际成本法下,企业可选用的发出存货的计价方法有( )。

A. 个别计价法　　B. 先进先出法　　C. 后进先出法　　　D. 一次加权平均法

6. 下列各种物资中,应该作为企业存货核算的有( )。

A. 委托加工物资　　B. 半成品　　C. 低值易耗品　　　D. 在途物资

7. 公司购入材料一批,已验收入库,但到月末时结算凭证仍未到达,货款尚未支付,对该项业务公司应作如下处理（　　　　　　）。

　　A. 材料验收入库时即暂估入账　　　　　B. 材料验收入库时只登记原材料明细账

　　C. 月末按暂估价入账　　　　　　　　　D. 下月初冲回

　　E. 待下月结算凭证收到并支付货款时入账

　　8. 企业进行存货清查，对于盘亏的存货，要先记入"待处理财产损溢"账户，经过批准后根据不同的原因可以分别记入（　　　　　　）账户。

　　A. 管理费用　　　　B. 其他应付款　　　　C. 营业外支出　　　　D. 其他应收款

　　9. 2010 年 7 月 25 日，惠灵公司采用委托收款结算方式从乙公司购入 A 材料一批，材料已验收入库，月末尚未收到发票账单，暂估价为 60 000 元。2010 年 8 月 10 日，惠灵公司收到乙公司寄来的发票账单，货款 70 000 元，增值税额 11 900 元，已用银行存款付讫。惠灵公司所作的从暂估价入账到用银行存款付讫全过程的账务处理，正确的会计分录有（　　　　　　）。

　　A. 借：原材料——A 材料　　　　　　　　　　　　　　60 000

　　　　　贷：应付账款——暂估应付账款　　　　　　　　　　　　　60 000

　　B. 借：应付账款——暂估应付账款　　　　　　　　　　60 000

　　　　　贷：原材料——A 材料　　　　　　　　　　　　　　　　　60 000

　　C. 借：原材料——A 材料　　　　　　　　　　　　　　60 000

　　　　　贷：应付账款——暂估应付账款　　　　　　　　　　　　　60 000

　　D. 借：原材料——A 材料　　　　　　　　　　　　　　70 000

　　　　　应交税费——应交增值税（进项税额）　　　　　11 900

　　　　　贷：银行存款　　　　　　　　　　　　　　　　　　　　　81 900

　　10. 下列项目中，应计入材料成本的税金有（　　　　　　）。

　　A. 支付的进口材料的关税

　　B. 支付的购进材料的消费税

　　C. 材料委托加工后用于连续和生产应税消费品的，已由委托方代收代交的消费税

　　D. 材料委托加工后直接出售的由受托方代收代交的消费税

　　E. 小规模纳税人购入材料支付的增值税

三、判断题

　　1. 购入材料在运输途中发生的合理损耗不需单独进行账务处理。（　　）

　　2. 盘盈的存货，经批准后，冲减管理费用。（　　）

　　3. 随同产品出售并单独计价的包装物，应将其成本计入当期的销售费用。（　　）

　　4. 商业企业购入商品所发生的运杂费、保险费等应计入存货成本。（　　）

　　5. 期末存货的成本高于可变现净值，按成本高于可变现净值的差额计提存货跌价准备，计入管理费用。（　　）

　　6. 凡是在盘存日期，法定产权属于企业的一切为销售或耗用而储存的资产，不管其存放地点如何，都是企业的存货。（　　）

　　7. 公司的低值易耗品可以多次参加生产周转而不改变其原有的实物形态，所以，应列为固定资产进行管理和核算。（　　）

　　8. 经确认为小规模纳税企业，其采购货物的增值税，无论是否在发票上单独列明，一律计入

所购货物的采购成本。( )

9. 存货计价方法的选择直接影响着资产负债表中资产总额的多少,而与利润表中净利润的大小无关。( )

10. 对于自然灾害等原因造成的存货毁损,扣除残料收入等的净损失计入营业外支出。( )

职业实践能力训练

一、计算分析题

1. 淮岭公司从外地购入 A 材料一批 1 000 公斤,每公斤 2 元,计 2 000 元,增值税 340 元,支付外地运杂费 205 元(其中运费 200 元,可抵扣增值税 14 元),采购人员差旅费 205 元,材料验收入库存时,短少 20 公斤属定额内损耗。

要求:根据资料,计算购入 A 材料的采购总成本和单位成本。

2. 某企业的存货收入、发出和结存数据资料如下:(1) 3 月份期初结存数量 300 件,单价 10 元;(2) 3 月 2 日发出存货 200 件;(3) 3 月 5 日,购进存货 200 件,单价 12 元;(4) 3 月 7 日,发出存货 200 件;(5) 3 月 10 日,购进存货 300 件,单价 11 元;3 月 27 日,发出存货 300 件。

要求:根据上述资料,分别采用先进先出法、加权平均法以及计算发出存货和月末结存存货的成本。

3. 迅达公司 2010 年 8 月 1 日库存材料的计划成本为 2 000 元,实际成本为 2 200 元。本月收入材料的计划成本合计为 50 000 元,实际成本合计为 48 032 元。本月发出材料的计划成本为 30 000 元。

要求:(1) 计算材料成本差异率。(2) 计算发出材料应负担的材料成本差异额。(3) 计算发出材料的实际成本。(4) 计算月末结存材料的计划成本。(5) 计算月末结存材料的实际成本。

4. 宏达工厂基本生产车间 3 月份领用工具 20 只,每只成本 100 元,采用五五摊销法。5 月份,有 6 只专用工具报废,残值 50 元入库。

要求:编制相关的会计分录。

5. 甲企业为增值税一般纳税人,委托乙企业将 A 材料加工成 B 材料,B 材料属应税消费品,加工收回后用于连续生产应税消费品。该企业材料采用计划成本计价核算。有关经济业务如下:(1) 发出 A 材料计划成本 120 000 元,当月材料成本差异率为 -1%。(2) 用银行存款支付加工费、运杂费、税金等共 32 890 元,其中增值税 2 890 元,消费税 13 000 元。(3) B 材料加工完毕验收入库,计划成本 136 200 元。

要求:根据以上经济业务编制会计分录。

6. 某企业对存货进行清查,清查结果及批准处理情况如下:(1) 发现盘盈低值易耗品 5 件,实际单位成本为 300 元。(2) 发现盘亏 B 原材料 400 千克,单位计划成本为 100 元,材料成本差异率为 2%,其购进时的增值税为 6 936 元。(3) 发现毁损 C 产成品 80 件,每件实际成本为 350 元,其应负担的增值税额为 2 750 元。(4) 上述原因已查明:低值易耗品盘盈是收发计量差错造成;原材料短缺是管理制度不健全造成;产成品毁损是意外事故造成,其残料回收作价 500 元,可获保险公司赔偿 18 450 元。经厂长会议批准后,对上述清查结果作出处理。

要求:根据以上经济业务编制会计分录。

7. 某股份公司采用备抵法核算存货跌价损失。假设各年存货数量种类未发生变动,2007 年年末,A 种存货的实际成本为 50 000 元,可变现净值为 47 000 元,2008 年年末,该存货的预计可变现净值为 43 000 元,2009 年年末,该存货的预计可变现净值为 48 500 元,2010 年年末,该存货的预计可变现净值为 51 600 元。

要求:计算各年应提的存货跌价准备并进行相应的会计处理。

8. 某商场为增值税一般纳税人,采用售价金额核算法进行核算。该商场 2010 年 2 月份期初库存日用百货的进价成本 30 万元,售价 40 万元,本期购入日用百货的进价成本 270 万元,售价 360 万元,本期销售收入 340 万元。

要求:试计算该商场 2 月份的以下指标:(1) 商品的进销差价率。(2) 已销日用百货的实际成本。(3) 期末库存日用百货的实际成本。

9. 中南公司 2010 年 5 月初结存原材料的计划成本为 100 000 元,本月收入原材料的计划成本为 200 000 元,本月发出原材料的计划成本为 160 000 元,其中生产产品领用 100 000 元,车间一般耗用 40 000 元,企业行政管理部门领用 20 000 元,原材料成本差异的月初数为 2 000(超支),本月收入原材料成本差异为 5 000 元(节约)。

要求:计算本月材料成本差异率,并编制发出材料的会计分录。

10. 华沙公司为商业批发企业。2010 年 5 月 1 日乙类商品库存 100 000 元,本月购进 50 000 元,本月销售收入 106 000 元,发生的销售折让为 6 000 元,上月该类商品的毛利率为 20%。

要求:计算本月已销商品和库存商品成本。

二、实务操作题

职业实践能力训练

实训项目	存货业务核算
实训目的	熟悉存货核算岗位的基本职责、业务流程;严格审核与存货有关的原始凭证,掌握存货业务的账务处理;学会登记存货的相关总账和明细账
实训资料	1. 实训企业概况 　企业名称:南京恒申有限责任公司 　地址:玄武区清流路 3 号 　法人代表:孙丰 　注册资金:500 万元 　企业类型:有限责任公司(增值税一般纳税人) 　经营范围:金属制品 　纳税人识别号:320122488233912 　开户银行:工行汉府支行 　基本账户账号:33011809032591 2. 2010 年 12 月有关业务附后 3. 所需凭证账页:记账凭证(通用或专用凭证)、原材料等明细账页
实训任务	填制和审核各种与存货业务相关的原始凭证,并据以编制记账凭证

南京恒申公司 2010 年 12 月份发生如下业务。

业务 1:8 日,向南京丽阳有限责任公司购进甲材料 15 000 千克,单价 10 元 / 千克,增值税税率 17%,当日收到增值税专用发票和运费发票,恒申公司开出一张商业承兑汇票支付货款及运费。同日材料验收入库。相关凭证如下所示。

江苏增值税专用发票

3100033161

NO. 22000312

开票日期:2010 年 12 月 8 日

购货单位	名　　　称:南京恒申有限责任公司 纳税人识别号:320122488233912 地 址、电 话:玄武区清流路 3 号 025-3133666 开户行及账号:工行汉府支行 33011809032591						密码区	（略）	
货物或应税劳务名称	规格型号	单位	数量	单价	金额		税率	税额	
甲材料		千克	15 000	10.00	150 000.00		17%	25 500.00	
价税合计(大写)		⊗壹拾柒万伍仟伍佰元整						￥175 500.00	
销货单位	名　　　称:南京丽阳有限责任公司 纳税人识别号:170802002268152 地 址、电 话:南京市中山路 32 号 025-52560789 开户行及账号:工行中山分行 0201001005601 00268						备注		

收款人:　　　　　复核:　　　　　开票人:刘晓月　　　　　销货单位:(章)

第三联：发票联 购货方记账凭证

江苏增值税专用发票

3100033161

NO. 22000312

开票日期:2010 年 12 月 8 日

购货单位	名　　　称:南京恒申有限责任公司 纳税人识别号:320122488233912 地 址、电 话:玄武区清流路 3 号 025-3133666 开户行及账号:工行汉府支行 33011809032591						密码区	（略）	
货物或应税劳务名称	规格型号	单位	数量	单价	金额		税率	税额	
甲材料		千克	15 000	10.00	150 000.00		17%	25 500.00	
价税合计(大写)		⊗壹拾柒万伍仟伍佰元整						￥175 500.00	
销货单位	名　　　称:南京丽阳有限责任公司 纳税人识别号:170802002268152 地 址、电 话:南京市中山路 32 号 025-52560789 开户行及账号:工行中山分行 0201001005601 00268						备注		

收款人:　　　　　复核:　　　　　开票人:刘晓月　　　　　销货单位:(章)

第二联：抵扣联 购货方扣税凭证

公路、内河货物运输业统一发票

发票联

备查号：　　　　　　　　　　　　　　　　　　　　　　发票代码:237030411102

开票日期:2010 年 12 月 8 日　　　　　　　　　　　　发票号码:00007457

机打代码 机打号码 机器编号	237030411102 00007457		税 控 码	略	
收货人及纳 税人识别号	南京恒申有限责任公司 320122488233912		承运人及纳 税人识别号	南京货物运输公司 170805001372564	
发货人及纳 税人识别号	南京丽阳有限责任公司 170802002268152		主管税务 机关及代码	237030503	

运输项目及金额	货物名称	数量	运费金额	其他项目及金额	备注(手写无效) 南京货物运输公司 170805001372564 发票专用章
	甲材料	15 000 千克	600		

运费小计	¥600.00	其他费用小计	

合计(大写)币	陆佰元整	(小写)¥ 600.00

代 开 单 位 及 代 码		扣缴税额税率 完税凭证号码	

开票人:郑同斌

第二联:发票联　付款方记账凭证

收 料 单

材料账户:原材料　　　　　　　　　　　　　　　　　　　　　编　　号:003

材料类别:原料及主要材料　　　　　　　　　　　　　　　　　收料仓库:2 号仓库

供应单位:南京丽阳有限责任公司　　　　2010 年 12 月 8 日　　发票号码:003217

材料 编号	材料 名称	规格	计量 单位	数量		实际价格			
				应收	实收	单价	发票金额	运费	合计
001	甲		千克	15 000	15 000	10.00	150 000.00	558.00	150 558.00
备注									

采购员 张丹东　　　　检验员 王安康　　　　记账员　　　　保管员 孙小海

商业承兑汇票(存根)　3

出票日期　贰零壹零年壹拾贰月零捌日　　　汇票号码第　　号
（大写）

<table>
<tr><td rowspan="3">付款人</td><td>全　称</td><td colspan="3">南京恒申有限责任公司</td><td rowspan="3">收款人</td><td>全　称</td><td colspan="3">南京丽阳有限责任公司</td></tr>
<tr><td>账　号</td><td colspan="3">33011809032591</td><td>账　号</td><td colspan="3">0201001005601002 68</td></tr>
<tr><td>开户银行</td><td colspan="2">工行汉府支行</td><td>行号　25123</td><td>开户银行</td><td colspan="2">工行中山支行</td><td>行号　25122</td></tr>
</table>

出票金额	人民币（大写） 壹拾柒万陆仟壹佰元整	千	百	十	万	千	百	十	元	角	分
			¥	1	7	6	1	0	0	0	0

汇票到期日	2011 年 03 月 08 日	交易合同号码	0339

备注	

此联出票人存查

业务 2：25 日，车间为生产 A 产品而领用包装纸箱，纸箱成本为 2 000 元。领料单如下所示。

领　料　单

字第　1195　号

领料部门：一车间　　　　　用途：生产 A 产品　　　　　2010 年 12 月 25 日

品　名	规格型号	单位	数量 请领	数量 实领	单价	金额
包装纸箱		只	200	200	10.00	2 000.00

备注	包装 A 产品用

领料部门负责人 赵爱党　　　　领料人 李　进　　　　会计　　　　发料人 孙小海

业务 3:31 日,根据当月发料单编制"发料凭证汇总表",如下所示。

发料凭证汇总表

2010 年 12 月   单位:元

会计账户	领用部门及用途	甲材料	乙材料	合计
生产成本——基本生产成本	甲产品	100 000.00	50 000.00	150 000.00
	乙产品	800 000.00	20 000.00	820 000.00
	小计	900 000.00	70 000.00	970 000.00
生产成本——辅助生产成本	机修车间	18 000.00	1 000.00	19 000.00
制造费用	一车间	1 200.00		1 200.00
	二车间	1 300.00		1 300.00
	小计	2 500.00		2 500.00
管理费用		1 000.00		1 000.00
销售费用		500.00		500.00
合计		922 000.00	141 000.00	993 000.00

主管: 会计: 复核:张小军   记账: 制单:李立

业务 4:31 日,生产的甲产品 5 000 件验收入库,单位成本每件 400 元。相关凭证如下所示。

库存商品入库单

交库单位:一车间   2010 年 12 月 31 日   编号:015   单位:元

产品名称	规格	计量单位	交付数量	入库数量	单价	金额	备注
甲产品		件	5 000	5 000	400.00	2 000 000.00	

检验 王小燕   仓库验收 叶子绿   车间交件人 张文斌

产品成本计算单

生产车间:一车间   2010 年 12 月 31 日   单位:元

产品名称	单位	数量	成本构成				单位成本
			直接材料	直接人工	制造费用	合计	
甲产品	件	5 000	1 875 000.00	110 000.00	15 000.00	2 000 000.00	400.00
合计			1 875 000.00	110 000.00	15 000.00	2 000 000.00	400.00

核算员:池小泉

业务5:31日,销售甲产品3 800件,售价2 280 000元,销项税额387 600元,商品已发出,产品销售成本按加权平均单价计算每件405元。款项全部收妥。相关凭证如下所示。

此联不作报销入折凭证使用

NO. 22000901

开票日期:2010 年 12 月 31 日

货物或应税劳务名称	规格型号	单位	数量	单价	金额	税率	税额
甲产品		件	3 800	600.00	2 280 000.00	17%	387 600.00

购货单位
名　称:南方有限责任公司
纳税人识别号:320122488215503
地址、电话:汉阳区解放路26号 025-32879254
开户行及账号:解放路分行 330118090122016

价税合计(大写) ⊗贰佰陆拾陆万柒仟陆佰元整 ￥2 667 600.00

销货单位
名　称:南京恒申有限责任公司
纳税人识别号:320122488233912
地址、电话:玄武区清流路3号 025-3133666
开户行及账号:工行汉府支行 33011809032591

南京恒申有限责任公司
32012248823391
发票专用章

收款人:　　　复核:　　　开票人:王晓斌　　　销货单位(章)

第一联:记账联 销货方记账凭证

中国工商银行进账单(收账通知)

2010年12月31日

出票人	全　称	南方有限责任公司	收款人	全　称	南京恒申有限责任公司
	账　号	330118090122016		账　号	33011809032591
	开户银行	解放路分行		开户银行	工行汉府支行

人民币(大写)贰佰陆拾陆万柒仟陆佰零拾零元零角零分	千	百	十	万	千	百	十	元	角	分
		￥	2	6	6	7	6	0	0	0	0

票据种类	转账支票
票据张数	1张

本月31日甲产品销货款

中国工商银行
汉府支行
2010.12.31
转讫

复核　　　记账　　　收款人开户银行盖章

此联是持票人开户银行交给持票人的收账通知

产品销售成本计算表

2010 年 12 月 31 日

单位:元

产品名称	单位	销售数量	加权平均单价	产品销售成本
甲产品	件	3 800	405.00	1 539 000.00
合计		3 800	405.00	1 539 000.00

职业拓展能力训练

拓展训练一

2010 年 4 月,宏远工厂发生下述经济业务,原材料按实际成本进行核算,不考虑运费的增值税抵扣,作相应的会计分录。

(1) 1 日,企业从光明工厂购入甲材料一批,专用发票上记载的货款为 30 000 元,增值税 5 100 元,前已付款 20 000 元,材料已验收入库。

(2) 5 日,企业从前进工厂购入乙材料一批,增值税专用发票上注明的材料价款为 50 000 元,增值税 8 500 元,购进材料支付运费 1 000 元,装卸费 300 元,全部款项用银行存款支付,材料尚未到达。

(3) 6 日,宏远工厂从胜利工厂购入甲材料 100 吨,每吨不含税价格 2 000 元,每吨运费 100 元,保险费共 2 000 元,增值税 34 000 元,全部款项开承兑的商业汇票,材料尚未到达。

(4) 15 日,生产部门自制完成的丙材料一批,其实际成本 10 000 元,材料已验收入库。

(5) 18 日,从前进工厂购入的乙材料验收入库。

(6) 25 日,从胜利工厂购入的甲材料运到,验收入库后的合格品为 95 吨,缺少 5 吨。后查明原因,缺少 5 吨系被盗所致,保险公司同意赔款 10 000 元。

(7) 30 日,采用委托收款结算方式从红星工厂购入乙材料一批,材料验收入库,月末发票账单尚未收到,暂估价为 5 000 元。

(8) 30 日,根据"发料凭证汇总表"的记录,本月基本生产车间领用甲材料 50 000 元,车间管理部门领用甲材料 2 000 元,销售部门领用甲材料 1 800 元,企业管理部门领用甲材料 1 200 元。

拓展训练二

前进工厂为增值税一般纳税人,材料按实际成本计价核算。该企业 2010 年 7 月份发生经济业务如下:

(1) 1 日,将上月末已收料尚未付款的暂估入账用红字冲回,金额为 75 000 元。

(2) 5 日,上月已预付的在途 A 材料已验收入库,A 材料成本为 50 000 元。

(3) 8 日,向甲企业购入 A 材料,买价 100 000 元,增值税 17 000 元,该企业已代垫运费 1 500 元(准予扣除进项税 105 元)。企业签发并承兑一张面值金额为 118 500 元,2 个月期的商业汇票结算材料款项,材料已验收入库。

(4) 9 日,按照合同规定,向乙企业预付购料款 80 000 元,已开出转账支票支付。

(5) 11 日,向丙企业采购 A 材料,材料买价 30 000 元,增值税为 5 100 元,款项 35 100 元用银行本票存款支付,材料已验收入库。

(6) 12 日,向丁企业采购 A 材料 1 000 千克,买价为 120 000 元,增值税为 20 400 元,该企业已代垫运杂费 2 000 元(其中运费为 1 000 元),货款共 142 400 元已通过托收承付结算方式支付,材料尚未到达。

(7) 20 日,向丁企业购买的 A 材料运达,验收入库。

(8) 22 日,用预付货款方式向乙企业采购的 B 材料已验收入库,有关的发票单据列明材料价款 70 000 元,增值税 11 900 元。即开出一张转账支票补付货款 1 900 元。

(9) 30 日,向甲企业购买 A 材料,材料已验收入库,结算单据等仍未到达,按暂估价 60 000 元入账。

(10) 31 日,根据发料凭证汇总表,本月基本生产车间领用原材料 423 000 元,车间一般性消耗领用 80 500 元,厂部管理部门领用 78 600 元,固定资产工程领用 52 300 元。

要求:根据以上经济业务编制会计分录。

拓展训练三

甲上市公司为增值税一般纳税人公司,原材料采用实际成本法核算,2010 年 11 月 1 日,公司"库存商品"账户账面余额为 230 万元,"原材料"账户的账面余额为 20 万元,"存货跌价准备"账户的贷方余额为 1 万元(均为原材料形成)。2010 年 11 月发生的有关采购与销售业务如下:

(1) 11 月 1 日,从 A 公司采购材料一批,收到的增值税专用发票上注明的货款为 100 万元,增值税为 17 万元。材料已验收入库,款项尚未支付。

(2) 11 月 6 日,向 B 公司销售商品一批,开出的增值税专用发票上注明的售价为 200 万元,增值税为 34 万元,该批商品实际成本为 140 万元,款项尚未收到。

(3) 11 月 8 日,向 C 公司销售商品一批,开出的增值税专用发票上注明的售价为 100 万元,增值税为 17 万元,该批商品实际成本为 70 万元,款项尚未收到。

(4) 销售给 B 公司的部分商品,由于存在质量问题,11 月 20 日,B 公司要求退回 11 月 6 日所购 W 商品的 50%,经过协商甲上市公司同意了 B 公司的退货要求并按规定向 B 公司开具了增值税专用发票(红字),发生的销售退回允许扣减当期的增值税销项税额,该批退回的商品已验收入库。

(5) 销售给 C 公司的商品,由于存在质量问题,C 公司要求在价格上给予 5% 的折让,甲上市公司同意并办妥手续开具红字增值税专用发票。

(6) 11 月 30 日,经过减值测试公司的原材料的可变现净值为 116 万元,库存商品没有发生减值。

要求:编制甲上市公司上述(1)、(2)、(3)、(4)、(5)项业务的会计分录。计算甲上市公司 2007 年 11 月 30 日原材料应确认的存货跌价准备并编制会计分录。

("应交税费"账户要求写出明细账户和专栏名称答案中的金额单位用万元表示)

拓展训练四

甲公司存货包括"库存商品——甲产品"和"原材料——A 材料",生产用原材料的发出成本按月末一次加权平均法计算。该种原材料是用于加工库存商品甲产品的,用于直接对外销售,目前甲产品未签订销售合同。2010 年 1 月份的相关资料如下:

（1）2010 年 1 月 1 日，结存 A 材料 100 千克，期末库存除 A 材料外无其他存货，A 材料每千克实际成本 100 元。当月库存 A 材料收发情况如下：

1 月 3 日，购入 A 材料 50 千克，每千克实际成本 105 元，材料已验收入库。

1 月 5 日，发出 A 材料 80 千克。

1 月 7 日，购入 A 材料 80 千克，每千克实际成本 110 元，材料已验收入库。

1 月 10 日，发出 A 材料 30 千克。

（2）1 月 31 日，甲产品库存 2 000 件，每件成本为 155 元。

（3）1 月 31 日，库存 A 材料的市场价格为每千克 100 元，可以加工成甲产品 100 件，继续加工为甲产品需要发生的加工费为 55 元 / 件，1 月 31 日，甲产品的预计售价为 160 元 / 件，预计销售费用为 10 元 / 件。

要求：

（1）根据资料（1）计算 A 材料 1 月 31 日结存成本及结存数量（计算结果出现小数的均保留两位小数）。

（2）根据资料（1）和（3）判断 A 材料是否减值，如果发生减值，计算计提的跌价准备金额并作计提跌价准备的会计处理。

（3）根据资料（3）判断甲产品是否减值，如果发生减值，计算计提的跌价准备金额并作计提跌价准备的会计处理。

拓展训练五

某工业企业为增值税一般纳税企业，材料按计划成本计价核算。甲材料计划单位成本为每公斤 10 元。该企业 2010 年 4 月份有关资料如下：

（1）"原材料"账户月初余额 40 000 元，"材料成本差异"账户月初贷方余额 500 元，"材料采购"账户月初借方余额 10 600 元（上述账户核算的均为甲材料）。

（2）4 月 5 日，企业上月已付款的甲材料 1 000 公斤如数收到，已验收入库。

（3）4 月 15 日，从外地 A 公司购入甲材料 6 000 公斤，增值税专用发票注明的材料价款为 59 000 元，增值税额 10 030 元，企业已用银行存款支付上述款项，材料尚未到达。

（4）4 月 20 日，从 A 公司购入的甲材料到达验收入库时发现短缺 40 公斤，经查明为途中定额内自然损耗。按实收数量验收入库。

（5）4 月 30 日，汇总本月发料凭证，本月共发出甲材料 7 000 公斤，全部用于产品生产。

要求：根据上述业务编制相关的会计分录，并计算本月材料成本差异率、本月发出材料应负担的成本差异及月末库存材料的实际成本。

学习情境 4　在建工程及固定资产业务核算

知识点回顾：

1. 在建工程业务核算

业务内容		会计处理
自营工程	购买工程物资	借：工程物资［材料买价加增值税额］ 　贷：银行存款
	工程领用生产用原材料	借：在建工程 　贷：原材料 　　　应交税费——应交增值税（进项税额转出）
	工程领用工程物资	借：在建工程 　贷：工程物资
	工程建设期间发生工程人员薪酬	借：在建工程 　贷：应付职工薪酬
	工程达到预定可使用状态	借：固定资产 　贷：在建工程
出包工程	支付工程款	借：在建工程 　贷：银行存款
	工程达到预定可使用状态	借：固定资产 　贷：在建工程
在建工程期末计价		借：资产减值损失 　贷：在建工程减值准备［按在建工程可回收金额低于其账面价值的差额］

2. 固定资产业务核算

业务内容		会计处理
固定资产取得	外购不需安装固定资产	借：固定资产 　　应交税费——应交增值税（进项税额） 　贷：银行存款
	外购需要安装固定资产　支付购置价款	借：在建工程［按买价加运杂费及相关税费金额］ 　　应交税费——应交增值税（进项税额） 　贷：银行存款
	外购需要安装固定资产　支付安装费	借：在建工程［按实际支出金额］ 　贷：银行存款
	外购需要安装固定资产　交付使用	借：固定资产 　贷：在建工程
计提固定资产折旧		借：制造费用 　　管理费用 　　销售费用 　贷：累计折旧

业务内容			会计处理
固定资产后续支出	固定资产改建、扩建或改良支出	将固定资产转入改扩建工程	借:在建工程 　　累计折旧 　　贷:固定资产
		支付工程价款	借:在建工程[按实际支出金额] 　　贷:银行存款
		改扩建工程达到预定可使用状态	借:固定资产 　　贷:在建工程
	固定资产修理		借:管理费用[经营管理用固定资产] 　　制造费用[车间生产用固定资产] 　　销售费用[销售部门用固定资产] 　　贷:银行存款 　　　　原材料 　　　　应付职工薪酬等
处置固定资产业务	将出售、报废固定资产转入清理		借:固定资产清理 　　累计折旧 　　贷:固定资产
	支付固定资产清理费用		借:固定资产清理 　　贷:银行存款 　　　　(应交税费——应交营业税)
	取得固定资产处置收入		借:银行存款 　　贷:固定资产清理
	结算固定资产清理净损益		净收益: 借:固定资产清理 　　贷:营业外收入——固定资产清理收益 净损失: 借:营业外支出——固定资产清理损失 　　贷:固定资产清理
	固定资产盘亏业务		借:待处理财产损溢——待处理固定资产损溢 　　累计折旧 　　贷:固定资产
	固定资产盘盈业务		借:固定资产 　　贷:以前年度损益调整
	固定资产发生减值		借:资产减值损失——固定资产减值损失 　　贷:固定资产减值准备[按固定资产可回收金额低于其账面价值的差额]

职业判断能力训练

一、单项选择题

1. 固定资产发生减值应计入（　　　）

A. 在建工程成本　　　　　　B. 制造费用

C. 资产减值损失　　　　　　D. 长期待摊费用

2. 某企业购入一台需要安装的设备，取得的增值税专用发票上注明的设备买价为 60 000 元，增值税款为 10 200 元，支付的运输费为 1 200 元。设备安装时领用工程用材料物资价值 1 500 元，购进该批材料物资时支付的增值税额为 255 元，设备安装时支付有关人员工资费用 2 500 元，该项固定资产的成本为（　　　）

A. 60 000　　　　B. 62 700　　　　C. 65 200　　　　D. 75 655

3. 生产经营期间固定资产报废清理的净损失应计入（　　　）。

A. 营业外支出　　　　　　B. 管理费用

C. 资本公积　　　　　　　D. 长期待摊费用

4. 企业有设备一台，原价 100 000 元，预计净残值 4 000 元，预计可使用年限 5 年。按双倍余额递减法计提折旧，则第二年应计提的折旧为（　　　）元。

A. 19 200　　　　B. 20 000　　　　C. 24 000　　　　D. 24 640

5. 企业有设备一台，原价 100 000 元，预计净残值 4 000 元，预计可使用年限 5 年。按年数总和法计提折旧，则第二年应计提的折旧为（　　　）元。

A. 18 133　　　　B. 19 200　　　　C. 25 600　　　　D. 26 667

6. 企业自营建造固定资产工程尚未完工，盘盈的工程用料，应作如下会计分录（　　　）。

A. 借：生产成本（红字）

　　贷：原材料（红字）

B. 借：原材料

　　贷：在建工程——自营工程

C. 借：工程物资

　　贷：在建工程——自营工程

D. 借：原材料

　　贷：其他业务收入

7. 固定资产改建中取得的变价收入，应记入（　　　）。

A. "在建工程"账户　　　　B. "营业外收入"账户

C. "管理费用"账户　　　　D. "固定资产清理"账户

8. 某企业对账面原价为 120 万元，累计折旧为 70 万元的某一项固定资产进行清理。清理时发生清理费用 5 万元，清理收入 80 万元（按 5% 的营业税率交纳营业税，其他税费略）。该固定资产的清理净收益为（　　　）万元。

A. 21　　　　B. 25　　　　C. 71　　　　D. 75

9. 企业的固定资产在盘盈盘亏时，应通过下列哪个账户核算（　　　）。

A. 在建工程　　　　　　　B. 固定资产清理

C. 待处理财产损溢   D. 管理费用

10. 下列项目中,不应计入固定资产入账价值的是(   )。

A. 固定资产安装过程中领用生产用原材料负担的增值税

B. 固定资产达到预定可使用状态后发生的借款利息

C. 为建造厂房而支付的土地出让金

D. 在购置固定资产过程中发生的契税

二、多项选择题

1. 购入的固定资产入账价值包括(   )。

A. 买价   B. 运杂费

C. 途中保险费   D. 增值税及进口关税

E. 安装费

2. 下列固定资产中应计提折旧的有(   )。

A. 不需用的房屋及建筑物   B. 在用的机器设备

C. 未提足折旧提前报废的固定资产   D. 以经营租赁方式租入的固定资产

E. 季节性停用的固定资产

3. 下列固定资产不提折旧的有(   )。

A. 已全额计提减值准备的固定资产   B. 大修理停用的固定资产

C. 已提足折旧继续使用的固定资产   D. 当月增加的固定资产

E. 当月减少的原在用固定资产

4. 下列项目中,应记入"固定资产清理"账户借方的是(   )。

A. 盘亏固定资产的净值   B. 报废固定资产发生的清理费用

C. 报废固定资产的净值   D. 出售固定资产交纳的营业税

E. 改建、扩建固定资产的变价收入

5. 企业计算固定资产折旧的主要依据有(   )。

A. 固定资产原价   B. 预计使用年限

C. 预计净残值   D. 固定资产的使用部门

E. 实际报废清理净损益

6. 属于加速折旧的固定资产折旧方法有(   )。

A. 年限平均法   B. 工作量法

C. 双倍余额递减法   D. 年数总和法

E. 账面价值与可收回金额孰低法

7. 确定固定资产处置损益时,应考虑的因素有(   )。

A. 累计折旧   B. 营业税

C. 清理费用   D. 固定资产减值准备

E. 保险赔款

8. "固定资产清理"账户核算内容包括(   )。

A. 固定资产报废   B. 固定资产出售

C. 固定资产盘盈   D. 固定资产改扩建支出

E. 固定资产修理费用

9. 下列说法中正确的有（　　　　　　　　）。

A. 购置的不需要经过建造过程即可使用的固定资产，按实际支付的买价、包装费、运输费、安装成本、交纳的有关税金等，作为入账价值

B. 自行建造的固定资产，按建造该项资产达到预定可使用状态前所发生的全部支出，作为入账价值

C. 投资者投入的固定资产，按投资方原账面价值作为入账价值

D. 如果以一笔款项购入多项没有单独标价的固定资产，按各项固定资产公允价值的比例对总成本进行分配，分别确定各项固定资产的入账价值

E. 购入需安装的固定资产其安装费不计入固定资产成本

10. 下列与固定资产购建相关的支出项目中，构成一般纳税企业固定资产价值的有（　　　　　　　　）。

A. 支付的增值税

B. 支付的耕地占用税

C. 进口设备的关税

D. 自营在建工程达到预定可使用状态前发生的借款利息（符合资本化条件）

E. 购入固定资产出差人员的差旅费用

三、判断题

1. 企业接受其他单位的固定资产投资时，"固定资产"账户入账金额应考虑投资方原账面价值，但"实收资本"账户金额应按双方合同约定的价值入账。（　　）

2. 按双倍余额递减法计提的折旧额在任何时期都大于按平均年限法计提的折旧额。（　　）

3. 对于企业发生的利息支出，在固定资产交付使用前发生的，应予资本化，将其计入固定资产的建造成本；在交付使用后发生的，则应作为当期损益处理。（　　）

4. 企业接受其他单位的固定资产投资时，"固定资产"账户要按投资合同或协议约定的价值入账。（　　）

5. 企业在计提固定资产折旧时，当月增加的固定资产当月不提折旧，当月减少的固定资产当月照提折旧。（　　）

6. 企业生产车间以经营租赁方式将一台固定资产租给某单位使用，该固定资产的所有权尚未转移。企业对该固定资产仍应计提折旧，计提折旧时应记入"其他业务支出"账户。（　　）

7. 固定资产的可收回金额，是指资产的销售净价与预期从该资产的持续使用和使用寿命结束时的处置中形成的现金流量的现值两者之中的较低者。其中，销售净价是指，资产的销售价格减去处置资产所发生的相关税费后的余额。（　　）

8. 固定资产的入账价值中应当包括企业为取得固定资产而交纳的契税、耕地占用税、车辆购置税等相关税费。（　　）

9. 企业的固定资产应当在期末时按照账面价值与可收回金额孰低计量，对可收回金额低于账面价值的差额，应当计提固定资产减值准备。（　　）

10. 与固定资产有关的后续支出，如果符合固定资产的条件，则应当计入固定资产成本，如果不符合固定资产确认条件，应当在发生时计入当期损益。（　　）

职业实践能力训练

一、计算分析题

1. 2010 年 1 月 3 日,公司(一般纳税人)购入一台需要安装设备,购买价款 400 000 元,增值税 68 000 元。安装过程中,支付工人费用 9 000 元,领用原材料 1 000 元,增值税税率 17%。设备预计使用 5 年,预计净残值 4 000 元。

要求:(1) 编制相关会计分录。

(2) 采用平均年限法计算的设备月折旧额。

2. 2010 年 4 月 1 日,甲公司为降低采购成本,向乙公司一次购进了 3 套不同型号且具有不同生产能力的设备 A、B 和 C。甲公司为该批设备共支付货款 7 800 000 元,增值税税额 1 326 000 元,包装费 42 000 元,全部以银行存款支付。假定设备 A、B 和 C 均满足固定资产的定义及其确认条件,公允价值分别为 2 926 000 元、3 594 800 元、1 839 200 元。不考虑其他相关税费。

要求:编制上述业务相关的会计分录。

3. 企业购入设备一台,原价 200 000 元,该设备预计使用 8 年,预计净残值率为 4%。

要求:按双倍余额递减法计算出年折旧率和每年的折旧额。

4. 某企业某项固定资产原价为 100 000 元,预计净残值 5 000 元,预计使用年限 4 年。

要求:用双倍余额递减法和年数总和法分别计算该项固定资产每年的折旧额。

5. 合安公司在固定资产清查中,发现有账外电机一台,同类电机的市场价格为 8 000 元,估计还有四成新。盘盈的电机经批准后转作企业收益。

要求:(1) 计算盘盈固定资产的价值。

(2) 对该项业务进行会计处理。

6. 合安公司将一台甲设备用于对黄海公司的投资。甲设备的账面原值为 30 000 元,已提折旧 10 000 元,已提减值准备 2 000 元。甲设备转出时以银行存款支付运输费 200 元,包装费 300 元。

要求:(1) 计算投资成本。

(2) 对该项业务进行会计处理。

7. 甲公司为一家制造企业。2009 年 1 月 1 日向乙公司购进三套不同型号且具有不同生产能力的设备 A、B、C。共支付货款 7 800 000 元,增值税额 1 326 000 元,包装费 42 000 元。全部以银行存款支付。假定 A、B、C 均满足固定资产的定义和确认条件,公允价值分别为 2 926 000 元、3 594 800 元、1 839 200 元。不考虑其他相关税费。

要求:(1) 确定固定资产 A、B、C 的入账价值。

(2) 做出购入固定资产的会计分录。

8. 某企业于 2009 年 9 月 15 日对一生产线进行改扩建,改扩建前该生产线的原价为 1 400 万元,已提折旧 400 万元,已提减值准备 50 万元。改扩建过程中实际领用工程物资(含增值税)351 万元;领用企业生产用的原材料一批,实际成本为 40 万元,应转出的增值税为 6.80 万元;分配工程人员工资 45.60 万元;企业辅助生产车间为工程提供有关劳务支出 6.60 万元,该生产线于 2009 年 10 月 30 日达到预定可使用状态。该企业对改扩建后的固定资产采用年数总和法计提折旧,预计尚可使用年限为 5 年,预计净残值为 42 万元。

要求:(1) 编制上述与固定资产改扩建有关业务的会计分录。

(2) 计算改扩建后的固定资产 2010 年应计提的折旧额。

9. 长江公司为增值税一般纳税人。2009 年 1 月,长江公司应生产需要,决定用自营方式建造一厂房。相关资料如下:

(1) 2009 年 1 月 5 日,购入工程用专项物资 200 万元,增值税额为 34 万元,该批专项物资已验收入库,款项用银行存款付讫。

(2) 领用上述专项物资,用于建造厂房。

(3) 领用本单位生产的水泥一批用于工程建设,该批水泥成本为 40 万元 ,税务机关核定的计税价格为 50 万元,增值税税率为 17%。

(4) 领用本单位外购原材料一批用于工程建设,原材料实际成本为 10 万元。应负担的增值税额为 1.7 万元。

(5) 2009 年 1 月至 3 月,应付工程人员工资 20 万元,用银行存款支付其他费用 5.8 万元。

(6) 2009 年 3 月 31 日,该厂房达到预定可使用状态,估计可使用 20 年,估计净残值为 20 万元,采用直线法计提折旧。

要求:(1) 计算该厂房的入账价值。

(2) 计算 2009 年度该厂房应计提的折旧额。

(3) 编制长江公司 2009 年度与上述业务相关的会计分录。

10. 甲企业为增值税一般纳税人,增值税税率为 17%。2010 年发生固定资产业务如下:

(1) 1 月 20 日,企业管理部门购入一台不需安装的 A 设备,取得的增值税专用发票上注明的设备价款为 550 万元,增值税为 93.5 万元,另发生运输费 4.5 万元,款项均以银行存款支付。

(2) A 设备经过调试后,于 1 月 22 日投入使用,预计使用 10 年,净残值为 35 万元,决定采用双倍余额递减法计提折旧。

(3) 7 月 15 日,企业生产车间购入一台需要安装的 B 设备,取得的增值税专用发票上注明的设备价款为 600 万元,增值税为 102 万元,另发生保险费 8 万元,款项均以银行存款支付。

(4) 8 月 19 日,将 B 设备投入安装,以银行存款支付安装费 3 万元。B 设备于 8 月 25 日达到预定使用状态,并投入使用。

(5) B 设备采用工作量法计提折旧,预计净残值为 35.65 万元,预计总工时为 5 万小时。9 月,B 设备实际使用工时为 720 小时。

假设上述资料外,不考虑其他因素。

要求:

(1) 编制甲企业 2010 年 1 月 20 日购入 A 设备的会计分录。

(2) 计算甲企业 2010 年 2 月 A 设备的折旧额并编制会计分录。

(3) 编制甲企业 2010 年 7 月 15 日购入 B 设备的会计分录。

(4) 编制甲企业 2010 年 8 月安装 B 设备及其投入使用的会计分录。

(5) 计算甲企业 2010 年 9 月 B 设备的折旧额并编制会计分录。

(答案中的金额单位用万元表示)

二、实务操作题

实训项目	固定资产业务核算
实训目的	训练学生填制与审核原始凭证、记账凭证、登记明细账,以及分析经济业务的能力;熟练运用所学理论知识计提固定资产折旧,对固定资产增加、固定资产减少、固定资产折旧、固定资产修理及改扩建等进行账务处理
实训资料	1. 公司概况 　　公司名称:燎原公司 　　开户银行:工商银行东海支行　行号 3703 　　账号:16030058363803366 　　纳税人识别号:350603001112228 　　联系电话:0198-27606068 　　公司地址:东海市香港路 388 号 2. 有关固定资产的核算方法:固定资产采用平均年限法计提折旧,工程物资采用实际成本核算 　　2010 年 6 月份部分固定资产明细账的期初余额如下: 金额单位:万元 3. 当月该公司发生有关固定资产增减业务附后 4. 所需凭证账页:收款凭证、付款凭证、转账凭证、数量金额式明细账、三栏式明细账
实训任务	1. 开设"固定资产"账户、"在建工程"账户二级账或明细账户,登记期初余额 2. 分析原始凭证,确定会计分录,填制记账凭证 3. 根据记账凭证登记有关固定资产、在建工程二级账或明细账,结出本期发生额和期末余额

总账	二级账或明细账户金额	
固定资产	房屋	1 120
	建筑物	640
	机器设备	2 000
	运输设备	300
	其他设备	
在建工程	出包工程(办公楼改良)	10
	工程物资	5
累计折旧		18(贷方)

　　燎原公司 2010 年 6 月发生如下业务。

　　业务 1:2 日,开出转账支票一张,支付购买电子设备款。相关凭证如下所示。

东海市增值税专用发票

NO. 02355624

开票日期:2010 年 6 月 2 日

购货单位	名　　称:燎原公司 纳税人识别号:350603001112228 地 址、电 话:东海市香港路 388 号 0198-27606068 开户行及账户:工商银行东海支行 16030058363803366					密码区	

货物或应税劳务名称	规格型号	单位	数量	单价	金额	税率	税额
A266 型电子设备		台	1	13 000	13 000.00	17%	2 210.00
					13 000.00		2 210.00

价税合计(大写)	⊗壹万伍仟贰佰壹拾元零角零分	(小写) ¥15 210.00

销货单位	名　　称:华洋有限责任公司 纳税人识别号:350603001112233 地 址、电 话:东海市南山路 309 号 0198-27605429 开户行及账号:东海市工商银行 16030058363803366	备注

350603001112233
财务专用章

收款人:　　　　复核:张丽　　　　开票人:王成　　　　销货单位:

中国工商银行
转账支票存根

支票号码:5570435
科　　目＿＿＿＿＿＿＿＿
对方科目＿＿＿＿＿＿＿＿
出票日期 2010 年 6 月 2 日

收款人:华洋机床厂
金　额:¥15 210.00
用　途:付设备款

单位主管 赵方园　　会计 朱亚

业务2:11日,购买需要安装机床一台。相关凭证如下所示。

东海市增值税专用发票

NO.02377623

开票日期:2010 年 6 月 11 日

购货单位	名　　　　称:燎原公司 纳税人识别号:350603001112228 地 址、电 话:东海市香港路 388 号 0198-27606068 开户行及账户:工商银行东海支行 16030058363803366	密码区	

货物或应税劳务名称	规格型号	单位	数量	单价	金额	税率	税额
A213 型机床		台	1	14 102.56	14 102.56	17%	2 397.44
					14 102.56		2 397.44

价税合计(大写)	⊗壹万陆仟伍佰零拾零元零角零分	(小写)￥16 500.00

销货单位	名　　　　称:东海机械公司 纳税人识别号:370604001432237 地 址、电 话:东海市 北昌路 319 号 0198-27605239 开户行及账号:东海市工商银行 16030058363803342	备注	东海机械公司 370604001432237 发票专用章

收款人:　　　　复核:张云　　　　开票人:李成　　　　销货单位:

第三联:发票联　购货方记账凭证

中国工商银行
转账支票存根

支票号码:5570463

科　　目＿＿＿＿＿＿＿

对方科目＿＿＿＿＿＿＿

出票日期　2010 年 6 月 11 日

收款人:红光机械厂
金　额:￥16 500.00
用　途:支付设备款

单位主管 赵方园　会计 朱亚

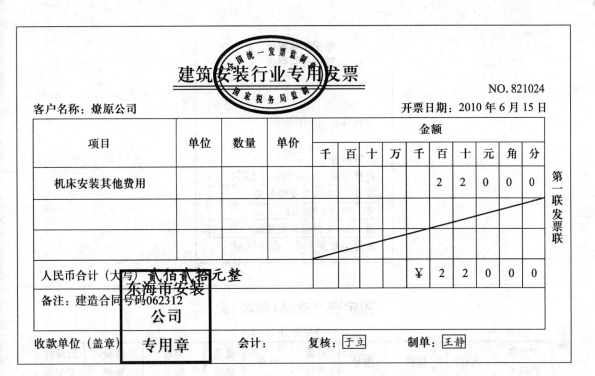

建筑安装行业专用发票

NO. 821024

客户名称：燎原公司　　　　　　　　　　　　　开票日期：2010 年 6 月 15 日

项目	单位	数量	单价	金额									
				千	百	十	万	千	百	十	元	角	分
机床安装其他费用								2	2	0	0	0	0
人民币合计（大写） 贰佰贰拾元整								￥	2	2	0	0	0

备注：建造合同号码062312

东海市安装公司 专用章

收款单位（盖章）　　　　会计：　　复核：于立　　制单：王静

第一联发票联

建筑安装行业专用发票

NO. 821023

客户名称:燎原公司　　　　　　　　　　　　　2010 年 6 月 15 日

项目	单位	数量	单价	金额									
				千	百	十	万	千	百	十	元	角	分
支付设备安装费								1	1	0	0	0	0
人民币合计(大写) 壹仟壹佰元整								￥	1	1	0	0	0	0

备注:建造合同号码062312

东海市安装公司 专用章

收款单位(盖章)　　　　会计：　　复核：于立　　制单：王静

第一联发票联

**中国工商银行
转账支票存根**

支票号码：5570465
科　　目　＿＿＿＿＿＿＿
对方科目　＿＿＿＿＿＿＿
出票日期　2010 年 6 月 15 日
收款人：东海市安装公司
金　　额：¥1 320.00
用　　途：支付设备安装款
单位主管　赵方园　会计　朱亚

固定资产交接（验收）单

2010 年 6 月 28 日

固定资产编号	名称	规格	型号	计量单位	数量	建造单位	建造编号	资金来源	附属技术资料
20-7	机床			台	1			自有	
总价（净值）	土建工程费	设备费	安装费	运杂费	包装费	其他	合计	预计年限	净残值率
		14 102.56	1 100			220	15 422.56	10	5%
附属设备或建筑					原值		已提折旧		
验收意见	合格,交生产使用	验收人签章		王一	保管使用人签章			张雨	

业务3：4日,领用工程物资用于仓库工程,30日,工程达到预定可使用状态。相关凭证如下所示。

工程物资领料单

2010 年 6 月 4 日　　　　编号:3

发料仓库	工程物资库	用途	自营仓库工程				三、转财务核算
领料单位	工程队						
器材编号	物资名称	规格型号	单位	数量 请领 / 实发		实际价格 单价 / 总价	
101-3	细砂		公斤	10 000 / 10 000		1.20 / 12 000	
供应		发料	柳涛	领料单位主管	陈思	领料	胡凝

工程物资领料单

2010 年 6 月 4 日

编号:2

发料仓库	工程物资库	用途	自营仓库工程				三、转财务核算
领料单位	工程队						
器材编号	物资名称	规格型号	单位	数量		实际价格	
				请领	实发	单价	总价
101-2	白灰		公斤	5 000	5 000	1.80	9 000
供应		发料	柳涛	领料单位主管	陈思	领料	胡凝

工程物资领料单

2010 年 6 月 4 日

编号:1

发料仓库	工程物资库	用途	自营仓库工程				三、转财务核算
领料单位	工程队						
器材编号	物资名称	规格型号	单位	数量		实际价格	
				请领	实发	单价	总价
101-1	水泥	300#	公斤	12 000	12 000	2.00	24 000
供应		发料	柳涛	领料单位主管	陈思	领料	胡凝

工程物资领料单

2010 年 6 月 12 日

编号:5

发料仓库	工程物资库	用途	自营仓库工程				三、转财务核算
领料单位	工程队						
器材编号	物资名称	规格型号	单位	数量		实际价格	
				请领	实发	单价	总价
102-2	涂料		桶	20	20	200	4 000
供应		发料	柳涛	领料单位主管	陈思	领料	石淼

在建工程明细账(2010 年 6 月 30 日)　　　　　　　　　　单位:元

类别	名称	金额
工程物资	水泥	24 000
	白灰	9 000
	细砂	12 000
	油漆	420
	涂料	4 000
人工费	工人工资	5 800
合计		55 220

固定资产交接(验收)单

2010 年 6 月 30 日

固定资产编号	名称	规格	型号	计量单位	数量	建造单位	建造编号	资金来源	附属技术资料
20-1	成品仓库			座	1	本厂工程队		自有	
总价(净值)	土建工程费	设备费	安装费	运杂费	包装费	其他	合计	预计年限	净残值率
	55 220						55 220	10	3%
附属设备或建筑					原值		已提折旧		
验收意见	合格,交销售科使用	验收人签章	王丽			保管使用人签章		曹山	

业务 4:28 日,支付工程款,工程达到预定可使用状态。相关凭证如下所示。

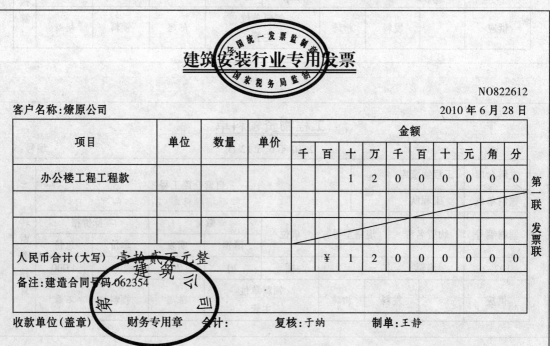

建筑安装行业专用发票

NO822612

客户名称:燎原公司　　　　　　　　　　2010 年 6 月 28 日

项目	单位	数量	单价	金额									
				千	百	十	万	千	百	十	元	角	分
办公楼工程工程款					1	2	0	0	0	0	0	0	0
人民币合计(大写) 壹拾贰万元整				¥	1	2	0	0	0	0	0	0	0

备注:建造合同号码062354

收款单位(盖章)　　财务专用章　　合计:　　复核:于纳　　制单:王静

第一联　发票联

中国工商银行
转账支票存根

支票号码:5570436
科　　目＿＿＿＿＿＿＿
对方科目＿＿＿＿＿＿＿
出票日期 2010 年 6 月 28 日

| 收款人:第一建筑公司 |
| 金　额:￥120 000.00 |
| 用　途:支付工程款 |

单位主管 赵方园　　会计 朱亚

固定资产交接(验收)单

2010 年 6 月 28 日

固定资产编号	名称	规格	型号	计量单位	数量	建造单位	建造编号	资金来源	附属技术资料
	办公楼			座	1	第一建筑公司		自有	
	改良前原价	改良支出	5 月份支出	10 万元		合计	改良后成本	预计年限	净残值率
	300 万元		6 月份支出	12 万元					
						22 万元	322 万元	20	5%
附属设备或建筑				原值			已提折旧		
验收意见	合格,交生产使用	验收人签章		杨光	保管使用人签章			张冰	

业务 5:15 日,接受固定资产捐赠。

接受捐赠固定资产登记表(代入账凭证)

2010 年 6 月 15 日　　　　　　　　　　　　　　　　　　　　　字第　号

捐赠单位(人):外商			接受捐赠日期:2010 年 6 月 15 日	
接受捐赠固定资产	名称	原值(或评估价)	预计使用年限	已提折旧
	货车	150 000.00		
备注　全新　燎原公司			人民币合计(大写):壹拾伍万元整	

接受单位　　财务专用章　　　　主管:赵一　　会计:朱亚　　制表:胡云

职业拓展能力训练

拓展训练一

甲公司 2007 年 1 月 1 日从乙公司购入 A 生产设备作为固定资产使用,购货合同约定,A 设备的总价款为 2 000 万元,当日支付 800 万元,余款分 3 年于每年末平均支付。设备交付安装,支付安装等相关费用 20.8 万元,设备于 3 月 31 日安装完毕交付使用。设备预计净残值为 30 万元,预计使用年限为 5 年,采用年数总和法计提折旧。

假定同期银行借款年利率为 6% $\left[(P/A,6\%,3)=2.673\ 0,(P/A,6\%,4)=3.465\ 1\right]$。

要求:

(1) 计算该设备的入账价值及未确认融资费用。

(2) 计算甲公司 2007 年、2008 年应确认的融资费用及应计提的折旧额。

(3) 编制 2007 年、2008 年以及 2009 年年度与该设备相关的会计分录(为简化计算,假定摊销的未确认融资费用全部计入财务费用)。

拓展训练二

Y 公司 2010 年 9 月 1 日,对融资租入一条生产线进行改良,领用一批用于改良的物料价款为 390 000 元,增值税进项税额为 66 300 元,购入时所支付的运输费为 3 750 元,款项已通过银行支付,生产线安装时,领用本公司原材料一批,价值 36 300 元,购进该批原材料时支付的增值税进项税额为 6 171 元,领用本公司所生产的产品一批,成本为 48 000 元,计税价格 50 000 元,增值税税率 17%,消费税税率 10%,应付安装工人的工资为 7 200 元,生产线于 2011 年 12 月份改良完工。该生产线的剩余租赁期为 10 年,尚可使用年限为 8 年,采用直线法计提折旧。假定不考虑其他相关税费。

要求:

(1) 编制有关会计分录。

(2) 计算 2012 年的折旧及会计分录。

拓展训练三

某企业发生如下经济业务:

(1) 购买设备一台,价款 600 000 元,以银行存款支付,需进行安装。

(2) 购买材料 170 000 元,以银行存款支付,全部用于安装工程。

(3) 应付安装人员工资 228 000 元。

(4) 年初安装完毕交付生产车间使用。

(5) 该设备预计使用 10 年,净残值率 5%,采用直线法计提折旧。

(6) 该设备用于交付使用后第四年末报废,在清理中,支付清理费 2 000 元,收到残料变价收入款共计 10 000 元。

要求:编制上述有关业务的会计分录。

拓展训练四

甲公司为增值税一般纳税企业,适用的增值税税率为 17%。2011 年度发生下列经济业务:

(1) 盘盈一台设备,同类固定资产的市场价格为 50 000 元,成新率为 60%。

(2) 接受 B 公司投入一台设备,该设备投资合同确认的价值为 100 000 元。

(3) 出售一台机器设备,该设备账面原价为 400 000 元,已提折旧 80 000 元,出售时用银行存款支付清理费用 1 000 元,收到设备变价收入 300 000 元存入银行,将出售设备的净损益转入营业外收支(假定不考虑相关税费)。

要求:根据上述业务编制甲公司相关的会计分录。

拓展训练五

甲公司是一家化工企业,2009 年 1 月经批准启动硅酸钠项目建设工程,整个工程包括建造新厂房和冷却循环系统以及安装生产设备等 3 个单项工程。2009 年 2 月 1 日,甲公司与乙公司签订合同,将该项目出包给乙公司承建。根据双方签订的合同,建造新厂房的价款为 6 000 000 元,建造冷却循环系统的价款为 4 000 000 元,安装生产设备需支付安装费用 500 000 元。建造期间发生的有关经济业务如下:

(1) 2009 年 2 月 10 日,甲公司按合同约定向乙公司预付 10% 备料款 1 000 000 元,其中厂房 600 000 元,冷却循环系统 400 000 元。

(2) 2009 年 8 月 2 日,建造厂房和冷却循环系统的工程进度达到 50%,甲公司与乙公司办理工程价款结算 5 000 000 元,其中厂房 3 000 000 元,冷却循环系统 2 000 000 元。甲公司抵扣了预付备料款后,将余款通过银行转账付讫。

(3) 2009 年 10 月 8 日,甲公司购入需安装的设备,取得的增值税专用发票上注明的价款为 4 500 000 元,增值税税额为 765 000 元,已通过银行转账支付。

(4) 2009 年 3 月 10 日,建筑工程主体已完工,甲公司与乙公司办理工程价款结算 5 000 000 元,其中,厂房 3 000 000 元,冷却循环系统 2 000 000 元,款项已通过银行转账支付。

(5) 2010 年 4 月 1 日,甲公司将生产设备运抵现场,交乙公司安装。

(6) 2010 年 5 月 10 日,生产设备安装到位,甲公司与乙公司办理设备安装价款结算 500 000 元,款项已通过银行转账支付。

(7) 整个工程项目发生管理费、可行性研究费、监理费共计 300 000 元,已通过银行转账支付。

(8) 2010 年 6 月 1 日,完成验收,各项指标达到设计要求。假定不考虑其他相关税费。

要求:对甲公司的业务进行会计处理。

学习情境 5　投资业务核算

知识点回顾:

1. 交易性金融资产核算

业务内容	会计处理
取得交易性金融资产	借:交易性金融资产——成本(公允价值) 　投资收益[发生的交易费用] 　应收股利[已宣告但尚未发放的现金股利] 　应收利息[已到付息期但尚未领取的利息] 贷:银行存款等

续表

业务内容	会计处理
现金股利与利息业务的核算	借：应收股利／应收利息 　　贷：投资收益
处置交易性金融资产业务的核算	借：银行存款［实际收到金额］ 借或贷：投资收益 　　贷：交易性金融资产 同时 借：公允价值变动损益 　　贷：投资收益 或作相反会计分录
交易性金融资产期末计价业务的核算	公允价值高于其账面余额的差额： 借：交易性金融资产 　　贷：公允价值变动损益 公允价值低于其账面余额的差额： 借：公允价值变动损益 　　贷：交易性金融资产

2. 持有至到期投资核算

业务内容	会计处理
取得持有至到期投资	借：持有至到期投资——成本［即面值］ 　　应收利息［已宣告但尚未发放的债券利息］ 借或贷：持有至到期投资——利息调整［差额］ 　　贷：银行存款
持有至到期投资利息调整	借：应收利息［为分期付息、一次还本方式］ 借：持有至到期投资——应计利息［一次还本付息债券投资］ 借或贷：持有至到期投资——利息调整 　　贷：投资收益
处置持有至到期投资	借：银行存款［实际收到金额］ 　　持有至到期投资减值准备 借或贷：投资收益 　　贷：持有至到期投资——成本、利息调整、应计利息
持有至到期投资期末计价	借：资产减值损失 　　贷：持有至到期投资减值准备

3. 可供出售金融资产核算

业务内容	会计处理
取得可供出售金融资产为股票投资	借:可供出售金融资产——××公司(成本)[买价+相关税费] 　贷:银行存款[买价+相关税费]
取得可供出售金融资产为债券投资	借:可供出售金融资产——××公司(成本)[面值] 　　　　　　　　　　——××公司(利息调整)[差额] 　贷:银行存款[买价+相关税费]
期末计提债券利息并按实际利率法确认利息收入	借:应收利息(面值×票面利率×期限) 　贷:可供出售金融资产——利息调整[差额] 　　投资收益[期初账面余额×实际利率]
期末核算公允价值变动	借:可供出售金融资产——公允价值变动[变动额] 　贷:资本公积——其他资本公积[变动额]
出售可供出售金融资产	借:银行存款[售价——相关税费] 　　资本公积——其他资本公积[售前公允价值累计变动额] 　贷:可供出售金融资产——成本[取得成本] 　　　　　　　　　　——公允价值变动[售前公允价值累计变动额] 　　投资收益[赚取的收益]

4. 长期股权投资核算

	业务内容	会计处理
成本法	取得长期股权投资	借:长期股权投资——成本 　　应收股利 　贷:银行存款
	被投资单位宣告分配现金股利	借:应收股利 　贷:投资收益
	收到被投资单位分配的现金股利	借:银行存款 　贷:应收股利
	若长期股权投资减值,计提长期股权投资减值准备	借:资产减值损失 　贷:长期股权投资减值准备
	处置长期股权投资	借:银行存款 　　长期股权投资减值准备 　贷:长期股权投资——成本 　　　应收股利 借或贷:投资收益
权益法	取得长期股权投资	若初始投资成本>享有可辨认净资产公允价值: 借:长期股权投资——成本 　　应收股利 　贷:银行存款 若初始投资成本<享有可辨认净资产公允价值: 借:长期股权投资——成本 　　应收股利 　贷:银行存款 　　营业外收入

业务内容		会计处理
权益法	按持股比例确认应享有被投资单位净损益	净损益按公允价值调整后,若盈利: 借:长期股权投资——损益调整 　　贷:投资收益 净损益按公允价值调整后,若亏损: 借:投资收益 　　贷:长期股权投资——损益调整
	按持股比例确认被投资单位其他权益变动	若被投资单位增加其他权益: 借:长期股权投资——其他权益变动 　　贷:资本公积——其他资本公积 若被投资单位减少其他权益: 借:资本公积——其他资本公积 　　贷:长期股权投资——其他权益变动
	被投资单位宣告分配现金股利	借:应收股利 　　贷:长期股权投资——损益调整
	收到被投资单位分配的现金股利	借:银行存款 　　贷:应收股利
	若长期股权投资减值	借:资产减值损失 　　贷:长期股权投资减值准备
	处置长期股权投资,计提长期股权投资减值准备	借:银行存款 　　长期股权投资减值准备 　　贷:长期股权投资——成本 借或贷:长期股权投资——损益调整 　　　　长期股权投资——其他权益变动 　　　　投资收益 同时,结转资本公积: 借:资本公积——其他资本公积 　　贷:投资收益 或作相反会计分录
成本法转换为权益法	追加投资引起	首先,比较原投资账面余额与按原持股比例计算应享有原取得投资时可辨认净资产公允价值份额的差额;若前者大于后者,不调整长期股权投资账面价值;若前者小于后者,根据其差额调整长期股权投资账面价值和留存收益: 借:长期股权投资 　　贷:盈余公积 　　　　利润分配——未分配利润 然后,比较追加投资成本与取得该部分投资时应享有被投资单位可辨认净资产公允价值份额;若前者大于后者,不调整长期股权投资的成本;若前者小于后者,根据其差额调整长期股权投资成本和当期营业外收入:

续表

	业务内容	会计处理
成本法转换为权益法	追加投资引起	借:长期股权投资 　　贷:营业外收入 最后,对于原取得投资后至追加投资的交易日之间被投资单位可辨认净资产公允价值变动相对于原持股比例的部分,分别应享有净损益和其他权益变动份额: 借:长期股权投资 　　贷:投资收益[处置当期期初至处置日之间净损益份额] 　　　　资本公积——其他资本公积[其他权益变动份额] 　　　　盈余公积[原投资日至处置当期初之间净损益份额] 　　　　利润分配——未分配利润[原投资日至处置当期期初之间净损益份额]
	处置投资引起	首先,按处置或收回投资的比例结转应终止确认的长期股权投资成本。 然后,比较剩余的长期股权投资成本与按剩余持股比例计算原投资时应享有被投资单位可辨认净资产公允价值的份额;若前者大于后者,不调整长期股权投资账面价值;若前者小于后者,根据其差额调整长期股权投资账面价值和留存收益: 借:长期股权投资 　　贷:盈余公积 　　　　利润分配——未分配利润 最后,对于原取得投资后至处置投资之间被投资单位实现的净损益中应享有的份额中,原投资日至处置当期期初的调整留存收益,处置当期期初至处置之日的调整当期损益;其他原因导致被投资单位所有者权益变动中应享有的份额,调整长期股权投资账面价值的同时,记入"资本公积——其他资本公积"账户: 借:长期股权投资 　　贷:投资收益[处置当期期初至处置日之间净损益份额] 　　　　资本公积——其他资本公积[其他权益变动份额] 　　　　盈余公积[原投资日至处置当期期初之间净损益份额] 　　　　利润分配——未分配利润[原投资日至处置当期期初之间净损益份额]
权益法转换为成本法	追加投资引起	因追加投资原因导致原持有的对联营企业或合营企业的投资转变为对子公司投资的,长期股权投资账面价值的调整应当按照企业合并有关规定处理
	处置投资引起	因收回投资等原因导致长期股权投资的核算由权益法转换为成本法的,应以转换时长期股权投资的账面价值作为按照成本法核算的基础

职业判断能力训练

一、单项选择题

1. 企业取得交易性金融资产时，按其（　　　）借记"交易性金融资产（成本）"账户，按发生的交易费用，借记"投资收益"账户等。

A. 历史成本　　　　　　　　　　　　B. 公允价值

C. 成本和费用　　　　　　　　　　　D. 重置成本

2. 债券到期时，"持有至到期投资"账户的账面价值反映的是（　　　）。

A. 债券面值或债券面值加应计利息　　B. 债券的历史成本

C. 债券的市场价格　　　　　　　　　D. 应视购入方式而定

3. 企业购入"持有至到期投资"账户的利息收入，应（　　　）。

A. 于债券到期还本付息时计息　　　　B. 于债券到期前一个月一次计息

C. 按权责发生制原则核算，按期计息　D. 按照收付实现制核算，不需按期计息

4. 交易性金融资产在持有期间所获得的利息，应计入（　　　）。

A. 投资收益　　　　　　　　　　　　B. 财务费用

C. 短期投资　　　　　　　　　　　　D. 其他应收款

5. 企业购入持有至到期投资，实际支付的价款中包含已到付息期但尚未领取的债券利息，企业应将这部分利息记入（　　　）账户。

A. 应收账款　　　　　　　　　　　　B. 应收利息

C. 持有到期投资　　　　　　　　　　D. 其他应收款——应收利息

6. 2010 年 10 月 18 日，某公司从证券市场购入一笔债券作为可供出售金融资产。该笔债券面值 80 000 元，票面年利率 6%，买价 82 000 元（含已到期半年利息），另付交易费用 300 元。则计入"可供出售金融资产——成本"明细账的金额为（　　　）元。

A. 80 000　　　　B. 79 600　　　　C. 82 300　　　　D. 79 900

7. 企业出售可供出售金融资产，售价 30 万元，交易费用 0.2 万元，可供出售金融资产的售前账面余额为 22 万元。则影响出售当期损益的金额为（　　　）万元。

A. 4.8　　　　　B. 7.8　　　　　C. 5　　　　　　D. 8

8. A 公司拥有 B 公司 80% 的普通股，C 公司拥有 B 公司 20% 的普通股，A 公司能够控制 B 公司的生产经营活动，C 公司对 B 公司的生产经营活动有重大影响，A、C 公司对 B 公司的投资均划分为长期股权投资，则 A、C 对 B 公司的长期股权投资的后续计量应分别采用的方法是（　　　）。

A. 成本法、成本法　　　　　　　　　B. 成本法、权益法

C. 权益法、成本法　　　　　　　　　D. 权益法、权益法

9. 在长期股权投资采用权益法核算时，下列各项中，投资方在期末应当确认投资收益的是（　　　）。

A. 被投资企业实现净利润

B. 被投资企业提取盈余公积

C. 被投资企业除实现净损益外的其他因素导致的所有者权益发生变动

D. 收到被投资企业分派的股票股利

10. 采用权益法核算时,下列各项不会引起投资企业长期股权投资账面价值发生增减变动的是( )。

A. 被投资单位接受现金捐赠

B. 被投资单位接受实物捐赠

C. 被投资单位宣告分派股票股利

D. 被投资单位宣告分派现金股利

二、多项选择题

1. 下列各项中,不应计入交易性金融资产入账价值的有( )

A. 购买股票支付的买价

B. 支付的税金、手续费

C. 支付的已到付息期但尚未领取的利息

D. 支付的已宣告但尚未领取的现金股利

2. 企业应当结合自身业务特点和风险管理要求,将取得的金融资产在初始确认时分为( )。

A. 以公允价值计量且其变动计入当期损益的金融资产

B. 持有至到期投资

C. 贷款和应收款项

D. 可供出售的金融资产

3. 下列不属于交易性金融资产账户借方登记的内容有( )。

A. 交易性金融资产的取得成本

B. 资产负债表日其公允价值高于账面余额的差额

C. 取得交易性金融资产所发生的相关交易费用

D. 资产负债表日其公允价值低于账面余额的差额

4. 采用权益法核算时,下列各项中,不会引起长期股权投资账面价值发生变动的有( )。

A. 收到被投资单位分派的股票股利

B. 被投资单位实现净利润

C. 被投资单位以资本公积转增资本

D. 计提长期股权投资减值准备

5. 下列项目中,投资企业不应确认为投资收益的有( )。

A. 成本法核算的被投资企业接受实物资产捐赠

B. 成本法核算的被投资企业宣告发放的现金股利

C. 权益法核算的被投资企业宣告发放股票股利

D. 权益法核算的被投资单位实现净利润

6. 下列条件可判定投资企业对被投资单位具有重大影响的是( )。

A. 在被投资单位的董事会或类似的权力机构中派有代表

B. 参与被投资单位的政策制定过程

C. 向被投资单位派出管理人员

D. 持有被投资单位 30% 的有表决权资本

7. 下列各项中,应采用权益法核算的有(　　　　　)。

A. 对子公司投资

B. 对合营企业投资

C. 对联营企业投资

D. 对被投资单位不具有控制、共同控制或重大影响,且在活跃市场中没有报价,公允价值不能可靠计量的权益性投资

8. 权益法下,下列各项中,不会引起投资企业资本公积增减变动的有(　　　　　)。

A. 被投资企业增资产生的资本溢价

B. 被投资企业接受现金捐赠

C. 被投资企业用盈余公积弥补以前年度亏损

D. 被投资企业处置交易性金融资产产生收益

9. 权益法下,下列事项中可能影响长期股权投资账面价值的有(　　　　　)。

A. 被投资单位实现净损益

B. 被投资单位宣告派发现金股利

C. 长期股权投资发生减值,按规定计提减值准备金

D. 被投资单位派发股票股利

10. 下列各项中,可能采用投资收益账户核算的有(　　　　　)。

A. 期末长期股权投资账面价值大于可收回金额的差额

B. 权益法下处置长期股权投资时,结转"资本公积——其他资本公积"账户

C. 长期股权投资采用权益法下被投资方宣告的现金股利

D. 长期股权投资采用成本法下被投资方宣告的现金股利

三、判断题

1. 交易性金融资产在持有期间赚取的债券利息,应调减该交易性金融资产的账面价值。(　　)

2. 企业取得金融资产时,支付的款项包括已宣告尚未发放的现金股利应单独作为应收项目进行核算,不计入相关资产成本中。(　　)

3. 企业购入持有至到期债券投资,若在实际支付的价款中包括已到付息期但尚未领取的债券利息,应计入投资成本。(　　)

4. 企业以非货币资产对外投资,投出资产的公允价值与账面净值的差额,应视为当期损益,记入"投资收益"账户。(　　)

5. 持有至到期债券投资,在当期计算利息时,应按名义利息与实际利息的差额作为利息调整。(　　)

6. 企业取得可供出售金融资产,支付的相关税费应计入当期损益。(　　)

7. 可供出售金融资产期末公允价值发生变动,不会影响当期利润。(　　)

8. 长期股权投资在成本法核算下,只要被投资单位宣告现金股利就应确认投资收益。(　　)

9. 股权投资时买价中含有的已宣告但尚未领取的现金股利应作为应收股利处理。(　　)

10. 投资企业对被投资单位具有共同控制或重大影响的长期股权投资,应采用权益法核算。(　　)

职业实践能力训练

一、计算分析题

1. 2010 年 1 月 5 日,A 公司从二级市场购入股票 10 000 股,划分为交易性金融资产。交易日该股票公允价值为每股 10.8 元(含已宣告但未发放的现金股利 0.8 元),另支付相关交易费用 5 000 元。6 月 30 日,该股票公允价值为每股 10 元(含已宣告但未发放的现金股利 0.8 元)。请计算 A 公司 6 月 30 日应确认的公允价值变动收益并作有关账务处理。

2. 2010 年 1 月 1 日,A 公司购入某股票一只,将其划分为交易性金融资产。交易日,该股票公允价值为 100 000 元,该股票包含已宣告但尚未发放的现金股利 2.6%,另发生相关交易费用 4 500 元。请计算 A 公司为取得该资产需支付的款项并作相应账务处理。

3. 阳光公司于 2010 年 6 月 10 日购入 A 上市公司股票 10 万股,并将其划分为交易性金融资产。该笔股票投资在购买日的公允价值为 50 万元,另支付相关交易费用金额 0.2 万元。请为阳光公司编制会计分录。

4. 2010 年 1 月 1 日,A 公司购入 B 公司发行的公司债券,将其划分为交易性金融资产。该债券面值 200 000 元,票面利率 4%,每年付息一次。请计算 2010 年 12 月 31 日,A 公司应该确认的应收利息并作相应账务处理。

5. 2010 年 1 月 5 日,A 公司购入股票一批,划分为交易性金融资产。该股票交易当天公允价值为 110 000 元。6 月 30 日,该股票下跌 10 000 元。请编制 6 月 30 日有关账务处理。

6. M 公司 2010 年 1 月 1 日购入某公司于当日发行的三年期债券,作为持有至到期投资。该债券票面金额为 100 万元,票面利率为 10%,M 公司实际支付 106 万元。请做出相应账务处理。

7. 甲公司于 2010 年 5 月 15 日购入 A 上市公司股票 10 万股,并将其划分为交易性金融资产。该笔股票投资在购买日的公允价值为 70 万元。另支付相关交易费用金额 3 万元。

8. 2010 年初,甲公司购买了一项公司债券,剩余年限 5 年,划分为持有至到期投资,债券的本金 1 100 万元,公允价值为 950 万元,交易费用为 11 万元,次年 1 月 5 日按票面利率 3% 支付利息。该债券在第五年兑付(不能提前兑付)本金及最后一期利息。购入债券的实际利率为 6%。要求:编制取得持有至到期投资的会计分录。

9. 2010 年 5 月 4 日,A 公司从二级市场购入甲公司发行的股票 10 000 股,将其划为交易性金融资产。交易当日,该股票公允价值为每股 10.5 元,另支付相关交易费用 4 500 元。6 月 30 日,该股票上涨 1.1%。7 月 1 日,甲公司宣告向 A 公司分派现金股利 5 000 元。请对上述经济事项作相关账务处理。

10. 乙公司于 2011 年 7 月 1 日从二级市场购入股票 10 000 股,每股市价 15 元,手续费 3 000 元;初始确认时,该股票划分为可供出售金融资产。乙公司至 2011 年 12 月 31 日仍持有该股票。该股票当时的市价为 16 元。2012 年 2 月 1 日,乙公司将该股票售出,售价为每股 13 元,另支付交易费用 1 300 元。假定不考虑其他因素,乙公司应如何进行账务处理。

二、实务操作题

实训项目	投资业务核算
实训目的	能正确填制与审核款项支付申请单、证券交割单、各类与投资活动相关的计算表等业务单据；能根据交易性金融资产、持有至到期投资、可供出售金融资产、长期股权投资业务准确地编制记账凭证，登记相关明细账、总账
实训资料	1. 实训企业概况 　　企业名称：冰爽饮料股份有限公司 　　地址：新蓝市江北区下河路 53 号 　　法人代表：洪兴 　　注册资金：5 000 万元 　　企业类型：股份有限责任公司（增值税一般纳税人） 　　经营范围：果汁饮料的生产、销售 　　纳税人识别号：570104456781278 　　基本存款账户开户银行：中国工商银行新蓝支行 　　基本账户账号：410127869114567 2. 期初有关账户余额： 　　"库存现金"账户：300 元 　　"银行存款"基本户：168 900 元 　　证券公司交易账户：450 000 元 　　证券公司指定开户银行中国招商银行账户：120 000 000 元 　　可供出售金融资产——飞达股份（4 000 000 股）——成本　4 400 000 　　　　　　　　　　　　——公允价值变动 50 000（借） 3. 近几年该公司投资相关业务附后
实训任务	1. 熟练填制各种原始单据，并据以编制记账凭证 2. 登记"银行存款"等日记账 3. 登记可供出售金融资产和长期股权投资明细账

冰爽饮料股份有限公司近几年投资相关业务如下：

业务 1：2009 年 12 月 1 日，投资部管理员通过银证业务平台按指令从证券市场购入三佳股份公司股票 400 万股，买价每股 5.3 元，另付交易费用 2.6 万元，拥有三佳公司 2% 的普通股股份，会计部门已收到投资部门传递的有关原始单据。依据公司管理层的决定，该股票准备长期持有，按规定划分为可供出售金融资产。相关文件、凭证如下。

冰爽饮料股份有限公司董事会决议

本公司董事会于 2009 年 11 月 20 日在公司会议室召开了第一届董事会第七次会议,会议由董事长洪兴主持,会议应到董事 7 人,实到 7 人。会议的召开符合有关法律及《公司章程》的规定。监事及其他高层管理人员列席了会议。会议审议并通过了《关于购买三佳股份公司股票的决定》。

该议案 7 票赞成,0 票反对,0 票弃权。

董事会决定:

1. 授权总经理组织投资部、财务部等部门于近期通过证券市场完成对三佳公司 2% 股权的收购。
2. 购入的三佳公司股票不作为交易性投资。

冰爽饮料股份有限公司董事会

二〇〇九年十一月二十日

兴业证券新蓝营业部买入交割凭证

成交日期	2009.11.30	证券名称	600124 三佳股份
资金账号	43082678	成交数量	4 000 000
股东代码	12572	成交净价	5.300 0
股东姓名	冰爽饮料股份有限公司	成交金额	21 200 000.00
席位代码	44043	实收佣金	10 100.00
申请编号	100182	印花税	
申报时间	13:52:36	过户费	15 900.00
成交时间	13:53:12	附加费	0.00
单位利息	0.000 000 00	结算价格	21 226 000.00
成交编号	691664	实付金额	21 226 000.00
上次资金		本次资金	
上次余股		本次余股	4 000 000
委托来源	IN	打印日期	2009.12.1

冰爽饮料股份有限公司款项支付申请单

时间:2009 年 11 月 30 日

申请使用部门:投资部	
申请支付单位:财务部	
支付账号:410127869114567	支付方式:转账
款项支付事项:通过证券市场购买三佳股份公司股票	
支付金额(大写)人民币贰仟壹佰贰拾贰万陆仟元整	小写:¥21 226 000.00

经办人:黄兴	部门主管:李俊	审核:刘一	审批:林峰

业务 2:2009 年 12 月 2 日,投资部管理员通过银证业务平台按指令从证券市场购入中兴公司 3 年期一次还本分期付息债券(自次年起每年 12 月 2 日付息),债券面值 2 000 万元,票面利率 4%,支付价款 2 028.244 万元。会计部门已收到投资部门传递的有关原始单据。依据公司管理层的决定,该债券准备长期持有,但不准备持有至到期,按规定划分为可供出售金融资产。经测算购入该笔债券的实际利率为 3%。相关文件、凭证如下。

冰爽饮料股份有限公司董事会决议

本公司董事会于 2009 年 11 月 20 日在公司会议室召开了第一届董事会第七次会议,会议由董事长洪兴主持,会议应到董事 7 人,实到 7 人。会议的召开符合有关法律及《公司章程》的规定。监事及其他高层管理人员列席了会议。会议审议并通过了《关于购买中兴股份公司债券的决定》。

该议案 7 票赞成,0 票反对,0 票弃权。

董事会决定:

1. 授权总经理组织投资部、财务部等部门于近期通过证券市场完成对中兴公司 2 000 万元债权的收购。

2. 购入的中兴公司债券不作为交易性投资。

冰爽饮料股份有限公司董事会

二○○九年十一月二十日

兴业证券新蓝营业部买入交割凭证

成交日期	2009.12.1	证券名称	867940 中兴债券
资金账号	43082678	成交数量	10 000
代码	12572	面值	20 000 000.00
姓名	冰爽饮料股份有限公司	成交金额	20 280 000.00
席位代码	44043	实收佣金	440.00
申请编号	100182	印花税	
申报时间	13:40:56	过户费	2 000.00
成交时间	13:42:03	附加费	0.00
单位利息	0.000 000 0	结算价格	20 282 440.00
成交编号	5676301	应付金额	20 282 440.00
上次资金		本次资金	
上次数量		本次数量	20 000
委托来源	IN	打印日期	2009.12.2

冰爽饮料股份有限公司款项支付申请单

时间:2009 年 12 月 1 日

申请使用部门:投资部	
申请支付单位:财务部	
支付账号:410127869114567　　支付方式:转账	
款项支付事项:通过证券市场购买中兴公司债券	
支付金额(大写)人民币贰仟零贰拾捌万贰仟肆佰肆拾元整	小写:¥20 282 440.00

经办人:黄兴	部门主管:李俊	审核:刘一	审批:林峰

业务 3:2009 年 12 月 31 日,会计部门计提中兴公司债券利息并采用实际利率确认利息收入。计算表如下。

可供出售金融资产(中铁公司)债券利息收入计算表　　　　单位:万元

面值	票面利率	应收利息	摊余成本	实际利率	利息收入	应摊销利息调整
2 000	4%	6.67	2 028.244	3%	5.07	1.6

复核:王平　　　　　　　　　　　　　　　　　　　　　　　　　制单:李兰

业务 4:2009 年 12 月 31 日,三佳股份公司股票的市价为每股 6 元,中兴公司债券的市价为 2 026.484 万元。会计部门核算可供出售金融资产的公允价值变动额。计算表如下。

可供出售金融资产公允价值变动计算表　　　　单位:万元

项目	账面余额	公允价值	利得
三佳股份	2 122.6	2 400	277.4
中兴债券	2 026.644	2 026.484	0.16
合计	4 149.244	4 426.484	277.56

审核:王平　　　　　　　　　　　　　　　　　　　　　　　　　制单:李兰

业务 5：2010 年 1 月 10 日，冰爽饮料股份有限公司管理层决定出售已持有两年多的飞达股份公司股票（可供出售金融资产）200 万股（股票持有总数为 400 万股）。该股票售出前账面余额为 445 万元（其中：成本 440 万元，公允价值变动 5 万元）。投资部按管理层的指令于当日售出持有的飞达股份公司股票 200 万股，每股售价 1.8 元，支付交易费用 1.5 万元。2010 年 1 月 11 日，所售出的飞达股份公司股票款项已从证券公司账户划入中国招商银行账户。会计部门已收到投资部门传递的有关交易凭证。相关文件、凭证如下。

冰爽饮料股份有限公司董事会决议

　　本公司董事会于 2010 年 1 月 5 日在公司会议室召开了第一届董事会第八次会议，会议由董事长洪兴主持，会议应到董事 7 人，实到 7 人。会议的召开符合有关法律及《公司章程》的规定。监事及其他高层管理人员列席了会议。会议审议并通过了《关于出售部分飞达股份公司股票的议案》。

　　该议案 7 票同意，0 票反对，0 票弃权。

　　董事会决定：

　　授权总经理组织投资部、财务部等部门于近期通过证券市场完成对持有的飞达股份公司 200 万股权的出售。

冰爽饮料股份有限公司董事会
二〇一〇年一月五日

兴业证券新蓝营业部卖出交割凭证

成交日期	2010.1.9	证券名称	779401 飞达股份
资金账号	43082678	成交数量	2 000 000
代码	12572	成交净价	1.80
姓名	冰爽饮料股份有限公司	成交金额	3 600 000.00
席位代码	44043	实收佣金	440.00
申请编号	100182	印花税	12 560.00
申报时间	13:40:56	过户费	2 000.00
成交时间	13:48:03	附加费	0.00
单位利息	0.000 000 00	结算价格	3 585 000.00
成交编号	7276301	实付金额	3 585 000.00
上次资金		本次资金	
上次余股	4 000 000	本次余股	2 000 000
委托来源	IN	打印日期	2010.1.10

业务6:2010年1月16日,冰爽公司董事会通过决议与杏园农产品贸易有限责任公司成立速达物流有限责任公司,冰爽公司占有速达物流有限责任公司股份15%并准备长期持有。相关文件、凭证如下。

冰爽饮料股份有限公司第一届董事会第八次会议决议(节选)

会议日期:2010年1月16日

会议地址:公司五楼会议室

与会董事:洪兴等7人

根据公司投资业务发展需要,公司董事会审议并通过了《关于投资设立速达物流有限责任公司的议案》,并决定:

1. 在遵循公司对外投资内部控制有关制度的前提下,经投资部门予以充分论证之后,同意与杏园农产品贸易有限责任公司共同投资设立速达物流有限责任公司。

2. 本公司以现金资产出资15万元。

3. 本公司投资设立速达物流有限责任公司的目的是获取投资收益,并将长期持有。

以上决议公司全体董事一致通过。

董事会成员签字:洪兴等

2010年1月16日

投资协议书

第一条 投资人名称

甲方:冰爽饮料股份有限公司

乙方:杏园农产品贸易有限责任公司

以上各方共同投资人(以下简称"共同投资人")经友好协商,根据中华人民共和国法律、法规的规定,就各方共同出资建立速达物流有限责任公司的发起设立事宜,达成如下协议,以资共同遵守。

第二条 共同投资人的投资额和投资方式

出资人的出资总额(以下简称"出资总额")为人民币100万元,其中,各方出资分别:甲方出资15万元,占出资总额的15%;乙方出资85万元,占出资总额的85%;公司设立后由乙方委派董事长。

第三条 利润分享和亏损分担

投资人按其出资额占出资总额的比例分享投资的利润,分担投资的亏损。

投资人各自以其出资额为限对投资承担责任,投资人以其出资总额为限对股份有限公司承担责任。

投资人的出资形成的股份及其孳生物为投资人的共有财产,由共同投资人按其出资比例共有。

投资于股份有限公司的股份转让后,各投资人有权按其出资比例取得财产。

第四条 其他

1. 本协议未尽事宜由投资人协商一致后,另行签订补充协议。

2. 本协议经全体投资人签章盖章后即生效。本协议一式贰份,投资人各执一份。

甲方:冰爽饮料股份有限公司   乙方:杏园农产品贸易有限责任公司

法人代表:洪兴 [洪兴]   法人代表:柴可庆 [柴可庆]

账号:招商银行新蓝支行 416987433697136   账号:工商银行新蓝支行 417777433697136

电话:84647272   电话:86733477

地址:新蓝市江北区下河路53号   地址:新蓝市上江区西河区12号

签约日期:2010年1月23日   签约日期:2010年1月23日

冰爽饮料股份有限公司款项支付申请单

时间:2010 年 1 月 23 日

申请使用部门:投资部	
申请支付单位:财务部	
支付账号:416987433697136	支付方式:转账
款项支付事项:投入现金资产 15 万元设立速达物流有限责任公司。	

支付金额(大写)人民币壹拾伍万元整	小写:¥150 000.00

经办人:黄兴	部门主管:李俊	审核:刘一	审批:林峰

招商银行
转账支票存根

支票号码:NO 224578

附加信息:＿＿＿＿＿＿＿

＿＿＿＿＿＿＿＿＿＿＿＿

出票日期　2010 年 1 月 23 日

收款人:速达物流有限责任公司
金　额:150 000.00 元
用　途:注册资本金

单位主管 刘国栋	会计 杨洋

招商银行进账单(回单)

2010 年 1 月 23 日

出票人	全　称	冰爽饮料股份有限公司	收款人	全　称	速达物流有限责任公司										
	账　号	416987433697136		账　号	417777433697136										
	开户银行	招商银行新蓝支行		开户银行	工商银行新蓝支行										

金额	人民币(大写) 壹拾伍万元整	千	百	十	万	千	百	十	元	角	分
			¥	1	5	0	0	0	0	0	0

票据种类	转账支票	票据张数	1
票据号码	224578		

招商银行四川省分行
新蓝支行
2010.1.23
转讫

复核　　　　　记账　　　　　　　　　　　　　　　　　开户行盖章

此联是出票人开户银行交给出票人的回单

业务 7:2010 年 6 月 10 日,冰爽公司董事会决议通过公开市场购买大面股份有限公司有表决权股份 2 000 万股,占大面公司股份总额的 30% 并准备长期持有。取得投资时,大面股份有限公司可辨认净资产公允价值为 20 000 万元。相关文件、凭证如下。

冰爽饮料股份有限公司第一届董事会第十二次会议决议(节选)

会议日期:2010 年 6 月 10 日
会议地址:公司五楼会议室
与会董事:洪兴等 7 人

根据公司投资业务发展需要,公司董事会审议并通过了《关于购买大面股份有限公司股份的议案》,并决定:

1. 在遵循公司对外投资内部控制有关制度的前提下,经投资部门予以充分论证之后,同意通过公开市场购买大面股份有限公司股票 2 000 万股,占其 30% 的股份。

2. 本公司购买大面股份有限公司股票符合公司多元化发展战略,将长期持有大面公司股份。

以上决议公司全体董事一致通过。
董事会成员签字:洪兴等

2010 年 6 月 10 日

冰爽饮料股份有限公司款项支付申请单

时间:2010 年 6 月 12 日

申请使用部门:投资部		
申请支付单位:财务部		
支付账号:410127869114567	支付方式:转账	
款项支付事项:通过证券市场购买大面股份有限公司股票 2 000 万股。		
支付金额(大写)人民币捌仟零伍拾陆万元整		小写:¥80 560 000.00
经办人:黄兴	部门主管:李俊	审核:刘一　　审批:林峰

兴业证券新蓝营业部买入交割凭证

成交日期	2010.6.12	证券名称	600655
资金账号	43082678	成交数量	20 000 000
代码	12572	成交净价	4.00
姓名	冰爽股份有限公司	成交金额	80 000 000.00
席位代码	44043	实收佣金	240 000.00
申请编号	700982	印花税	240 000.00
申报时间	14:40:56	过户费	80 000.00
成交时间	14:42:03	附加费	0.00
单位利息	0.000 000	结算价格	80 560 000.00
成交编号	898630	实付金额	80 560 000.00
上次资金		本次资金	
上次数量		本次数量	20 000 000
委托来源	IN	打印日期	2010.6.12

业务 8：将大面股份有限公司 2010 年实现的净利润按照公允价值进行调整后为 600 万元，冰爽公司按持股比例调整长期股权投资账面价值与确认投资收益。计算表如下。

长期股权投资损益计算表

2010 年 12 月 31 日

投资项目	股份数量（股）	持股比例	核算方法	被投资单位当年利润（亏损—）（元）	投资损益（元）
大面股份	20 000 000	30%	权益法	6 000 000	1 800 000
合计					1 800 000

投资主管：马大元   财务经理：王汪   制表：刘茜

业务 9：根据大面股份有限公司 2010 年除净损益外的其他权益变动，冰爽公司按照持股比例调整长期股权投资账面价值与确认资本公积——其他资本公积。计算表如下。

长期股权投资其他权益变动计算表

2010 年 12 月 31 日

投资项目	股份数量（股）	持股比例	核算方法	被投资单位其他权益变动（元）	其他资本公积（元）
大面股份	20 000 000	30%	权益法	1 000 000	300 000
合计					300 000

投资主管：马大元   财务经理：王汪   制表：刘茜

业务 10：2010 年 12 月 31 日，冰爽公司对持有速达物流有限责任公司的长期股权投资计提长期股权投资减值准备。计算表如下。

长期股权投资减值计算表

2010 年 12 月 31 日

投资项目	股份数量（股）	持股比例	账面价值（元）	可收回金额（元）	减值金额（元）
速达公司	150 000	15%	150 000	110 000	40 000
合计					40 000

投资主管：马大元   财务经理：王汪   制表：刘茜

业务 11：2011 年 3 月 19 日，根据大面股份有限公司公布的股利分配方案，冰爽公司按照持股比例计算确认应收股利。计算表如下。

长期股权投资应收现金股利计算表

2011 年 3 月 19 日

长期股权投资	购入日期	持股数量	持股比例	每股现金股利	应收现金股利合计	股利发放时间
大面股票	2010.6.12	20 000 000	30%	0.06	1 200 000	2011.4.5

投资主管：马大元　　　　　财务经理：王汪　　　　　　　　　　　制表：刘茜

业务 12：2011 年 4 月 5 日，冰爽公司收到大面股份有限公司分配的现金股利。相关文件、凭证如下。

兴业证券新蓝营业部股利清单

证券名称	600655 大面股份	股利年度	2010 年度
资金账号	43082678	收到日期	2011.4.5
股东代码	12572	股份数量	20 000 000
股东姓名	冰爽饮料股份有限公司	每股股利	0.06
席位代码	44043	股利合计	1 200 000
成交编号		现金股利余额	1 200 000
委托来源		打印日期	2011.4.5

业务 13：2011 年，冰爽公司董事会根据公司战略发展需要，决定出售持有的 300 万股大面股份有限公司股票。相关文件、凭证如下。

冰爽饮料股份有限公司第一届董事会第二十一次会议决议（节选）

会议日期：2011 年 8 月 16 日

会议地址：公司五楼会议室

与会董事：洪兴等 6 人

　　根据公司战略需要，公司董事会审议并通过了《关于通过公开市场出售部分大面股份有限公司股份的议案》，并决定：

　　1. 在遵循公司对外投资内部控制有关制度的前提下，同意通过公开市场出售大面股份有限公司股票 300 万股。

　　2. 出售后公司继续持有大面股份 1 700 万股，占大面公司有表决权的资本 25.5%，对大面公司财务与经营政策仍然具有重大影响。

　　以上决议公司全体董事一致通过。

　　董事会成员签字：洪兴　等

2011 年 8 月 16 日

兴业证券新蓝营业部卖出交割凭证

成交日期	2011.8.18	证券名称	600655 大面股份
资金账号	43082678	成交数量	3 000 000
股东代码	12572	成交净价	8.100
股东姓名	冰爽饮料股份有限公司	成交金额	24 300 000.00
席位代码	44043	实收佣金	72 900.00
申请编号	903568	印花税	72 900.00
申报时间	10:40:02	过户费	24 300.00
成交时间	10:45:27	附加费	0.00
单位利息	0.000 000 00	委算价格	24 129 900.00
成交编号	932451	实收金额	24 129 900.00
上次资金		本次资金	24 129 900.00
上次余股	20 000 000	本次余股	17 000 000
委托来源	IN	打印日期	2011.8.18

职业拓展能力训练

拓展训练一

A 公司于 2009 年 1 月 1 日购入某公司债券,并将其划分为交易性金融资产。该债券面值 100 000 元,剩余期限 2 年,票面年利率 4%,每半年付息一次。交易日,A 公司共支付价款 112 000 元(含已到期但未领取的利息 2 000 元,交易费用 4 000 元)。

(1) 1 月 5 日,A 公司收到 2008 年下半年利息 2 000 元。

(2) 6 月 30 日,该债券公允价值为 110 000 元。

(3) 7 月 5 日,A 公司收到 2009 年上半年利息。

(4) 8 月 12 日,A 公司将该债券出售,取得收入 120 000 元。

要求:根据上述经济事项,编制记账凭证。

拓展训练二

2007 年 1 月 6 日甲企业以赚取差价为目的从二级市场购入一批债券作为交易性金融资产,面值总额为 100 万元,票面利率为 6%,3 年期,每半年付息一次,该债券为 2006 年 1 月 1 日发行。取得时公允价值为 103 万元,含已到付息期但尚未领取的 2006 年下半年的利息 3 万元,另支付交易费用 2 万元,全部价款以银行存款支付。

(1) 1 月 16 日,收到 2006 年下半年的利息 3 万元。

(2) 3 月 31 日,该债券公允价值为 110 万元。

(3) 3 月 31 日,按债券票面利率计算利息。

(4) 6 月 30 日,该债券公允价值为 105 万元。

(5) 6 月 30 日,按债券票面利率计算利息。

(6) 7 月 16 日,收到 2007 年上半年的利息 3 万元。

(7) 8 月 1 日,该债券的公允价值为 95 万元。

(8) 8 月 16 日,将该债券全部处置,实际收到价款 120 万元。

要求:根据以上业务编制有关交易性金融资产的会计分录(假设每次公允价值变动都考虑对

所得税的影响,所得税率 25%)。

拓展训练三

甲公司于 2008 年 1 月 1 日以 16 200 万元购入大成公司当日发行的面值总额为 15 000 万元的公司债券确认为持有至到期投资,另支付交易费用 135 万,该债券系 5 年期债券,按年付息,票面年利率为 6%,实际利率 4%。公司对债券的溢折价采用实际利率法摊销,如果发生减值迹象的,在期末对于该持有至到期投资进行减值测试。

要求:(结果保留两位小数)

(1) 编制初始投资时的相关分录。

(2) 编制该金融资产各期摊销利息调整以及收到最后一期本金和利息的会计分录。

拓展训练四

2011 年 1 月 1 日,甲公司支付价款 1 000 000 元(含交易费用)从上海证券交易所购入 A 公司同日发行的 5 年期公司债券 12 500 份,债券票面价值总额为 1 250 000 元,票面年利率为 4.72%,于年末支付本年度债券利息(即每年利息为 59 000 元),本金在债券到期时一次性偿还。甲公司没有意图将该债券持有至到期,划分为可供出售金融资产。

其他资料如下:

(1) 2011 年 12 月 31 日,A 公司债券的公允价值为 1 200 000 元(不含利息)。

(2) 2012 年 12 月 31 日,A 公司债券的公允价值为 1 300 000 元(不含利息)。

(3) 2013 年 12 月 31 日,A 公司债券的公允价值为 1 250 000 元(不含利息)。

(4) 2014 年 12 月 31 日,A 公司债券的公允价值为 1 200 000 元(不含利息)。

(5) 2015 年 1 月 20 日,通过上海证券交易所出售了 A 公司债券 12 500 份,取得价款 1 260 000 元。

要求:假定不考虑所得税、减值损失等因素。编制会计分录。

拓展训练五

2010 年 1 月 1 日,甲上市公司以其库存商品对乙企业投资,投入商品的成本为 360 万元,公允价值和计税价格均为 400 万元,增值税税率为 17%(不考虑其他税费)。甲上市公司对乙企业的投资占乙企业注册资本的 20%,甲上市公司采用权益法核算该项长期股权投资。2010 年 1 月 1 日,乙企业所有者权益账面价值及可辨认净资产公允价值均为 2 000 万元。乙企业 2007 年实现净利润 1 200 万元。2011 年乙企业发生亏损 4 400 万元。假定甲企业账上有应收乙企业长期应收款 160 万元。2012 年乙企业实现净利润 2 000 万元。

要求:根据上述资料,编制甲上市公司对乙企业投资及确认投资收益的会计分录。

❖ 学习情境 6　无形资产及其他资产业务核算 ❖

知识点回顾:

1. 无形资产业务核算

业务内容	会计处理
外购取得的无形资产	借:无形资产 贷:银行存款

续表

业务内容	会计处理
自行研发的无形资产	借:无形资产 　贷:研发支出
无形资产摊销	借:管理费用 　贷:累计摊销
出售无形资产	借:银行存款 　　累计摊销 　　无形资产减值准备 　贷:无形资产 　　　营业外收入
计提无形资产减值准备	借:资产减值损失 　贷:无形资产减值准备

2. 长期待摊费用业务核算

业务内容	会计处理
发生长期待摊费用	借:长期待摊费用 　贷:银行存款
长期待摊费用的摊销	借:管理费用 　贷:长期待摊费用

职业判断能力训练

一、单项选择题

1. 自创的非专利技术是( )。

A. 以有关研究费用作为无形资产入账　　　　B. 以评估价值作为无形资产入账

C. 以注册申请费作为无形资产入账　　　　D. 不能作为无形资产入账

2. 接受投资者投入的无形资产,应按( )入账。

A. 按投资各方确认的价值

B. 按同类无形资产的市价

C. 按该类无形资产的预计未来现金流量现值

D. 按该无形资产的公允价值与账面净值之间的差额

3. 下列各项中,应作为企业无形资产入账的是( )。

A. 固定资产大修理支出　　　　　　　　　　B. 非专利技术的研究开发费用

C. 商标注册费用　　　　　　　　　　　　　D. 支付专营权使用费

4. 当企业计提无形资产价值准备时,应借记( )账户。

A. 管理费用　　　　　　　　　　　　　　　B. 其他业务成本

C. 待摊费用　　　　　　　　　　　　　　　D. 营业外支出

5. 出售无形资产时,结转的成本为( )。

A. 转让价格   B. 账面摊余价值

C. 公允价值   D. 转让费用

6. 下列中,不可单独辨认的是( ),因此不能作为无形资产。

A. 专利权   B. 商标权   C. 商誉   D. 著作权

7. 某企业筹建期发生如下业务:(1)支付未完工程的借款利息 100 000 元;(2)支付企业注册登记等费用 5 000 元;(3)投资者差旅费共计 2 000 元;(4)支付职工薪酬、培训费等共计 60 000 元。该企业的开办费为( )。

A. 167 000 元   B. 67 000 元   C. 7 000 元   D. 65 000 元

8. A 企业对 B 企业实行有偿兼并,B 企业资产总计 350 000 元,负债总计 250 000 元,兼并成交价为 210 000 元,B 企业商誉的价值是( )。

A. 100 000 元   B. 130 000 元   C. 110 000 元   D. 40 000 元

9. 企业出售无形资产的净损失,应计入( )。

A. 营业外支出   B. 其他业务成本   C. 主营业务成本   D. 管理费用

10. 下列有关无形资产的会计处理中,正确的是( )。

A. 将自创商誉确认为无形资产

B. 将转让使用权的无形资产的摊销价值计入营业外支出

C. 将转让所有权的无形资产的账面价值计入其他业务成本

D. 将预期不能为企业带来经济利益的无形资产的账面价值转销

二、多项选择题

1. 下列关于无形资产会计处理的表述中,正确的有( )。

A. 无形资产均应确定预计使用年限并分期进行摊销

B. 有偿取得的自用土地使用权应确认为无形资产

C. 内部研发项目开发阶段支出应全部确认为无形资产

D. 无形资产减值损失一经确认在以后会计期间不得转回

2. 关于无形资产摊销的下列说法中,正确的有( )。

A. 使用寿命有限的无形资产,其应摊销金额应当在使用寿命内系统合理摊销

B. 企业摊销无形资产,应当自无形资产可供使用当月起开始摊销,处置当月不再摊销

C. 无形资产摊销超过 10 年年限

D. 使用寿命不确定的无形资产不应摊销

3. 在会计期末,股份有限公司所持有的无形资产的账面价值高于可收回金额的差额,不应当记入( )账户。

A. 管理费用   B. 资产减值损失

C. 其他业务成本   D. 营业外支出

4. 以经营租入方式租入的固定资产发生的改良支出,借方不应记入( )账户。

A. 在建工程   B. 固定资产

C. 长期待摊费用   D. 管理费用

5. 企业出租无形资产的收入,不应当记入( )账户。

A. 主营业务收入   B. 其他业务收入

C. 投资收益　　　　　　　　　　　　D. 营业外收入

6. 企业出租无形资产的摊销,不应当记入（　　　　　）账户。

A. 其他业务成本　　　　　　　　　　B. 长期待摊费用

C. 销售费用　　　　　　　　　　　　D. 管理费用

7. 出售无形资产的转让成本包括（　　　　　）。

A. 出售无形资产的洽谈费用和差旅费　　B. 出售无形资产取得的净收益

C. 无形资产的摊余价值　　　　　　　　D. 出售无形资产时应缴纳的税金

8. 企业自行开发并取得的专利权发生的下列费用中,可能会计入专利权价值的有（　　　　　）。

A. 开发阶段耗用的材料费　　　　　　B. 开发阶段人员的薪酬

C. 研究过程中发生的材料费　　　　　D. 研究阶段人员的人工费

9. 外购无形资产的成本包括（　　　　　）。

A. 购买价款　　　　　　　B. 进口关税　　　　　　C. 其他相关税费

D. 直接归属于使该项无形资产达到预定可使用状态而发生的其他支出

10. 投资者投入无形资产的成本,应当按照（　　　　　）确定,但该金额不公允的除外。

A. 投资合同约定价值　　　　　　　　B. 公允价值

C. 投资方无形资产的账面价值　　　　D. 协议约定的价值

三、判断题

1. 企业自创的商誉应当按实际发生的支出计价。（　　）

2. 非专利技术有专门的法律予以保护。（　　）

3. 无偿取得的土地使用权,也可以作为无形资产入账。（　　）

4. 企业应在期末根据无形资产的账面价值的一定比例计提无形资产减值准备。（　　）

5. 土地使用权是企业永久享有的对土地的开发、利用和经营权利。（　　）

6. 非专利技术具有经济性、机密性和动态性等特点。（　　）

7. 无形资产的摊销应按不同的类别采用不同的摊销方法。（　　）

8. 以前期间导致无形资产发生减值的迹象在全部或部分消失后,应将已计提的无形资产减值准备全部转回。（　　）

9. 研究开发支出中的开发支出应资本化计入无形资产成本。（　　）

10. 企业取得的使用寿命有限的无形资产均应按直线法摊销。（　　）

职业实践能力训练

一、计算分析题

1. 2010 年 1 月 1 日甲公司接受乙公司以其所拥有的专利权作为出资,双方协议约定的价值为 3 000 万元,按照市场情况估计其公允价值为 2 000 万元,已办妥相关手续。该专利的摊销年限为 10 年。要求编制相关会计分录。

2. 甲公司从 2010 年 3 月 1 日开始自行研究开发一项新产品专利技术,在研究开发过程中发生材料费 3 000 万元,人工工资 500 万元。用银行存款支付的其他费用 200 万元,共计 3 700 万元,其中,符合资本化条件的支出为 3 000 万元。2010 年 12 月 31 日,该项专利技术已达到预定用途。假定形成无形资产的专利技术采用直线法按 10 年摊销。要求编制相关会计分录。

3. 甲公司 2010 年 5 月 1 日用银行存款 300 万元购入一项无形资产,甲公司无法预见该无形资产为企业带来经济利益期限。2010 年 12 月 31 日该无形资产的可收回金额为 200 万元。要求计算并编制相关会计分录。

4. 甲公司购入一项非专利技术,支付的买价和有关费用合计 900 000 元,以银行存款支付。要求编制相关会计分录。

5. 甲公司自行研究、开发一项技术,截至 2010 年 12 月 31 日,发生研发支出合计 2 000 000 元,经测试,该项研发活动完成了研究阶段,从 2011 年 1 月 1 日开始进入开发阶段。2011 年发生开发支出 300 000 元,假定符合《企业会计准则第 6 号——无形资产》规定的开发支出资本化的条件。2011 年 6 月 30 日,该项研发活动结束,最终开发出一项非专利技术。要求编制相关会计分录。

6. 甲公司购买了一项特许权,成本为 4 800 000 元,合同规定受益年限为 10 年,甲公司每月应摊销 40 000(4 800 000/10/12)元。要求编制相关会计分录。

7. 2010 年 1 月 1 日,甲公司将其自行开发完成的非专利技术出租给丁公司,该非专利技术成本为 3 600 000 元,双方约定的租赁期限为 10 年,甲公司每月应摊销 30 000(3 600 000/10/12)元。要求编制相关会计分录。

8. 甲公司出售所拥有的无形资产一项,取得收入 300 万元,营业税率 5%。该无形资产取得时的实际成本为 400 万元,已摊销 120 万元,已计提跌价准备 50 万元,甲公司出售该项无形资产应计入当期损益的金额是多少?

9. 2011 年 1 月 1 日,乙公司将某项专利权的使用权转让给丙公司,每年收取租金 10 万元,使用的营业税率为 5%,转让期间乙公司不使用该项专利。该专利权系乙公司 2010 年 1 月 1 日购入的,初始入账价值为 10 万元,预计使用年限为 5 年。假定不考虑其他因素,乙公司 2011 年因该项专利权形成的营业利润是多少?

10. 企业出售一项三年前取得的专利权,该专利取得时的成本为 40 万元,按 10 年摊销,出售时取得收入为 80 万元,营业税率 5%,不考虑城建税和教育费附加,则出售该项专利时影响当期的损益是多少?

二、实务操作题

实训项目	无形资产及其他资产业务核算
实训目的	熟悉并能填制各类原始凭证;掌握无形资产业务的账务处理;掌握长期待摊费用业务的账务处理
实训资料	1. 实训企业概况 企业名称:南京恒申有限责任公司 地址:玄武区清流路 3 号 法人代表:孙丰 注册资金:500 万元 企业类型:有限责任公司(增值税一般纳税人) 经营范围:金属制品 纳税人识别号:32012248823391 开户银行:工行汉府支行 基本账户账号:33011809032591

续表

实训项目	无形资产及其他资产业务核算
实训资料	2. 2010 年 3 月有关业务附后 3. 所需凭证账页：记账凭证（通用或专用凭证）
实训任务	1. 熟练填制各种原始单据，并据以编制记账凭证 2. 登记有关账户明细账

2010 年 3 月，南京恒申公司发生业务如下。

业务 1:1 日，开出转账支票一张，提现 4 000 000 元购买专利权（要求填制转账支票）（出票人签章处编者加空白印鉴提示出票人勿忘签章）。相关凭证如下。

中国工商银行 南京市分行	中国工商银行 南京市分行 转账支票 支票号码:13246370
支票号码:13246370 出票日期 年 月 日 收款人: 金额: 用途: 单位主管: 会计:	出票日期(大写) 年 月 日 付款行名称:工行汉府支行 收款人: 出票人账号:33011-809032591 人民币(大写) _____ 千百十万千百十元角分 用途: 上列款项请从 复核 我账户内支付 记账 出票人签章 验印

业务 2:3 日，企业自行研究开发新产品专利技术，在研究过程中开出转账支票支付费用共计 8 000 000 元，其中符合资本化的支出由 5 000 000 元，期末，该专利技术已达到预定可使用状态。相关凭证如下。

中国工商银行 南京市分行	中国工商银行 南京市分行 转账支票 支票号码:13246371
支票号码:13246371 出票日期 年 月 日 收款人: 金额: 用途: 单位主管: 会计:	出票日期(大写) 年 月 日 付款行名称:工行汉府支行 收款人: 出票人账号:33011-809032591 人民币(大写) _____ 千百十万千百十元角分 用途: 上列款项请从 复核 我账户内支付 记账 出票人签章 验印

业务 3:4 日,企业获得国家无偿划拨的土地使用权,使用权为 30 年,该土地使用权当时的公允价值为 1 200 万元。相关凭证如下。

中华人民共和国国有土地使用证

土地使用权人	南京恒申有限责任公司		
坐落	南京市玄武区清流路 3 号		
地号	2110024100310	图号	
地类(用途)	工业用地	取得价格(大写)	壹仟贰佰万元整
使用权类型	行政划拨	终止日期	2040 年 3 月 1 日
使用权面积	3 396 平方米	南京市人民政府(章) 2010 年 3 月 1 日	

业务 4:企业的一项商标权,取得时成本是 3 000 000 元,该商标的使用寿命 10 年,直线法进行摊销。相关凭证如下。

无形资产摊销计算表

无形资产名称	待摊金额	使用年限	本月应摊销金额	备注
商标权	3 000 000	10		

业务 5:企业以经营租赁方式租入营业房一间,租赁合同规定,租期为 5 年,房屋装修及修理费由承租方负担,企业租入后开始装修,用银行存款支付专修费 120 000 元,在租赁期内平均摊销。相关凭证如下。

中国工商银行　南京市分行	中国工商银行南京市分行　现金支票　支票号码:13329553
支票号码:13329553 出票日期　年　月　日 _____ _____ 收款人: 金额: 用途: 单位主管:　会计:	出票日期(大写)　　年　月　日　付款行名称:工行汉府支行 收款人:　　　　　　　　　　　出票人账号:33011-809032591 人民币(大写) 千百十万千百十元角分 用途:　　　　　　　　　　　　复核 上列款项请从　　　　　　　　记账 我账户内支付　　　　　　　　验印 出票人签章

长期待摊费用摊销计算表

无形资产名称	待摊金额	使用年限	本月应摊销金额	备注
租入固定资产改良支出	120 000	5		

职业拓展能力训练

拓展训练一

2010 年 1 月 1 日,A 股份有限公司购入一块土地的使用权,以银行存款转账支付 90 000 000 元,并在该土地上自行建造厂房等工程,发生材料支出 100 000 000 元,工资费用 50 000 000 元,其 他相关费用 100 000 000 元等。该工程已经完工并达到预定可使用状态。假定土地使用权的使用 年限为 50 年,该厂房的使用年限为 25 年,两者都没有净残值,都采用直线法进行摊销和计提折旧。 为简化核算,不考虑其他相关税费。

拓展训练二

甲公司为一项新产品专利技术进行研究开发活动。2010 年发生业务如下:

(1) 2010 年 1 月为获取知识而进行的活动发生差旅费 15 万元,以现金支付。

(2) 2010 年 3 月为改进材料、设备而发生费用 16 万元,以银行存款支付。

(3) 2010 年 5 月在开发过程中发生材料费 40 万元,人工工资 10 万元,以及其他费用 30 万元, 合计 80 万元,其中,符合资本化条件的支出为 50 万元。

(4) 2010 年 6 月末,该专利技术已经达到预定用途。

要求:编制相关会计分录。

拓展训练三

无形资产减值和摊销的核算。海王星电子有限公司 2007 年 1 月 1 日以银行存款 300 万元 购入一项专利权。该项无形资产的预计使用年限为 10 年,2010 年末预计该项无形资产的可收回 金额为 100 万元。该公司 2008 年 1 月内部研发成功并可供使用非专利技术的无形资产账面价值 150 万元,无法预见这一非专利技术为企业带来未来经济利益期限,2010 年年末预计其可收回金 额为 130 万元,预计该非专利技术可以继续使用 4 年,该企业按年摊销无形资产,计算 2010 年计 提准备和 2011 年摊销金额,并作出会计分录。

拓展训练四

甲上市公司自行研究开发一项专利技术,与该项专利技术有关的资料如下:

(1) 2010 年 1 月,该项研发活动进入开发阶段,以银行存款支付的开发费用 280 万元,其中满 足资本化条件的为 150 万元。2010 年 7 月 1 日,开发活动结束,并按法律程序申请取得专利权,供 企业行政管理部门使用。

(2) 该项专利权法律规定有效期为 5 年,采用直线法摊销。

(3) 2010 年 12 月 1 日,将该项专利权转让,实际取得价款为 160 万元,应交营业税 8 万元,款 项已存入银行。

要求:

(1) 编制甲上市公司发生开发支出的会计分录。

(2) 编制甲上市公司转销费用化开发支出的会计分录。

(3) 编制甲上市公司形成专利权的会计分录。

(4) 计算甲上市公司 2010 年 7 月专利权摊销金额并编制会计分录。

(5) 编制甲上市公司转让专利权的会计分录。

❖ 学习情境 7　流动负债业务核算 ❖

知识点回顾：

1. 短期借款业务核算

业务内容	会计处理
向银行借入短期借款	借:银行存款 　贷:短期借款[借入的本金]
按月计提短期借款利息	借:财务费用[按借款本金和适用利率计算的金额] 　贷:应付利息
按季支付短期借款利息	借:财务费用[确认本月的利息] 　应付利息[前已计提的利息] 　贷:银行存款[按实际支付的利息]
归还短期借款本金	借:短期借款[偿还的短期借款本金金额] 　贷:银行存款

2. 应付票据业务核算

业务内容		会计处理
开出商业汇票支付货款		借:原材料[或在途物资、材料采购] 　应交税费——应交增值税(进项税额) 　贷:应付票据[按汇票上记载的金额]
支付银行承兑汇票手续费		借:财务费用[按银行承兑手续费回单记载的金额] 　贷:银行存款
商业汇票到期	商业汇票到期企业付款	借:应付票据 　贷:银行存款
	银行承兑汇票到期企业未付款,银行代为支付票款	借:应付票据 　贷:短期借款
	商业承兑汇票到期企业无力支付票款,转为应付账款	借:应付票据 　贷:应付账款

3. 应付账款业务核算

业务内容	会计处理
购买材料等货款未支付	借:原材料等 　应交税费——应交增值税(进项税额) 　贷:应付账款[按应付总金额]

续表

业务内容		会计处理
偿还应付账款	在现金折扣期内付款	借:应付账款[按应付总金额] 　贷:银行存款[应付总金额扣除现金折扣后的金额] 　　财务费用[现金折扣的金额]
	超过现金折扣期付款或无现金折扣条件	借:应付账款[按应付总金额] 　贷:银行存款
开出商业汇票偿付应付账款		借:应付账款[按应付总金额] 　贷:应付票据
应付账款无法支付转为营业外收入		借:应付账款[按无法支付的金额] 　贷:营业外收入
材料已验收入库但月末发票未到		借:原材料[按估计的金额] 　贷:应付账款——暂估应付账款
下月初冲回暂估入账的材料		借:原材料[按估计的金额](金额红字) 　贷:应付账款——暂估应付账款(金额红字)

4. 预收账款业务核算

业务内容	会计处理
收到购货单位预付的货款	借:银行存款 　贷:预收账款[预收的金额]
向购货单位发出货物	借:预收账款[按发货的价税合计金额] 　贷:主营业务收入 　　　应交税费——应交增值税(销项税额)
收到购货单位补付的货款	借:银行存款 　贷:预收账款[收到补付货款的金额]
退回购货单位多付的货款	借:预收账款[按退回的金额] 　贷:银行存款

5. 其他应付款业务核算

业务内容	会计处理
预提经营租入资产的租金费用	借:管理费用等 　贷:其他应付款
收到包装物押金	借:库存现金 　贷:其他应付款
支付或退回其他各种应付、暂收款项	借:其他应付款[按实际支付的金额] 　贷:银行存款等

6. 应付职工薪酬业务核算

业务内容		会计处理
确认应付职工薪酬	工资的确认	借:生产成本——基本生产成本 　　制造费用 　　管理费用等 　贷:应付职工薪酬——工资[按应付工资的金额]
	职工福利的确认	借:生产成本——基本生产成本 　　制造费用 　　管理费用等 　贷:应付职工薪酬——职工福利
	社会保险费的确认	借:生产成本——基本生产成本 　　制造费用 　　管理费用等 　贷:应付职工薪酬——社会保险费[按实际确认的金额]
	非货币福利的确认	借:生产成本——基本生产成本 　　制造费用 　　管理费用等 　贷:应付职工薪酬——非货币性福利[按实际确认的金额]
发放应付职工薪酬	工资发放 提取现金	借:库存现金 　贷:银行存款[按实际支付的金额]
	发放工资的账务处理	借:应付职工薪酬——工资 　贷:库存现金[按实际支付的金额]
	代扣款项的账务处理	借:应付职工薪酬——工资 　贷:应交税费——应交个人所得税 　　　其他应收款——代垫医药费等
	职工福利的发放	借:应付职工薪酬——职工福利 　贷:库存现金[按发放的金额]
	社会保险费的支付	借:应付职工薪酬——社会保险费[基本养老保险等] 　贷:银行存款[按实际支付的金额]
	非货币福利的发放	借:应付职工薪酬——非货币性福利 　贷:主营业务收入[按商品的售价] 　　　应交税费——应交增值税(销项税额) 借:主营业务成本 　贷:库存商品[按商品的成本]

7. 应交税费业务核算

业务内容			会计处理
应交增值税	一般纳税企业	采购物资或者接受应税劳务	借:在途物资等 　　应交税费——应交增值税(进项税额) 　贷:银行存款
		进项税额转出	借:待处理财产损溢——待处理流动资产损溢 　贷:原材料等 　　　应交税费——应交增值税(进项税额转出)
		销售货物或者提供应税劳务	借:银行存款 　贷:主营业务收入 　　　应交税费——应交增值税(销项税额)
		视同销售行为	借:营业外支出等 　贷:库存商品 　　　应交税费——应交增值税(销项税额)
		交纳增值税	借:应交税费——应交增值税(已交税金) 　贷:银行存款
	小规模纳税企业	采购物资或者接受应税劳务	借:原材料 　贷:银行存款
		销售货物或者提供应税劳务	借:银行存款 　贷:主营业务收入 　　　应交税费——应交增值税
		交纳增值税	借:应交税费——应交增值税 　贷:银行存款
应交消费税	销售应税消费品		借:营业税金及附加 　贷:应交税费——应交消费税
	自产自用应税消费品		借:在建工程 　贷:库存商品 　　　应交税费——应交增值税(销项税额) 　　　　　　　　——应交消费税
	委托加工应税消费品	收回后用于继续生产应税消费品	借:委托加工物资 　　应交税费——应交增值税(进项税额) 　　应交税费——应交消费税 　贷:银行存款
		收回物资用于直接对外销售	借:委托加工物资[消费税计入成本] 　　应交税费——应交增值税(进项税额) 　贷:银行存款
应交营业税	计算公司应交营业税		借:营业税金及附加 　贷:应交税费——应交营业税

续表

	业务内容	会计处理
应交其他税费	应交城市维护建设税	借:营业税金及附加 　　贷:应交税费——应交城市维护建设税
	应交教育费附加	借:营业税金及附加 　　贷:应交税费——应交教育费附加
	应交资源税	借:营业税金及附加［用于生产的计入"生产成本"］ 　　贷:应交税费——应交资源税
	应交土地增值税	借:固定资产清理 　　贷:应交税费——应交土地增值税
	应交个人所得税	借:应付职工薪酬——工资 　　贷:应交税费——应交个人所得税
	应交房产税、土地使用税、车船使用税、矿产资源补偿费	借:管理费用 　　贷:应交税费——应交房产税［或应交土地使用税、应交车船使用税、应交矿产资源补偿费］

职业判断能力训练

一、单项选择题

1. 根据负债的基本特征判断,下列不是负债的是(　　)。

A. 应付账款　　　　　　B. 预收账款　　　　　　C. 其他应付款　　　　　　D. 预付账款

2. 企业开出并承兑的商业承兑汇票到期无力支付时,正确的会计处理是将该应付票据(　　)。

A. 转作短期借款　　　　　　　　　　　B. 转作应付账款

C. 转作其他应付款　　　　　　　　　　D. 仅做备查登记

3. 某企业于 2010 年 6 月 6 日从甲公司购入一批产品并已验收入库。增值税专用发票上注明该批产品的价款为 150 万元,增值税额为 25.5 万元,对方代垫运杂费 0.1 万元,货款尚未支付。企业购买产品时应付账款的入账价值为(　　)万元。

A. 149　　　　　　　　B. 150　　　　　　　　C. 150.1　　　　　　　　D. 175.6

4. 企业转销无法支付的应付账款时,应将该应付账款账面余额计入(　　)。

A. 资本公积　　　　　　B. 营业外收入　　　　　　C. 其他业务收入　　　　　　D. 其他应付款

5. 下列各项中,应通过"其他应付款"账户核算的是(　　)。

A. 应付现金股利　　　　　　　　　　　B. 应交教育费附加

C. 应付租入包装物租金　　　　　　　　D. 应付管理人员工资

6. 短期借款利息核算不会涉及的账户是(　　)。

A. 短期借款　　　　　　B. 应付利息　　　　　　C. 财务费用　　　　　　D. 银行存款

7. 预收账款情况不多的企业,可以不设"预收账款"账户,而将预收的款项直接记入的账户是(　　)。

A. 应收账款　　　　　　B. 预付账款　　　　　　C. 其他应收款　　　　　　D. 应付账款

8. 甲公司为增值税一般纳税人,适用的增值税税率为17%。2010年10月甲公司决定将本公司生产的500件产品作为福利发放给公司管理人员。该批产品的单件成本为1.2万元,市场销售价格为每件2万元(不含增值税)。不考虑其他相关税费,甲公司在2010年因该项业务应计入管理费用的金额为(　　　)万元。

　　A. 600 　　　　　　　　B. 770 　　　　　　　　C. 1 000 　　　　　　　　D. 1 170

9. 下列各项中,导致负债总额变化的是(　　　)。

　　A. 收回应收票据款 　　　　　　　　　　　　B. 用资本公积转增资本

　　C. 赊销商品 　　　　　　　　　　　　　　　D. 赊购商品

10. 某企业于2010年6月2日从甲公司购入一批产品并已验收入库。增值税专用发票上注明该批产品的价款为150万元,增值税额为25.5万元。合同中规定的现金折扣条件为2/10,1/20, *n*/30,假定计算现金折扣时不考虑增值税。该企业在2010年6月11日付清货款。企业购买产品时该应付账款的入账价值为(　　　)万元。

　　A. 147 　　　　　　　　B. 150 　　　　　　　　C. 172.5 　　　　　　　　D. 175.5

二、多项选择题

1. 下列资产负债表各项目中,属于流动负债的有(　　　　　　)。

　　A. 预收账款 　　　　　　　　　　　　　　　B. 应交税费

　　C. 应收账款 　　　　　　　　　　　　　　　D. 一年内到期的长期借款

2. 下列关于应付账款的处理中,正确的有(　　　　　　)。

　　A. 货物与发票账单同时到达,待货物验收入库后,按发票账单登记入账

　　B. 货物已到,但至月末时发票账单还未到达,应在月份终了时暂估入账

　　C. 应付账款一般按到期时应付金额的现值入账

　　D. 企业采购业务中形成的应付账款,在确认其入账价值时不需要考虑将要发生的现金折扣

3. 下列有关应付票据处理的表述中,正确的是(　　　　　　)。

　　A. 企业开出并承兑商业汇票时,应按票据的到期值贷记"应付票据"账户

　　B. 企业支付的银行承兑手续费,记入当期"财务费用"账户

　　C. 应付票据到期支付时,按账面余额结转

　　D. 企业到期无力支付的商业承兑汇票,应转入"应付账款"账户

4. 下列各项中,应纳入职工薪酬核算的有(　　　　　　)。

　　A. 职工工资、奖金、津贴和补贴 　　　　　　B. 非货币性福利

　　C. 职工住房公积金 　　　　　　　　　　　　D. 辞退职工经济补偿

5. 下列各项中,应从应付职工薪酬中列支的有(　　　　　　)。

　　A. 支付职工津贴

　　B. 支付职工食堂人员工资

　　C. 春节期间发放职工生活困难补助费

　　D. 将企业自产的产品作为福利发放给职工

6. A公司结算本月应付本公司行政管理人员工资共400 000元,代扣职工个人所得税8 000元;实发工资392 000元,该公司以下会计核算中正确的是(　　　　　　)。

　　A. 借:管理费用 　　　　　　　　　　　　　　　　　　　　　　　400 000

　　　　　贷：应付职工薪酬——工资　　　　　　　　　　　　　　400 000

　　B. 借：应付职工薪酬——工资　　　　　　　　　　　　　　　8 000

　　　　　贷：应交税费——应交个人所得税　　　　　　　　　　　　　8 000

　　C. 借：应付职工薪酬——工资　　　　　　　　　　　　　　　392 000

　　　　　贷：银行存款　　　　　　　　　　　　　　　　　　　　392 000

　　D. 借：其他应收款　　　　　　　　　　　　　　　　　　　　8 000

　　　　　贷：应交税费——应交个人所得税　　　　　　　　　　　　　8 000

7. 下列税金中,应计入存货成本的有(　　　　　　)。

A. 由受托方代扣代交的委托加工直接用于对外销售的商品负担的消费税

B. 由受托方代扣代交的委托加工继续用于生产应纳消费税的商品负担的消费税

C. 进口原材料交纳的进口关税

D. 小规模纳税企业购买材料交纳的增值税

8. 下列税金中,工业企业应记入"营业税金及附加"账户的有(　　　　　　)。

A. 应交纳的城市维护建设税

B. 销售应税消费品应交纳的消费税

C. 对外提供运输劳务应交纳的营业税

D. 应交纳的增值税

9. 企业记入"管理费用"账户的税金有(　　　　　　)。

A. 土地增值税　　　　　　B. 印花税　　　　　　C. 房产税　　　　　　D. 耕地占用税

10. 以下各项,增值税一般纳税人需要做进项税额转出的有(　　　　　　)。

A. 自制产成品用于职工福利

B. 自制产成品用于对外投资

C. 外购的生产用原资料发生非正常损失

D. 外购的生产用原资料改用于自建厂房

三、判断题

1. 预收账款属于流动负债。因此,如果企业不单设预收账款,可以将预收账款并入"应付账款"账户核算。(　　)

2. 企业支付的银行承兑汇票手续费应当计入当期财务费用。(　　)

3. 商业汇票根据承兑人的不同分为银行承兑汇票和商业承兑汇票。(　　)

4. 应付账款附有现金折扣条件的,应按照扣除现金折扣前的应付账款总额入账。(　　)

5. 计量应付职工薪酬时,国家规定了计提基础和计提比例的,应当按照国家规定的标准计提,没有规定计提基础和计提比例的,企业不得预计当期应付职工薪酬。(　　)

6. 一般纳税企业购入货物支付的增值税,均应先通过"应交税费"账户进行核算,然后再将购入货物不能抵扣的增值税进项税额从"应交税费"账户中转出。(　　)

7. 工会经费不属于职工薪酬的范围,不通过"应付职工薪酬"账户核算。(　　)

8. 企业将自产或委托加工的货物用于职工福利,在会计上按照货物成本转账,不用计算交纳税金。(　　)

9. 企业按规定计算的代扣代交的职工个人所得税,借记"应付职工薪酬"账户,贷记"应交税

费——应交个人所得税"账户。(　　)

10. 应付股利是指企业根据董事会或类似机构审议批准的利润分配方案确定分配给投资者的现金股利或利润。(　　)

职业实践能力训练

一、计算分析题

1. 江淮公司 2010 年 4 月 1 日因急需流动资金,从银行取得 5 个月期限的借款 100 000 元,年利率为 6%,按月计提利息,9 月 1 日到期偿还本息,假定不考虑其他因素。

要求:编制该公司相关的会计分录。

2. 长江公司赊购一批材料,材料价格 60 000 元,增值税率 17%,材料已验收入库。长江公司开出一张面值为 70 200 元,期限为 6 个月期限的不带息银行承兑汇票。该公司材料按实际成本法核算。

要求:编制购货时、到期付款时以及如果到期不能支付这笔款项,由银行先行支付的分录。

3. 中淮公司 2010 年 8 月 5 日从长城公司采购原材料,根据供应单位开具的增值税专用发票,材料价款为 40 000 元,增值税进项税额为 6 800 元。材料已验收入库,长城公司代垫运杂费 500 元,仓库已填制收料单,货款暂欠。长城公司规定的现金折扣条件为 1/10,N/20,计算现金折扣时不考虑增值税和运杂费,该公司材料按实际成本法核算。中淮公司于 8 月 14 日偿还该笔货款。

要求:(1) 计算中淮公司应付账款的入账金额。

(2) 编制采购时、偿还货款时的会计分录。

4. 中淮公司是增值税一般纳税企业,单独设置了"预收账款"账户。2010 年 5 月,该企业发生下列经济业务:

(1) 10 日,收到黄河公司预付的购货款 34 000 元,已存入银行。

(2) 20 日,向黄河公司销售 A 产品 1 000 件,单位售价 60 元,增值税税率 17%。以银行存款为对方代垫运杂费 200 元(暂不考虑产品销售成本结转)。

(3) 28 日,收到黄河公司补付的货款 36 400 元。

要求:根据以上资料编制该公司的相关会计分录。

5. 中淮公司为 6 名管理人员每人提供一辆汽车免费使用,每辆汽车每月折旧为 1 000 元。同时为 3 名副总裁以上高级管理人员每人租赁一套公寓免费使用,每套月租金为 2 000 元。

要求:编制上述与职工薪酬有关的会计分录。

6. 长城公司 2010 年 11 月有关职工薪酬业务如下:

(1) 按照工资总额的标准分配工资费用,其中生产工人工资为 100 万元,车间管理人员工资 20 万元,总部管理人员工资为 30 万元,专设销售部门人员工资为 10 万元,在建工程人员工资为 5 万元,内部开发人员工资为 35 万元(符合资本化条件)。

(2) 按照所在地政府规定,按照工资总额的 10%、12%、2% 和 10.5% 计提医疗保险费、养老保险费、失业保险费和住房公积金。

(3) 根据 2009 年实际发放的职工福利情况,公司预计 2010 年应承担职工福利费金额为工资总额的 4%。

(4) 按照工资总额的 2% 和 2.5% 计提工会经费和职工教育经费。

要求(答案中的金额单位用万元表示):(1) 计算应计入各成本费用的职工薪酬金额。

(2) 编制该公司的相关会计分录。

7. 中淮公司为增值税一般纳税人,适用的增值税税率为 17%。2010 年 12 月该公司董事会决定将本公司生产的 500 件产品作为福利发放给公司人员,每人一件,其中生产工人 400 人,总部管理人员 100 人。该批产品单件成本为 1.2 万元,市场销售价格为每件 2 万元(不含增值税),不考虑其他相关税费。

要求:编制该公司的相关会计分录。

8. 亨达公司为增值税一般纳税人,适用的增值税税率为 17%。2010 年 4 月发生以下经济业务:

(1) 接供电部门通知,公司本月应付电费 40 000 元,其中车间 30 000 元,管理部门 10 000 元。

(2) 购入材料一批,价款 10 000 元,增值税 1 700 元,材料验收入库,款项尚未支付。

(3) 购入一台不需安装的设备,价款 100 000 元,增值税 17 000 元,款项尚未支付。

(4) 库存材料发生火灾毁损,成本 5 000 元,增值税 850 元。

(5) 经批准上述材料毁损转作营业外支出。

(6) 建造厂房领用生产用原材料 20 000 元,其购入时增值税为 3 400 元。

要求:编制该公司的相关会计分录。

9. 长江公司为增值税小规模纳税人,发生如下经济业务:

(1) 购入材料一批,取得的专用发票注明货款是 20 000 元,增值税 3 400 元,款项以银行存款支付,材料已经验收入库(该企业按实际成本计价核算)。

(2) 销售产品一批,所开具的普通发票中注明货款(含税)20 600 元,增值税征收率 3%,款项已存入银行。

(3) 月末以银行存款上缴增值税 600 元。

要求:编制该公司的相关会计分录。

10. 中淮公司为增值税一般纳税人,2 月初"应交税费"账户余额为零,当月发生下列相关业务:

(1) 购入材料一批,价款 300 000 元,增值税 51 000 元,以银行存款支付,企业采用计划成本法核算,该材料计划成本 320 000 元,已验收入库。

(2) 将账面价值为 540 000 元的产品专利权出售,收到价款 660 000 元存入银行,适用的营业税税率为 5%,假定该专利权没有计提摊销和减值准备(不考虑除营业税以外的其他税费)。

(3) 销售应税消费品一批,价款 600 000 元,增值税 102 000 元,收到货款并存入银行,消费税适用税率为 10%,该批商品的成本是 500 000 元。

(4) 月末计提日常经营活动产生的城市维护建设税和教育费附加,适用的税率和费率分别为 7% 和 3%。

要求:编制该公司的相关会计分录,并列示业务(4)的计算过程。

二、实务操作题

实训项目	流动负债业务核算
实训目的	掌握短期借款业务的账务处理;会计算短期借款的利息;掌握应付款项业务的账务处理;掌握应付职工薪酬业务的账务处理;掌握应交税费业务的账务处理
实训资料	1. 实训企业概况 　　企业名称:南京恒申公司 　　地址:玄武区清流路 3 号 　　法人代表:孙丰 　　注册资金:500 万元 　　企业类型:有限责任公司(增值税一般纳税人) 　　经营范围:金属制品 　　纳税人登记号:32012248823391 　　开户银行:工行汉府支行 　　基本账户账号:33011809032591 2. 2010 年有关业务附后 3. 所需凭证账页:记账凭证(通用或专用凭证)
实训任务	熟练填制及审核各种原始单据,并据以编制记账凭证

2010 年,南京恒申公司的相关业务如下。

业务 1:2010 年 7 月 1 日,向工商银行汉府支行借入一笔生产经营用短期借款,共计 200 000 元,期限为 3 个月,年利率为 6%。根据借款合同,银行已将款项划拨到账(要求审核短期借款借据即收账通知并据以编制记账凭证)。

企业借款借据(收账通知)

借款单位:南京恒申公司　　　　　　2010 年 7 月 1 日

贷款种类	生产经营借款	贷款账号		存款账号	33011809032591

借款金额	人民币(大写)贰拾万元整	千	百	十	万	千	百	十	元	角	分
		¥	2	0	0	0	0	0	0	0	0

借款用途　生产经营借款

约定还款期限:　　　　期限 3 个月　　　　于 2010 年 10 月 1 日到期

上列借款已批准发放,转入你单位存款账户。
此致　　南京市工商银行
2010.07.01
转讫
(1)

南京恒申公司
7 月 1 日
(银行签章)

(借)_____
(贷)_____

主管　　　　会计　　　　复核
　　　　　　记账

年　　月　　日

业务 2:2010 年 7 月 31 日,计提 7 月份短期借款利息(要求填制应付利息计算表并据以编制记账凭证)(8 月份计提利息相同,略)。

应付利息计算表
年 月 日
单位:元

贷款银行	贷款种类	累计积数	月利率	利息额
	合 计			

业务 3:2010 年 9 月 30 日,支付短期借款利息(要求审核银行利息清单并编制记账凭证)。

中国工商银行计收利息清单(第四联)
2010 年 9 月 30 日

借款单位	南京恒申公司	原借金额	200 000 元	计息起讫日期或天数	一季	付出利息账户账号	33011809032591

放款账户	计息总积数										月利率	利息金额								你单位左列应偿借款利息结算如上,业经付你单位账户此致借款单位(银行盖章)
	亿	千	百	十	万	千	百	十	元	角	分		十	万	千	百	十	元	角	分
01-×××			2	0	0	0	0	0	0	0	0	5‰			3	0	0	0	0	0
合计			2	0	0	0	0	0	0	0	0	5‰		¥	3	0	0	0	0	0
人民币(大写)叁仟元整																				

业务 4:2010 年 10 月 1 日,归还短期借款本金 200 000 元(要求审核还款凭证并编制记账凭证)。

(流动资金)还款凭证(回单)

原借款凭证单位编号:		日期:2010 年 10 月 1 日			原借款凭证银行编号:	

付款人	名称	南京恒申公司	借款人	名称	南京恒申公司
	往来户账号	33011809032591		放款户账号	33011809032591
	开户银行	工商银行汉府支行		开户银行	工商银行汉府支行
计划还款日期	2010 年 10 月 1 日		还款次序	第 次还款	

借款金额 人民币(大写) 贰拾万元整

千	百	十	万	千	百	十	元	角	分
	¥	2	0	0	0	0	0	0	0

还款内容 归还短期借款 200 000 元

上述借款已从你单位往来账户内转还
此致
借款单位 (银行借款)
2010 年 10 月 1 日

此联转账后作回单,退借款单位并代往来户支款通知

业务 5:2010 年 10 月 5 日,持银行承兑汇票到银行办理承兑,银行收取承兑手续费 58.50 元(要求根据手续费回单编制记账凭证)。

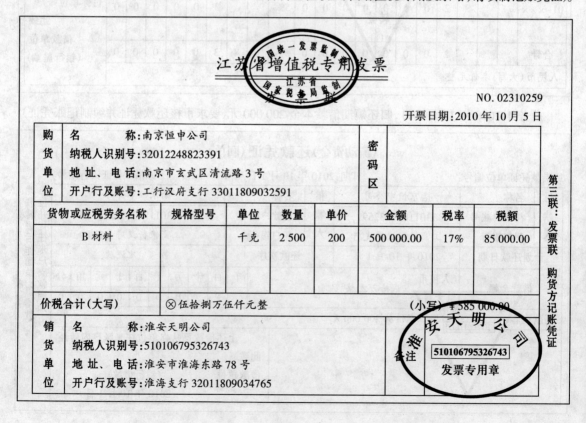

业务 6:2010 年 10 月 5 日,持上述银行承兑汇票购买 B 材料,取得的增值税专用发票上注明材料价款为 500 000 元,增值税额为 85 000 元。材料已验收入库(增值税专用发票略,请填制记账凭证)。

中国工商银行计收手续费(回单)

收报日期:2010-10-5

行　　　名:汉府支行营业部
业 务 种 类:手续费
付款人账号:33011809032591
付款人户名:南京恒申公司
大 写 金 额:伍拾捌元伍角整
小 写 金 额:58.50
打 印 日 期:2010-10-5
用　　　途:承兑手续费
客 户 附 言:
银 行 附 言:

收款人行号:25120038

南京市工商银行
2010.10.05
业务清讫
(4)

付款类型:非延期付款

江苏省增值税专用发票

NO. 02310259
开票日期:2010 年 10 月 5 日

购货单位	名　　称:南京恒申公司
	纳税人识别号:32012248823391
	地　址、电话:南京市玄武区清流路 3 号
	开户行及账号:工行汉府支行 33011809032591

密码区

货物或应税劳务名称	规格型号	单位	数量	单价	金额	税率	税额
B 材料		千克	2 500	200	500 000.00	17%	85 000.00

价税合计(大写)　⊗伍拾捌万伍仟元整　　　(小写)￥585 000.00

销货单位	名　　称:淮安天明公司
	纳税人识别号:510106795326743
	地　址、电话:淮安市淮海东路 78 号
	开户行及账号:淮海支行 32011809034765

备注
510106795326743
发票专用章

第三联:发票联　购货方记账凭证

收 料 单

材料科目:原材料　　　　　　　　　　　　　　　　　　　　　　　编号:111
材料类别:原料及主要材料　　　　　　　　　　　　　　　　　收料仓库:1 号仓库
供应单位:淮安天明公司　　　　　　2010 年 10 月 5 日　　　发票号码:72005

| 材料 | 材料 | 规格 | 计量 | 数量 | | 实际价格 | | | |
编号	名称		单位	应收	实收	单价	发票金额	运费	合计
010	B	K1	千克	2 500	2 500	200	500 000		500 000
备注									

采购员:　　　　　检验员:施安　　　　　记账员:　　　　　保管员:沈宁

业务 7:2010 年 10 月 6 日,从扬州三和公司采购 A 材料,根据供应单位开具的增值税专用发票,材料采购款项共 46 800 元,其中,材料采购成本为 40 000 元,增值税进项税额为 6 800 元。材料已验收入库,仓库已填制收料单,货款暂欠。扬州三和公司规定的现金折扣条件为 2/10,1/20,N/30,计算现金折扣时不考虑增值税(请填制记账凭证)。

江苏省增值税专用发票

NO. 02310260

开票日期:2010 年 10 月 6 日

| 购货单位 | 名　　称:南京恒申公司
纳税人识别号:32012248823391
地　址、电话:南京市玄武区清流路 3 号
开户行及账号:工行汉府支行 33011809032591 | 密码区 | |

货物或应税劳务名称	规格型号	单位	数量	单价	金额	税率	税额
A 材料		千克	400	100	40 000.00	17%	6 800.00

| 价税合计(大写) | 肆万陆仟捌佰元整 | (小写) ￥46 800.00 |

| 销货单位 | 名　　称:扬州三和公司
纳税人识别号:510106795323456
地　址、电话:扬州市维扬路 16 号
开户行及账号:维扬支行 32011809032456 | 备注 | 扬州三和公司
510106795323456
发票专用章 |

第三联:发票联　购货方记账凭证

收 料 单

材料科目:原材料　　　　　　　　　　　　　　　　　　　编号:112
材料类别:原料及主要材料　　　　　　　　　　　　　　　收料仓库:1 号仓库
供应单位:扬州三和公司　　　　　　2010 年 10 月 6 日　　　发票号码:72006

| 材料编号 | 材料名称 | 规格 | 计量单位 | 数量 | | 实际价格 | | | |
				应收	实收	单价	发票金额(元)	运费	合计(元)
015	A	T1	千克	400	400	100	40 000		40 000
备注									

采购员:　　　　　检验员:施安　　　　　记账员:　　　　　保管员:沈宁

　　业务 8:2010 年 10 月 11 日,恒申公司通过电汇支付从扬州三和公司购入 A 材料的货款(请计算现金折扣并填制记账凭证)。

中国工商银行资金汇划补充凭证(贷方回单)

收报日期:2010-10-11

行　　　名:汉府支行营业部
业 务 种 类:汇兑
收款人账号:12020668753244　　　　　　　付款人账号:33011809032591
收款人户名:扬州三和公司
付款人户名:南京恒申公司　　　　　　　　　南京市工商银行
大 写 金 额:肆万陆仟元整　　　　　　　　2010.10.11
小 写 金 额:46 000　　　　　　　　　　　业务清讫
发报流水号:004031239　　　　　　　　　　(4)
发报行行号:25120038　　　　　　　　　收报流水号:002172669
发报行行名:汉府支行　　　　　　　　　收报行行号:11230110
打 印 日 期:2010-10-11
用　　　途:购货款　　　　　　　　　　付款类型:非延期付款
客户附言:
银行附言:

　　业务 9:2010 年 10 月 13 日,收到国力公司购买产品预付货款 10 000 元的转账支票一张,将转账支票存入银行取得回单(请填制记账凭证)。

工商银行进账单（回单或收账通知）

2010 年 10 月 13 日   No 13476

付款人	全 称	国力公司	收款人	全 称	南京恒申公司
	账 号	33011809035876		账 号	33011809032591
	开户银行	南京市新街口支行		开户银行	工商银行南京市汉府支行

人民币(大写)壹万元整	千	百	十	万	千	百	十	元	角	分
			¥	1	0	0	0	0	0	0

票据种类	转账支票
票据张数	1
单位主管 会计 复核 记账	

南京市工商银行 2010.10.13 转讫 (1)

收款人开户银行盖章：工商银行南京市汉府支行

业务 10：2010 年 10 月 15 日，向国力公司发出产品，开具增值税专用发票上注明价款 10 000 元，增值税 1 700 元，余款同日收到存入银行（请填制记账凭证）。

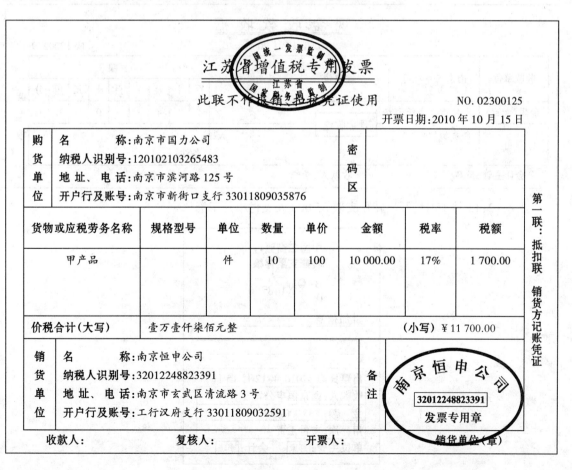

江苏省增值税专用发票

此联不作报销、扣税凭证使用   NO. 02300125

开票日期：2010 年 10 月 15 日

购货单位	名 称：南京市国力公司 纳税人识别号：120102103265483 地址、电话：南京市滨河路 125 号 开户行及账号：南京市新街口支行 33011809035876	密码区

货物或应税劳务名称	规格型号	单位	数量	单价	金额	税率	税额
甲产品		件	10	100	10 000.00	17%	1 700.00

价税合计(大写)	壹万壹仟柒佰元整	(小写) ¥ 11 700.00

销货单位	名 称：南京恒申公司 纳税人识别号：32012248823391 地址、电话：南京市玄武区清流路 3 号 开户行及账号：工行汉府支行 33011809032591	备注	南京恒申公司 32012248823391 发票专用章

收款人：   复核人：   开票人：   销货单位(章)

第一联：抵扣联 销货方记账凭证

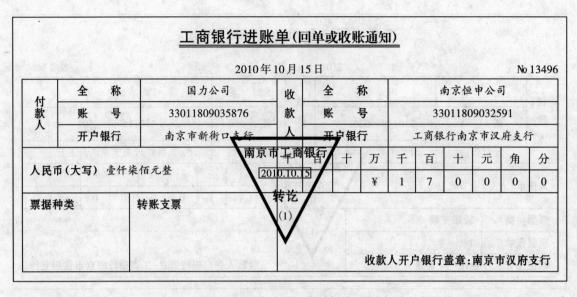

工商银行进账单(回单或收账通知)

2010 年 10 月 15 日   No 13496

付款人	全　称	国力公司	收款人	全　称	南京恒申公司
	账　号	33011809035876		账　号	33011809032591
	开户银行	南京市新街口支行		开户银行	工商银行南京市汉府支行

人民币(大写) 壹仟柒佰元整	百	十	万	千	百	十	元	角	分
				￥	1	7	0	0	0	0

南京市工商银行
2010.10.15
转讫
(1)

票据种类	转账支票

收款人开户银行盖章:南京市汉府支行

业务 11:2010 年 10 月 20 日,企业财务部门收到汉南公司交来的包装物押金现金 1 000 元(请填制记账凭证)。

现 金 收 款 收 据

2010 年 10 月 20 日   No 1200259

收款单位	南京恒申公司	交款单位	汉南公司	金额									一联存根
				百	十	万	千	百	十	元	角	分	
金额(大写)	人民币　壹仟元整						￥	1	0	0	0	0	0	
事由	包装物押金	现金收讫			备注:								

会计主管:储超   收款人:李晓   制单:李晓

业务 12:12 月 15 日,开出转账支票 35 000 元支付本月工资。

中国工商银行
转账支票存根

$\frac{B}{0} \frac{G}{2}$ X148756

附加信息
_____
_____
_____

出票日期　2010 年 12 月 15 日

收款人:南京恒申公司
金　额:￥35 000.00
用　途:支付工资

单位主管:郝康　会计:李晓

业务 13:12 月 15 日,分配本月应付职工工资。

工资费用分配表

2010 年 12 月 15 日   单位:元

应分配工资 应借账户 ＼ 车间部门	第一车间 A 产品	第二车间 B 产品	车间 管理人员	厂部 管理人员	合计
生产成本	16 000	14 000			30 000
制造费用			4 000		4 000
管理费用				1 000	1 000
合计	16 000	14 000	4 000	1 000	35 000

业务 14:12 月 15 日,计提职工福利费。

职工福利费计提表

2010 年 12 月 15 日   单位:元

应借账户	车间、部门	工资总额	计提比例(%)	职工福利费
生产成本	第一车间 A 产品	16 000	14	2 240
	第二车间 B 产品	14 000	14	1 960
	小计	30 000	14	4 200
制造费用	车间管理人员	4 000	14	560
管理费用	厂部管理人员	1 000	14	140
合计		35 000	14	4 900

业务 15:12 月 15 日,企业以自产的产品发放给职工,另为厂部管理人员无偿提供汽车。

非货币性福利表

2010 年 12 月 15 日   单位:元

非货币性 福利 ＼ 车间部门	第一车间 A 产品	第二车间 B 产品	车间 管理人员	厂部 管理人员	合计
发放企业自产的产品的总售价	300	200	100	100	700
发放企业自产的产品的增值税	51	34	17	17	119
无偿使用汽车的折旧费				500	500
合计	351	234	117	617	1 319

业务 16:12 月 30 日,开具转账支票,缴纳增值税款 65 280 元。

中华人民共和国

增值税税收缴款书

隶属关系：　　　　　　　　　　　　　　　　经济性质：

收入机关：　　　　　　　　　　　　填发日期：2010 年 12 月 30 日　国字第　　号

<table>
<tr><td rowspan="4">缴款单位</td><td>代　码</td><td colspan="2">32012248823391</td><td rowspan="2">预算科目</td><td>款</td><td></td></tr>
<tr><td>全　称</td><td colspan="2">南京恒申公司</td><td>项</td><td></td></tr>
<tr><td>开户银行</td><td colspan="2">工商银行南京市汉府支行</td><td>级次</td><td></td></tr>
<tr><td>账　号</td><td colspan="2">33011809032591</td><td colspan="2">收款国库</td></tr>
<tr><td colspan="3">税款属时期：2010 年 12 月　日款</td><td colspan="3">税款限缴时期：　年　月　日</td></tr>
<tr><td>品目名称</td><td>课税数量</td><td>计税金额或
销售收入</td><td colspan="2">税率或单位税额</td><td>实缴税额</td></tr>
<tr><td>增值税</td><td></td><td></td><td colspan="2"></td><td>65 280</td></tr>
<tr><td>合计(小写)</td><td></td><td></td><td colspan="2"></td><td>65 280</td></tr>
<tr><td>金额合计</td><td colspan="5">人民币(大写)零佰零拾陆万伍仟贰佰捌拾元零角零分</td></tr>
<tr><td>缴款单位(人)
(盖章)
经办人(章)</td><td colspan="2">税务机关
(盖章)
填票人(章)</td><td colspan="2">上列款项已受收讫,并划转
收款单位账户。
国库(银行)盖章
2010 年 12 月 30 日</td><td>备注</td></tr>
</table>

中国工商银行　（苏）
转账支票存根

$\frac{B}{0}$ $\frac{Y}{2}$ 20082487

附加信息
_____
_____
_____

出票日期　2010 年　12 月 30 日

收款人：南京国税局

金　额：¥65 280.00

用　途：缴纳增值税

单位主管　郝康　会计　李晓

业务 17:12 月 30 日,计提城市维护建设税及教育费附加。

城市维护建设税及教育费附加计算表

2010 年 12 月 30 日　　　　　　　　　　　　　　单位:元

项　目	金　额
当期销售额	略
销售产品销项税额	—
进项税额	—
应纳增值税额	360 000
应纳消费税额	120 000
应纳营业税额	10 000
流转税额合计	490 000
应纳城市维护建设税额(7%)	34 300
应交教育费附加(3%)	14 700

财会主管:　　　　　　　　复核:　　　　　　　　制表:

业务 18:12 月 30 日,缴纳城市维护建设税及教育费附加款。

中国工商银行
转账支票存根
$\frac{B}{0}\frac{G}{2}$02158889

附加信息
_____
_____

签发日期:2010 年 12 月 30 日
收款人:税务局
金　额:¥34 300.00
用　途:缴纳城市维护建设税
单位主管:郝康　会计:李晓

中国工商银行
转账支票存根
$\frac{B}{0}\frac{G}{2}$02158890

附加信息
_____
_____

签发日期:2010 年 12 月 30 日
收款人:税务局
金　额:¥14 700.00
用　途:缴纳教育费附加
单位主管:郝康　会计:李晓

职业拓展能力训练

拓展训练一

黄河公司为增值税一般纳税人,适用的增值税率为 17%,2010 年 1 至 11 月"本年利润"账户贷方余额为 792 610 元。12 月份发生如下经济业务:

(1) 出售给甲公司 A 产品 500 件,价款为 200 000 元,增值税为 34 000 元;B 产品 300 件,价款为 180 000 元,增值税为 30 600 元,全部款项尚未收到。

(2) 以银行存款支付广告费 8 600 元。

(3) 向希望工程捐款 30 000 元,用转账支票支付。

(4) 用现金支付本月应由行政管理部门费用 2 400 元。

(5) 结转本月产品销售成本 196 000 元(其中 A 产品成本为 110 000 元,B 产品成本为 86 000 元)。

(6) 计算本月应交营业税 18 000 元,应交城市维护建设税 11 000 元。

(7) 结转本月损益类账户余额。

(8) 按 25% 税率计算并结转本月所得税。

(9) 按本年税后利润的 10% 提取法定盈余公积金。

(10) 经股东大会批准,本年度向投资者分配利润 580 000 元。

(11) 年终结转本年利润账户余额。

(12) 年终结转利润分配明细账户余额。

要求:根据上述资料编制有关会计分录。

拓展训练二

江淮公司为增值税一般纳税人,适用的增值税税率为 17%,销售单价均为不含增值税价格。江淮公司 2010 年 10 月发生如下业务:

(1) 10 月 3 日,向乙企业赊销 A 产品 100 件,单价为 40 000 元,单位销售成本为 20 000 元。

(2) 10 月 15 日,向丙企业销售材料一批,价款为 700 000 元,该材料发出成本为 500 000 元。上月已经预收账款 600 000 元。当日丙企业支付剩余货款。

(3) 10 月 18 日,丁企业要求退回本年 9 月 25 日购买的 40 件 B 产品。该产品销售单价为 40 000 元,单位销售成本为 20 000 元,其销售收入 1 600 000 元已确认入账,价款已于销售当日收取。经查明退货原因系发货错误,同意丁企业退货,并办理退货手续和开具红字增值税专用发票,并于当日退回了相关货款。

(4) 10 月 20 日,收到外单位租用本公司办公用房下一年度租金 300 000 元,款项已收存银行。

(5) 10 月 31 日,计算本月应交纳的城市维护建设税 36 890 元,教育费附加 15 810 元。

要求:根据上述业务编制相关的会计分录。

拓展训练三

大凯公司为家电生产企业,共有职工 310 人,其中生产工人 200 人,车间管理人员 15 人,行政管理人员 20 人,销售人员 15 人,在建工程人员 60 人。大凯公司适用的增值税税率为 17%。2010 年 1 月份发生如下经济业务:

(1) 本月应付职工工资总额为 380 万元,工资费用分配汇总表中列示的产品生产工人工资为 200 万元,车间管理人员工资为 30 万元,企业行政管理人员工资为 50 万元,销售人员工资 40 万元,在建工程人员工资 60 万元。

(2) 下设的职工食堂享受企业提供的补贴,本月领用自产产品一批,该产品的账面价值为 6 万元,市场价格为 8 万元(不含增值税)。

(3) 以其自己生产的某种电暖气发放给公司每名职工,每台电暖气的成本为 800 元,市场售价为每台 1 000 元。

要求:根据上述业务编制相关的会计分录。

拓展训练四

宏利公司为增值税一般纳税人,适用的增值税税率为17%。2010年3月发生与职工薪酬有关的交易或事项如下:

(1) 对行政管理部门使用的设备进行日常维修,应付企业内部维修人员工资1.2万元。

(2) 对以经营租赁方式租入的生产线进行改良,应付企业内部改良工程人员工资3万元。

(3) 为公司总部下属25位部门经理每人配备汽车一辆免费使用,假定每辆汽车每月折旧0.08万元。

(4) 将50台自产的V型厨房清洁器作为福利分配给本公司行政管理人员。该厨房清洁器每台生产成本为1.2万元,市场售价为1.5万元(不含增值税)。

(5) 月末,分配职工工资150万元,其中直接生产产品人员工资105万元,车间管理人员工资15万元,企业行政管理人员工资20万元,专设销售机构人员工资10万元。

(6) 以银行存款缴纳职工医疗保险费5万元。

(7) 按规定计算代扣代交职工个人所得税0.8万元。

(8) 以现金支付职工李某生活困难补助0.1万元。

(9) 从应付张经理的工资中,扣回上月代垫的应由其本人负担的医疗费0.8万元。

要求:编制该公司的相关会计处理。

拓展训练五

飞越公司2010年10月份发生如下经济业务:

(1) 根据供电部门通知,企业本月应付电费20 000元。其中生产车间电费14 000元,企业行政管理部门电费6 000元。

(2) 购入一台不需要安装的设备一台,价款及价外费用200 000元,增值税专用发票上注明的增值税额34 000元,款项尚未支付,该增值税可以抵扣。

(3) 管理部门委托外单位修理机器设备,对方开来的专用发票上注明修理费用1 000元,增值税额170元,款项已用银行存款支付。

(4) 库存材料因意外火灾毁损一批,有关增值税专用发票确认的成本为8 000元,增值税额为1 360元。

(5) 建造厂房领用生产用原材料20 000元,其购入时支付的增值税为3 400元。

(6) 出售一栋办公楼,出售收入640 000元已存入银行。该办公楼的账面原价为800 000元,已提折旧200 000元;出售过程中用银行存款支付清理费用10 000元。销售该项固定资产适用的营业税税率为5%。

要求:编制该公司的相关会计处理。

❖ 学习情境 8　非流动负债业务核算 ❖

知识点回顾：

1. 长期借款业务核算

业务内容	会计处理
收到借款	借：银行存款 　　长期借款——利息调整（或贷） 　贷：长期借款——本金
计提利息费用	借：在建工程／财务费用／管理费用／研发支出 　贷：应付利息——长期借款利息 　贷或借：长期借款——利息调整
归还借款本息	借：长期借款——本金 　　应付利息——长期借款利息 　贷：银行存款

2. 应付债券业务核算

业务内容		会计处理
发行债券，取得发行收入	平价发行	借：银行存款［按实际收到的款项］ 　贷：应付债券——债券面值［按债券的面值］
	溢价发行	借：银行存款［按实际收到的款项］ 　贷：应付债券——债券面值［按债券的面值］ 　　　　　　　　——利息调整［借贷方差额］
	折价发行	借：银行存款［按实际收到的款项］ 　　应付债券——利息调整［借贷方差额］ 　贷：应付债券——债券面值［按债券的面值］
计提利息、摊销溢折价	分期付息，到期还本债券	借：财务费用、在建工程等［按债券的摊余成本 × 实际利率］ 　　应付债券——利息调整［借贷方差额，折价在贷方］ 　贷：应付利息［按债券的面值 × 票面利率］
	到期一次还本付息的债券	借：财务费用、在建工程等［按债券的摊余成本 × 实际利率］ 　　应付债券——利息调整［借贷方差额，折价在贷方］ 　贷：应付债券——应计利息［按债券的面值 × 票面利率］
支付债券利息	分期付息，到期还本债券	借：应付利息——应付债券利息 　贷：银行存款
债券到期偿还	分期付息，到期还本债券	借：应付债券——面值 　贷：银行存款
	到期一次还本付息的债券	借：应付债券——债券面值［按债券的面值］ 　　　　　　　　——应计利息［按照该明细账户的余额］ 　贷：银行存款［按面值 + 应计利息的金额］

职业判断能力训练

一、单项选择题

1. 根据《企业会计准则——借款费用》的规定,下列有关借款费用停止资本化时点的表述中,正确的是（　　　）

A. 固定资产交付使用时停止资本化

B. 固定资产办理竣工结算手续时停止资本化

C. 固定资产达到预定可使用状态时停止资本化

D. 固定资产建造过程中发生正常中断时停止资本化

2. 企业生产经营期间发生的长期借款利息应记入（　　　）账户。

A. 在建工程　　　　B. 财务费用　　　　C. 开办费　　　　D. 长期待摊费用

3. 为购建固定资产取得的专门借款的利息支出,在固定资产达到预计可使用状态前,应记入（　　　）账户的借方。

A. 财务费用　　　　B. 预付账款　　　　C. 在建工程　　　　D. 长期借款

4. 下列属于长期负债的项目有（　　　）。

A. 应付利润　　　　B. 应付票据　　　　C. 应付债券　　　　D. 应付账款

5. 区分流动负债和长期负债的标志是（　　　）。

A. 举债的期限　　　　B. 举债的金额　　　　C. 举债的范围　　　　D. 还本付息的方式

6. 公司 2006 年 1 月 1 日从银行取得长期借款 500 万元,期限 5 年、利率 8%,用于建造固定资产项目,该项目于 2009 年 6 月 30 日完工并投入使用。另外,2009 年 6 月 30 日公司从银行取得短期借款 100 万元,期限 6 个月、利率 5%。则 2009 年度的利息对当年的损益影响额为（　　　）万元。

A. 40　　　　B. 20　　　　C. 2.5　　　　D. 22.5

7. 偿还分期付息,一次还本的长期借款的利息,其会计处理应为（　　　）。

A. 借记"预提费用"账户,贷记"银行存款"账户

B. 借记"财务费用"账户,贷记"银行存款"账户

C. 借记"长期借款"账户,贷记"银行存款"账户

D. 借记"应付利息"账户,贷记"银行存款"账户

8. 为建造固定资产而发生的长期借款费用,在固定资产交付使用后,应记入（　　　）账户。

A. 财务费用　　　　B. 固定资产价值　　　　C. 管理费用　　　　D. 研发支出

9. 在企业筹备期间发生长期借款利息的应计入（　　　）账户。

A. 财务费用　　　　B. 在建工程　　　　C. 管理费用　　　　D. 专项工程支出

10. 公司折价发行债券,债券面值与发行收入的差额实质是（　　　）。

A. 为以后少付利息而付出的代价　　　　B. 为后期多付利息而得到的补偿

C. 为当期利息收入　　　　D. 为以后期间的利息收入

二、多项选择题

1. 非流动负债包括下列（　　　）。

A. 长期借款　　　　B. 应付工资　　　　C. 应付债券　　　　D. 应付账款

2. "应付债券"账户的贷方反映的是（　　　）。

A. 债券发行时产生的债券溢价　　　　　　B. 债券发行时产生的折价

C. 期末计提应付债券利息　　　　　　　　D. 债券的面值

3. "应付债券"账户的借方反映的是(　　　　　)。

A. 债券溢价的摊销　　　　　　　　　　　B. 债券折价的摊销

C. 期末计提应付债券的利息　　　　　　　D. 归还债券本金

4. 长期借款费用主要包括(　　　　　　　)。

A. 长期借款利息　　　　　　　　　　　　B. 长期借款本金

C. 为借款而发生的辅助费用　　　　　　　D. 汇兑损失

E. 汇兑收益

5. 为了进行应付债券的核算,应在"应付债券"账户下设置的明细科目有(　　　　　　)。

A. 债券面值　　　　　　　　B. 债券溢价　　　　　　　　C. 债券折价

D. 应计利息　　　　　　　　E. 债券种类

6. 摊销应付债券溢价及折价的方法有(　　　　　)。

A. 一次摊销法　　　　　　　　B. 直线法　　　　　　　　C. 加速摊销法

D. 分次摊销法　　　　　　　　E. 实际利率法

7. 发行债券的方式有(　　　　　)。

A. 按溢价发行　　　　　B. 按折价发行　　　　C. 按成本发行　　　　D. 按面值发行

8. 企业按面值发行债券,按期计提利息时,可能涉及的会计账户有(　　　　　)。

A. 财务费用　　　　　B. 在建工程　　　　C. 应付债券　　　　D. 研发支出

9. 长期借款所发生的利息支出,可能借记的账户有(　　　　　)。

A. 在建工程　　　　　　　　B. 销售费用　　　　　　　　C. 管理费用

D. 财务费用　　　　　　　　E. 研发支出

10. "长期借款"账户的贷方核算(　　　　　)内容。

A. 借入的长期借款　　　　　　　　　　　B. 长期借款应计未付利息

C. 偿还长期借款本金　　　　　　　　　　D. 偿还长期借款利息

E. 取得长期借款的手续费

三、判断题

1. 对于固定资产借款发生的利息支出,在竣工决算前发生的,应予以资本化,将其计入固定资产的建造成本;在竣工决算后发生的,则应作为当期费用处理。(　　)

2. 为购建固定资产而发生的借款费用应全部计入所购建固定资产的成本。(　　)

3. 长期借款账户的期末余额,反映企业尚未支付的各种长期借款的本金和利息。(　　)

4. 企业发生的所有借款利息都应作为财务费用处理。(　　)

5. 企业计提长期借款利息时,应当借记"在建工程"账户或"财务费用"等账户,贷记"预提费用"账户。(　　)

6. 对于一次还本付息债券,每期期末计提的利息应记入"应付债券——应计利息";而对于分期付息,到期一次还本的债券,每期末计提利息时,应记入"应付利息"账户。(　　)

7. 采用实际利率法摊销应付债券的溢价,每期计入的费用是逐期增加的;采用实际利率法摊销应付债券的折价,每期计入的费用是逐期减少的。(　　)

8. 当债券的票面利率高于市场利率时,债券按折价发行。(　　)

9. 实际利率法,是指按照应付债券的实际利率计算其摊余成本及各期利息费用的方法。(　　)

10. 企业发行债券,无论是按面值发行,还是溢价或折价发行,均应按债券的面值,借记"银行存款"等账户,贷记"应付债券(面值)"账户。(　　)

职业实践能力训练

一、计算分析题

1. 某股份有限公司于 2010 年 1 月 1 日溢价发行 3 年期,到期一次还本付息的公司债券,债券面值为 500 万元,票面年利率为 12%,发行价格为 520 万元。债券溢价采用实际利率法摊销,假定实际利率是 10%。

要求:计算该债券 2010 年度发生的利息费用。

2. 某公司于 2010 年 1 月 1 日对外发行 5 年期、面值总额为 20 000 万元的公司债券,债券票面年利率为 3%,到期一次还本付息,实际收到发行价款 22 000 万元。该公司采用实际利率法摊销利息费用,不考虑其他相关税费。计算确定的实际利率为 2%。

要求:计算 2012 年 12 月 31 日该公司该项应付债券的账面余额。

3. 某公司于 2010 年 1 月 1 日发行 3 年期,每年 1 月 1 日付息,到期一次还本的公司债券,债券面值为 500 万元,票面年利率为 5%,实际利率为 6%,发行价格为 486 万元。按实际利率法确认利息费用。

要求:计算该债券 2011 年度确认的利息费用。

4. 向银行借入 5 年期人民币借款 2 000 000 元,年利率为 6%,每年计息一次,到期还本付息,采用复利制计息。

要求:计算企业到期应向银行支付的利息额。

5. 企业向银行借入 1 000 000 元,期限 2 年,年利率为 8%,按单利计算。

要求:计算企业该项借款每月应负担的利息费用。

6. 某公司于 2010 年 1 月 1 日发行 3 年期、一次还本、分期付息的公司债券,每年 12 月 31 日支付利息。该公司债券票面利率为 5%,面值总额为 3 000 万元,发行价格总额为 3 083 万元;支付发行费用 12 万元,发行期间冻结资金利息为 15 万元。假定该公司每年年末采用实际利率法摊销债券溢折价,实际利率为 4%。

要求:计算 2011 年 12 月 31 日该应付债券的账面余额。

7. 某企业 2010 年 1 月 1 日以 630 万元的价格发行 5 年期债券 600 万元。该债券到期一次还本付息,票面年利率为 5%。

要求:计算该企业 2011 年 12 月 31 日应计入"应付债券——应计利息"账户的数额。

8. 企业因建造某生产线向开户行借进三年期,利率为 8% 的借款 500 万元,该借款于 2010 年 7 月 1 日收到。企业每年年末计息一次,单利计算,于到期时一次性还本付息。该生产线于 2011 年 12 月底完工并达到预定可使用状态。

要求:编制以下业务的相关会计分录:

(1) 取得借款。　　　　　　　(2) 2010 年 12 月计息。

(3) 2011 年 12 月计息。　　　(4) 2012 年 12 月计息。

（5）2013 年 7 月 1 日还本付息。

9. 企业向银行申请贷进专门性借款 300 万元，用于企业办公楼的建设，借款期为 3 年，利率为 5%。款项已于 2009 年 12 月 31 日收到。1 月开始建造该办公楼，1 月支付建设款 160 万元给建造单位。该专门性借款于每年年底计算利息并于次年的 1 月支付，2011 年 6 月 30 日，工程完工并投入使用，与施工单位结清建设款，开出转账支票支付余款 140 万元。

要求：编制以上业务的相关会计分录。

10. 企业经批准于 2010 年 1 月 1 日起发行两年期，面值为 100 元的债券 20 万张，债券票面年利率为 3%，每年 7 月 1 日和 1 月 1 日付息两次，到期归还本金和最后一次利息。该债券发行收款为 1 961.92 万元，债券实际利率为年利率 4%。该债券所筹资金全部用于新生产线建设，该生产线于 2011 年 6 月底完工交付使用。债券溢折价采用实际利率法摊销，每年 6 月 30 日和 12 月 31 日计提利息。

要求：编制该企业从债券发行到债券到期的全部会计分录。

二、实务操作题

实训项目	非流动负债业务核算
实训目的	熟悉非流动负债岗位的基本职责、业务流程；熟悉并能填制各类原始凭证；学会审核凭证并能办理借款、归还借款本息业务，学会登记长期借款明细账和总账；掌握非流动负债业务的账务处理
实训资料	1. 实训企业概况 　企业名称：广州明锐股份有限公司　　　　　　　地址：广州天河路 18 号 　法人代表：陈东明　　　　　　　　　　　　　注册资金：1 000 万元 　企业类型：股份有限公司（一般纳税人）　　　经营范围：车床产品 　纳税人登记号：83578219806 　开户银行：工行天河支行　　　　　　　　　　基本账户账号：254386904327 2. 期初有关账户余额 　"长期借款"账户：500 万元 3. 2007—2010 年有关业务附后 4. 所需凭证账页：记账凭证（通用或专用凭证），三栏式明细分类账和总账
实训任务	1. 熟练填制各种原始单据，并据以编制记账凭证 2. 登记"长期借款——本金"、"应付利息——长期借款利息"明细账；登记"应付债券——面值"、"应付债券——利息调整"、"应付债券——应计利息"、"应付利息——应付债券利息"明细账 3. 登记"长期借款"、"应付利息"总账；登记"应付债券"、"应付利息"总账

2007—2010 年，明锐股份有限公司相关业务如下：

业务 1：2007 年 1 月 1 日，广州明锐股份有限公司因购建机器设备，从银行借入三年期借款 5 000 000 元，借款年利率为 6%，每年计息一次，到期一次还本付息。购建的固定资产在 2007 年 6 月 30 日达到预定可使用状态。

中国工商银行借款借据(收账通知)

2007 年 1 月 1 日

收款单位	名　称	广州明锐股份有限公司	借款单位	名　称	广州明锐股份有限公司
	账　号	254386904327		借款账号	254386904327
	开户银行	工商银行天河支行		开户银行	工商银行天河支行

借款种类	长期借款	利率	年 6%	约定偿还日期					2010 年 1 月 1 日					
借款用途	购建机器设备			还款方式					按年付息,到期还本					

借款金额	人民币(大写) ⊗ 伍佰万元整	千	百	十	万	千	百	十	元	角	分
		￥ 5	0	0	0	0	0	0	0	0	0

根据我单位与你行签订的借款合同,现立据申请办理上项贷款。贷款到期,由我单位主动归还。

分次还款记录

日期	还款金额	结欠本金	记账	复核

借款单位印章

（广州明锐股份有限公司 财务专用章）

业务 2:2007 年 12 月 31 日,计提当年长期借款利息。

借款应付利息计算表

2007 年 12 月 31 日　　　　　　　　　　单位:元

借款银行	借款种类	借款时间	借款本金	年利率	本期数
工商银行	长期借款	3 年	5 000 000.00	6%	300 000.00
合计	—	—	5 000 000.00	—	300 000.00

审批:李健辉　　　　　　　　　　　制单:赵明祥

业务 3:2008 年 1 月 1 日,归还 2007 年长期借款利息。

中国工商银行 （粤）转账支票存根 $\frac{BG}{02}$ 0239186321 附加信息 _____ _____ 出票日期　年　月　日 收款人: 金　额: 用　途: 单位主管　　会计	本支票付款期限十天	🏛 **中国工商银行　转账支票** （粤）　$\frac{BG}{02}$ 0239186321

中国工商银行　转账支票 （粤）　$\frac{BG}{02}$ 0239186321

出票日期(大写)　年　月　日　　付款行名称:
收款人:　　　　　　　　　　　　出票人账号:

人民币(大写)		亿	千	百	十	万	千	百	十	元	角	分

用途_____

上列款项请从我账户内支付

（广州明锐股份有限公司 财务专用章）　刘红

出票人签章

复核 李健辉　　记账 赵明祥

业务 4:2010 年 1 月 1 日,归还长期借款本息。

(贷款)还款凭证(回单)

2009 年 1 月 1 日

借款单位	名　　称	广州明锐股份有限公司	付款单位	名　　称	广州明锐股份有限公司
	账　　号	254386904327		借款账号	254386904327
	开户银行	工商银行天河支行		开户银行	工商银行天河支行

计划还款日期	2010 年 1 月 1 日			还款方式				按年付息,到期还本					
还款金额	人民币(大写)⊗伍佰叁拾万元整			千	百	十	万	千	百	十	元	角	分
				¥	5	3	0	0	0	0	0	0	0
还款内容	归还到期本息												

备注:包括最后一年的利息	上述借款已从你单位在采户内转还此致借款单位 (银行盖章)	中国工商银行 天河支行 财务专用章	2010 年 1 月 1 日

业务 5:广州明锐股份公司为筹建新的生产线,经批准于 2007 年 1 月 1 日发行三年期面值为 200 元的债券 10 万张,债券利率为 6%,实际利率为 5%,发行价格为 20 544 649 元,债券每年付息一次,于次年 1 月发放,到期还本。生产线于 2007 年 6 月底完工交付使用。另外,公司在发行债券期间被冻结的存款产生的利息收入为 221 700 元,与发行费用相抵销。

代理发行企业债券协议书

发行债券单位:广州明锐股份公司(甲方)

代理发行债券单位:市信托投资公司(乙方)

为解决甲方自有资金不足的困难,保证企业生产经营的正常进行,经证券监督委员会核准,发行企业债券贰仟万元,单位面值 200 元,发行 100 000 张,期限为三年,年利率为 6%,委托乙方采用代销方式代理发行,为明确责任,经双方协商,达成如下协议:

一、甲方为企业债券的债务人,承担债券的全部风险和经济、法律责任,债券的设计、印刷、广告宣传费用由甲方负责,乙方协助办理。

二、乙方为甲方债券发行的代理人,负责债券的保管、发行、兑付、销毁工作,但不负担债券到期不能按时兑付本息的经济责任和法律责任。

三、在债券发行完毕后,甲方向乙方按债券面值的 1% 支付代理发行兑付手续费,债券发行完毕后五日内,乙方将全部所销债券资金划到甲方账户上。

四、每年末,甲方需将到期利息划到乙方账户,债券到期七日前,甲方将全部债券本息划到乙方账户。甲方的发行担保单位是胜利机械(集团)总公司。债券到期甲方不能如期还本付息时,担保方必须向乙方提供全部资金,确保债券按期还本付息。债券到期由一方一次兑付本金和利息。

五、发行债券筹集的资金,甲方只能按人民银行批准的项目用于新生产线的构建,不得挪作他用,债券不可转让。

续表

六、本协议一式五份,甲、乙双方各执一份,担保方一份,报送人民银行两份,协议自人民银行批准后生效。

七、甲方应将申请发行企业债券的全部资料各一份,作为协议的附件报送乙方。

发行债券单位
(甲方)印章
法人代表章 陈东明
开户行:工商银行天河支行
账号:678438906

代理发行单位
(乙方)印章
法人代表章 王海璐
开户行:工商银行佳信支行
账号:87973689

发行担保单位
印章
法人代表章 孙和祥
公章

2007 年 1 月 1 日

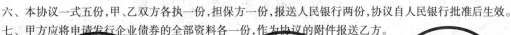

广东省增值税专用发票

NO. 20000893

23600338823

开票日期:2007年01月01日

购货单位	名　称:广州明锐股份公司	密码区
	纳税人识别号:370982310042189	>56937*-536//32　加密版本:
	地址、电话:广州天河北18号 86543219	8784636<*56932+- 0134000332600
	开户行及账号:工商银行天河支行 678438906	<8574-686<79>56　00492098
		409-8-85><56>>8

货物或应税劳务名称	规格型号	单位	数量	单价	金额	税率	税额
印债券		张	100 000	0.10	10 000.00	17%	1 700.00

价税合计(大写)	⊗壹万壹仟柒佰元整	(小写) ￥11 700.00

销货单位	名　称:天河印刷厂	备注
	纳税人识别号:88442382547	
	地址、电话:天河北38号 85238908	
	开户行及账号:工商银行天河支行 24002142368	

收款人: 　　复核人: 　　开票人: 　　销货单位:(章)

第三联:发票联　购货方记账凭证

广东省服务业广告专用发票

发票代码89043823

票号00398

开票日期2007 年1 月1 日

客户名称				广州明锐股份公司								地址					广州天河北 18 号						
项目	单位	数量	单价	金 额								代垫费用项目	金 额										
				十	万	千	百	十	元	角	分		十	万	千	百	十	元	角	分		
债券设计及广告宣传					1	0	0	0	0	0	0											
合计(大写)壹万元整				￥	1	0	0	0	0	0	0	小计										
收款人名称								地址														

开票人:蔡东　　　　收款人:陈兴　　　　收款单位:(章)

市印刷公司
财务专用章

银行特种转账贷方凭证

2007 年 1 月 1 日

付款人	全 称	工商银行天河支行	收款人	全 称	广州明锐股份公司									
	账 号	98762780876		账 号	678438906									
	开户银行	工商银行		开户银行	工商银行天河支行									
金额	人民币(大写)贰拾贰万壹仟柒佰元整		亿	千	百	十	万	千	百	十	元	角	分	
					￥	2	2	1	7	0	0	0	0	
原凭证金额		赔偿金		科目(贷)_____										
原凭证名称		号码		对方科目_____										
转账原因	冻结存款利息		事后监督　　复核　　记账											

银行特种转账贷方凭证

2007 年 1 月 1 日

付款人	全 称	市信托投资公司	收款人	全 称	广州明锐股份公司									
	账 号	87973689		账 号	678438906									
	开户银行	工商银行佳信支行		开户银行	工商银行天河支行									
金额	人民币(大写)贰仟零伍拾肆万肆仟陆佰肆拾玖元整		亿	千	百	十	万	千	百	十	元	角	分	
			￥	2	0	5	4	4	6	4	9	0	0	
原凭证金额		赔偿金		科目(贷)_____										
原凭证名称		号码		对方科目_____										
转账原因	发行债券款		事后监督　　复核　　记账											

业务6:广州明锐股份公司 2007 年 12 月 31 日计算应付债券利息。

应付债券利息费用计算表 单位:元

计息日期	应付利息	利息费用	摊销的利息调整	应付债券摊余成本	备注
2007.1.1					
2007.12.31					
2008.12.31					
2009.12.31					
合计					

复核:孙彦宏 制单:李晓明

业务7:广州明锐股份公司 2007 年 12 月 31 日,开出转账支票支付到期债券利息。

| 中国工商银行 （粤）
转账支票存根

$\frac{BG}{02}$ 0239186987

附加信息
_____
_____

出票日期 2007 年 12 月 31 日
收款人: 市信托公司
金 额: 1 200 000
用 途: 归还到期利息
单位主管 孙旷 会计 吴京 | 本支票付款期限十天 | 中国工商银行 转账支票 （粤） $\frac{BG}{02}$ 0239186987
出票日期（大写） 贰零零柒年壹拾贰月叁拾壹日 付款行名称：工商银行天河支行
收款人：市信托公司 出票人账号：678438906

人民币
（大写） 壹佰贰拾万元整 亿千百十万千百十元角分
 ¥1 2 0 0 0 0 0 0 0
用途： 归还到期利息
以上款项请从 广州明锐股
我账户内支 份有限公司 刘影红
付 财务专用章
出票人签章 复核 记账 |

业务8:广州明锐股份公司 2009 年 12 月 25 日,开出转账支票支付到期债券本息。

| 中国工商银行 （粤）
转账支票存根

$\frac{BG}{02}$ 0239186328

附加信息
_____
_____

出票日期 2009 年 12 月 25 日
收款人: 市信托投资公司
金 额: 21 200 000
用 途: 归还到期本息
单位主管 孙旷 会计 吴京 | 本支票付款期限十天 | 中国工商银行 转账支票 （粤） $\frac{BG}{02}$ 0239186328
出票日期（大写） 贰零零玖年壹拾贰月贰拾伍日 付款行名称：工商银行天河支行
收款人：市信托投资公司 出票人账号：678438906

人民币
（大写） 贰仟壹佰贰拾万元整 亿千百十万千百十元角分
 ¥2 1 2 0 0 0 0 0 0 0
用途： 归还到期本息
上列款项请从 广州明锐股
我账户内支 份有限公司 刘影红
付 财务专用章
出票人签章 复核 记账 |

业务9:广州明锐股份公司为筹建新的生产线,经批准于 2010 年 1 月 1 日发行三年期面值为 1 000 元的债券 2 万张,债券利率为 6%,实际利率为 5%,发行价格为 20 366 800 元,债券每年计息一次,到期还本付息。生产线于 2010 年 12 月底完工交付使用。不考虑发行的其他因素。收到特种转账传票,收到款项 20 366 800 元。

银行特种转账贷方凭证

2010 年 1 月 1 日

<table>
<tr><td rowspan="3">付款人</td><td>全　　称</td><td>市信托投资公司</td><td rowspan="3">收款人</td><td>全　　称</td><td colspan="9">广州明锐股份公司</td></tr>
<tr><td>账　　号</td><td>87973689</td><td>账　　号</td><td colspan="9">678438923</td></tr>
<tr><td>开户银行</td><td>工商银行佳信支行</td><td>开户银行</td><td colspan="9">工商银行天河支行</td></tr>
<tr><td rowspan="2">金额</td><td colspan="2" rowspan="2">人民币(大写)贰仟零叁拾陆万陆仟捌佰元整</td><td>亿</td><td>千</td><td>百</td><td>十</td><td>万</td><td>千</td><td>百</td><td>十</td><td>元</td><td>角</td><td>分</td></tr>
<tr><td>¥</td><td>2</td><td>0</td><td>3</td><td>6</td><td>6</td><td>8</td><td>0</td><td>0</td><td>0</td><td>0</td></tr>
<tr><td>原凭证金额</td><td></td><td>赔偿金</td><td></td><td colspan="11">科目(贷)＿＿＿＿＿＿</td></tr>
<tr><td>原凭证名称</td><td></td><td>号码</td><td></td><td colspan="11">对方科目＿＿＿＿＿＿</td></tr>
<tr><td>转账原因</td><td colspan="3">发行债券款</td><td colspan="4">事后监督</td><td colspan="4">复核</td><td colspan="3">记账</td></tr>
</table>

业务 10：广州明锐股份公司 2010 年 12 月 31 日计算应付债券利息。

应付债券利息费用计算表

单位：元

计息日期	应计利息	利息费用	摊销的利息调整	应付债券摊余成本	备注
2010.1.1					新生产线的构建期为 2007 年全年
2010.12.31					
2011.12.31					
2012.12.31					
合计					

复核：郭立立　　　　　　　　　　制单：张慧兰

业务 11：广州明锐股份公司 2012 年 12 月 25 日，开出转账支票支付到期债券本息。

中国工商银行 转账支票存根 (粤)	中国工商银行　转账支票 (粤) $\frac{BG}{02}$ 0239188654
$\frac{BG}{02}$ 0239188654 附加信息 ＿＿＿＿＿＿ ＿＿＿＿＿＿ 出票日期　2012 年 12 月 25 日 收款人：市信托投资公司 金　额：23 600 000 用　途：归还到期本息 单位主管 赵奇　会计 王琼	出票日期（大写）贰零壹贰年壹拾贰月贰拾伍日　付款行名称：工商银行天河支行 收款人：市信托投资公司　出票人账号：678438923 人民币（大写）贰仟叁佰陆拾万元整　¥2360000000 用途　归还到期本息 上列款项请从我账户内支付　广州明锐股份有限公司 财务专用章　欧阳红 出票人签章　　　　复核　　记账

职业拓展能力训练

拓展训练一

中山公司为一般纳税企业，适用的增值税税率为 17%。该企业发行债券及购建设备的有关

资料如下:

(1) 2009 年 1 月 1 日,经批准发行 3 年期面值为 5 000 000 元的公司债券。该债券每年末计提利息后予以支付,到期一次还本,票面年利率为 3%,发行价格为 4 861 265 万元,发行债券筹集的资金已收到。利息调整采用实际利率法摊销,经计算的实际利率为 4%。假定该债券于每年年末计提利息。

(2) 2009 年 1 月 10 日,利用发行上述公司债券筹集的资金购置一台需要安装的设备,增值税专用发票上注明的设备价款为 3 500 000 元,增值税额为 595 000 元,价款及增值税已由银行存款支付。购买该设备支付的运杂费为 105 000 元。

(3) 该设备安装期间领用生产用材料一批,成本为 300 000 元,该原材料的增值税额为 51 000元;应付安装人员工资 150 000 元;用银行存款支付的其他直接费用 201 774.7 元。2009 年 6 月30 日,该设备安装完成并交付使用。该设备预计使用年限为 5 年,预计净残值为 50 000 元,采用双倍余额递减法计提折旧。

(4) 2011 年 4 月 30 日,因调整经营方向,将该设备出售,收到价款 2 200 000 元,并存入银行。另外,用银行存款支付清理费用 40 000 元。假定不考虑与该设备出售有关的税费。

(5) 假定设备安装完成并交付使用前的债券利息符合资本化条件全额资本化且不考虑发行债券筹集资金存入银行产生的利息收入。

要求:

(1) 编制发行债券时的会计分录。

(2) 编制 2009 年 12 月 31 日、2010 年 12 月 31 日有关应付债券的会计分录。

(3) 编制该固定资产安装以及交付使用的有关会计分录。

(4) 计算固定资产计提折旧的总额。

(5) 编制处置该固定资产的有关分录。

(6) 编制债券到期的有关会计分录。

拓展训练二

海洋公司 2011 年有关资料如下:

(1) 1 月 1 日部分总账及其所属明细账余额如下表所示:

单位:万元

总 账	明细账	借或贷	余额
应收账款	广东公司	借	600
坏账准备		贷	30
长期股权投资	东北公司	借	2 500
固定资产	厂房	借	3 000
累计折旧	厂房	贷	900
固定资产减值准备		贷	200
应付账款	海南公司	借	150
	广西公司	贷	1 050
长期借款	中国银行	贷	300

注:

① 该公司未单独设置"预付账款"会计账户。

② 表中长期借款为 2010 年 10 月 1 日从银行借入,借款期限 2 年,年利率 5%,每年付息一次。

(2) 2011 年海洋公司发生如下业务：

① 3 月 10 日，收回上年已作为坏账转销的应收广东公司账款 70 万元并存入银行。

② 4 月 15 日，收到海南公司发来的材料一批并验收入库，增值税专用发票注明货款 100 万元，增值税 17 万元，其款项上年已预付。

③ 4 月 20 日，对厂房进行更新改造，发生后续支出总计 500 万元，所替换的旧设施账面价值为 300 万元（该设施原价 500 万元，已提折旧 167 万元，已提减值准备 33 万元）。该厂房于 12 月 30 日达到预定可使用状态，其后续支出符合资本化条件。

④ 1 至 4 月该厂房已计提折旧 100 万元。

⑤ 6 月 30 日从建设银行借款 200 万元，期限 3 年，年利率 6%，每半年付息一次。

⑥ 10 月份以票据结算的经济业务有（不考虑增值税）：持银行汇票购进材料 500 万元；持银行本票购进库存商品 300 万元；签发 6 个月的商业汇票购进物资 800 万元。

⑦ 12 月 31 日，经计算本月应付职工工资 200 万元，应计提社会保险费 50 万元。同日，以银行存款预付下月住房租金 2 万元，该住房供公司高级管理人员免费居住。

⑧ 12 月 31 日，经减值测试，应收广东公司账款预计未来现金流量现值为 400 万元。

⑨ 海洋公司对东北公司的长期股权投资采用权益法核算，其投资占东北公司的表决权股份的 30%。2011 年东北公司实现净利润 9 000 万元。长期股权投资在资产负债表日不存在减值迹象。

除上述资料外，不考虑其他因素。

要求：

计算海洋公司 2011 年 12 月 31 日资产负债表下列账户的年末余额（答案中的金额单位用万元表示）。

(1)应收账款；(2)预付账款；(3)长期股权投资；(4)固定资产；(5)应付票据；(6)应付账款；(7)应付职工薪酬；(8)长期借款。

拓展训练三

仁美公司 2011 年 1 月 1 日从银行取得年利率为 6%，期限为 2 年的专门借款 1 000 万元用于固定资产的购建。固定资产的购建于 2011 年 1 月 28 日正式动工兴建。2011 年度与固定资产购建有关的资产支出资料如下：

(1) 2 月 1 日，支付购买工程物资款 585 万元（含支付的增值税进项税额 85 万元）。

(2) 3 月 1 日，领用本企业生产的产品。产品成本为 80 万元，为生产该产品购买原材料时的增值税进项税额为 8.5 万元，购料款项均已支付。该产品计税价格为 100 万元，增值税销项税额为 17 万元。

(3) 4 月 1 日，支付建造资产的职工工资 20 万元，为 3 月 1 日用于固定资产建造的本企业产品，交纳增值税 8.5 万元。

(4) 9 月 1 日，支付购买工程物资款 234 万元（含支付的增值税进项税额 34 万元）。

(5) 10 月 1 日，支付建造资产的职工工资 20 万元。

(6) 11 月 1 日，支付购买工程物资款 351 万元（含支付的增值税进项税额 51 万元）。

该工程项目于 4 月 30 日至 8 月 31 日发生非正常中断，但于 11 月 30 日达到预定可使用状态。

要求:计算该工程项目于 2011 年度应予以资本化的金额并进行相应的账务处理(金额单位用万元表示)。

拓展训练四

鸿运公司于 2007 年 5 月 31 日从银行借入资金 350 000 元,借款期限为 3 年,年利率为 9%,于 2007 年 12 月 31 日,2008 年 12 月 31 日,2009 年 12 月 31 日和 2010 年 4 月 30 日四次等额偿还本金,并分别偿还应计提的利息,该借款用于购买生产所需的大型设备,6 月 15 日鸿运公司收到该设备,价款 290 000 元,安装费 50 000 元,设备已于当日交付使用。

(1) 计算 2007 年 5 月 31 日~6 月 15 日的利息并结转固定资产。

(2) 计提 2007 年 6 月 16 日~12 月 31 日发生的利息,并偿还本利。

(3) 计提 2008 年 12 月 31 日发生的利息,并偿还本利。

(4) 计提 2009 年 12 月 31 日发生的利息,并偿还本利。

(5) 计提 2010 年 5 月 31 日发生的利息,并偿还本利。

拓展训练五

格力公司 2010 年 1 月 5 日购入长虹公司同年 1 月 1 日发行的 5 年期到期一次还本付息的债券,购入债券的总面值为 100 000 元,票面利率为 10%,共支付价款 123 000 元,其中包括相关税费 3 000 元。

(1) 格力公司的会计处理。

(2) 长虹公司的会计处理。

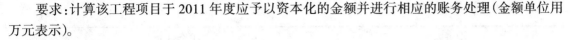

学习情境 9 所有者权益业务核算

知识点回顾:

1. 实收资本业务核算

业务内容			会计处理
有限责任公司设立时收到资产投资			借:银行存款 / 原材料 / 固定资产 / 无形资产等 　　应交税费——应交增值税(进项税额) 　贷:实收资本
股份有限公司设立时发行股票			借:银行存款 　贷:股本
股份公司减资	注销库存股	以现金回购本公司股票	借:库存股 　贷:银行存款
		回购成本大于股票面值时	借:股本 　　资本公积 　贷:库存股
		回购成本小于股票面值时	借:股本 　贷:库存股 　　资本公积

2. 资本公积业务核算

业务内容	会计处理
股份有限公司增发股票	借:银行存款 　贷:股本 　　　资本公积
有限责任公司接受新投资者投资	借:银行存款等 　贷:实收资本 　　　资本公积
直接计入所有者权益的利得和损失(权益法下被投资企业增加资本公积)	借:长期股权投资 　贷:资本公积
资本公积转增资本	借:资本公积 　贷:实收资本

3. 留存收益业务核算

业务内容	会计处理
结转净利润	借:本年利润 　贷:利润分配——未分配利润
提取盈余公积	借:利润分配——提取盈余公积 　贷:盈余公积
盈余公积弥补亏损	借:盈余公积 　贷:利润分配——盈余公积补亏
盈余公积转增资本	借:盈余公积 　贷:实收资本
分配现金股利	借:利润分配——应付现金股利 　贷:应付股利
结转利润分配各明细账余额	借:利润分配——未分配利润 　贷:利润分配——提取盈余公积 　　　　　　——应付现金股利

职业判断能力训练

一、单项选择题

1. 我国《公司法》规定,公司制企业的法定盈余公积是按净利润的(　　)提取的。

A. 5%　　　　　　B. 10%　　　　　　C. 15%　　　　　　D. 20%

2. 企业将盈余公积转增资本时,转增后留存的盈余公积的数额不得少于注册资本的(　　)。

A. 20%　　　　　B. 25%　　　　　C. 30%　　　　　D. 35%

3. 下列各项中能够引起所有者权益总额变化的是(　　)。

A. 以盈余公积弥补亏损　　　　B. 以资本公积转增资本

C. 盈余公积派送新股　　　　　　　D. 向股东宣告分派现金股利

4. 某股份有限公司委托某证券公司代理发行普通股 100 000 股,每股面值 1 元,每股按 1.2 元的价格出售,按协议,证券公司从发行收入中收取 3% 的手续费,从发行收入中扣除。则该公司计入"资本公积——股本溢价"账户的金额为(　　　)。

A. 16 400　　　　B. 3 000　　　　C. 120 000　　　　D. 0

5. 某企业上年未分配利润为 200 000 元,本年净利润为 80 000 元,按规定提取法定盈余公积后,又向投资者分配利润 120 000 元,法定盈余公积的提取比例为 10%,则该企业本年年末未分配利润数额为(　　　)元。

A. 160 000　　　　B. 152 000　　　　C. 200 000　　　　D. 280 000

6. 企业的实收资本比原注册资本数额增减超过(　　　)时,应向原登记主管机关申请变更登记。

A. 10%　　　　B. 20%　　　　C. 25%　　　　D. 30%

7. A 企业收到某单位作为资本投入的原材料一批,该批原材料实际成本为 58 000 元,投资双方约定的价值为 60 000 元,经税务部门认定可抵扣的增值税为 10 200 元。在与注册资本中所占份额相等的情况下,A 企业应记入"实收资本"账户的金额为(　　　)元。

A. 60 000　　　　B. 70 200　　　　C. 49 800　　　　D. 10 200

8. 有限责任公司货币出资金额不得低于注册资本的(　　　)。

A. 15%　　　　B. 20%　　　　C. 30%　　　　D. 35%

9. 某企业准备用盈余公积转增资本,若注册资本 100 万元,盈余公积年末余额 40 万元,最多可用盈余公积转增资本(　　　)万元。

A. 25　　　　B. 15　　　　C. 40　　　　D. 35

10. 企业的投资者投入的资本大于其所占的注册资本的份额应计入(　　　)账户。

A. 实收资本　　B. 资本公积　　C. 盈余公积　　D. 未分配利润

二、多项选择题

1. 下列各项中,不属于留存收益的是(　　　)。

A. 净利润　　　　B. 资本公积　　　　C. 实收资本　　　　D. 盈余公积

2. 实收资本增加的途径有(　　　)。

A. 资本公积转增资本　　　　　　　B. 盈余公积转增资本

C. 所有者投入　　　　　　　　　　D. 企业盈利

3. 下列关于盈余公积的说法正确的有(　　　)。

A. 盈余公积是指企业按照规定从利润总额中提取的积累资金

B. 公司制企业法定盈余公积按净利润的 10% 提取

C. 盈余公积可用于转增资本

D. 公司制企业法定盈余公积累计额达到注册资本的 50% 以上时可不再提取

4. 下列关于资本公积的说法正确的是(　　　)。

A. 资本公积可用于利润分配

B. 资本公积可以用于转增资本

C. 资本公积不能超过注册资本总额的 25%

D. 其他资本公积包括直接计入所有者权益的利得和损失

5. 企业吸收投资者出资,下列会计账户的余额可能发生变化的有(   )。

A. 实收资本   B. 资本公积   C. 盈余公积   D. 未分配利润

6. 企业按规定提取的盈余公积可用于(   )。

A. 转增资本   B. 弥补亏损   C. 扩大生产经营   D. 发放工资

7. 下列事项中可引起"实收资本"账户发生增减变动的有(   )。

A. 接受投资者投入原材料   B. 接受投资者投入固定资产

C. 用盈余公积弥补   D. 经批准将资本公积转增资本

8. 企业弥补亏损的来源包括(   )。

A. 用以后年度税前利润弥补   B. 用以后年度税后利润弥补

C. 用以前年度留存收益弥补   D. 用以前年度实收资本弥补

9. 股份有限公司委托其他单位发行股票支付的手续费或佣金等相关费用的金额,可能计入的会计账户有(   )。

A. 长期待摊费用   B. 资本公积

C. 盈余公积   D. 投资收益

10. 下列各项中,不会引起留存收益变动的有(   )。

A. 盈余公积补亏   B. 计提法定盈余公积

C. 盈余公积转增资本   D. 计提任意盈余公积

三、判断题

1. 股份有限公司"股本"账户的期末贷方余额,就是股票的发行价与发行股数的乘积。(   )

2. "利润分配——未分配利润"账户的年末贷方余额,反映企业累计未分配利润的数额。(   )

3. 由于所有者权益和负债都是对企业资产的要求权,因此两者性质是一样的。(   )

4. 任意盈余公积的计提比例由企业自行决定,其用途和法定盈余公积相同。(   )

5. 所有者权益在数量上等于企业全部资产减去流动负债后的余额。(   )

6. 有限责任公司接受新加入的投资者的非现金资产投资时,应按投资合同或协议约定价值确定非现金资产价值(约定价值不公允的除外),并将其全部记入"实收资本"账户。(   )

7. 相同数量的投资,如果由于出资时间不同,其在企业中所享有的权利也不同。(   )

8. 采用权益法核算长期股权投资时,对于被投资企业除净损益变动以外的所有者权益变动,投资企业应按所持股比例计算应享有的份额,将其计入营业外收入或营业外支出。(   )

9. "利润分配——未分配利润"账户的年末借方余额,反映企业累积未弥补亏损的数额。(   )

10. 留存收益指企业从历年实现的利润中提取或留存于企业的内部积累,它来源于企业的生产经营活动所实现的净利润。(   )

职业实践能力训练

一、计算分析题

1. 某企业 2010 年实现净利润 1 000 000 元(以前年度无未弥补的亏损),经股东大会批准,按净利润的 10% 提取法定盈余公积,要求列式计算该年应提取的法定盈余公积并编制会计分录。

2. 甲公司委托某证券公司代理发行普通股 6 000 000 股,每股面值 1 元,发行价格为每股 2 元,企业与证券公司约定,按发行收入的 2% 收取佣金,从发行收入中扣除,假定收到的股款已存入银行。

要求:编制有关会计分录。

3. 甲公司 2010 年发生如下业务:

(1) 2010 年实现税后利润 600 000 元。

(2) 按税后利润 10% 计提法定盈余公积、公益金。

(3) 决定用资本公积 300 000 元,盈余公积 100 000 元转增股本。

要求:编制有关会计分录。

4. 甲公司于设立时收到乙公司作为资本投入的不需要安装的机器设备一台以及一批原材料,合同约定该机器设备的价值为 600 000 元,增值税进项税额为 102 000 元(假设不允许抵扣),原材料价值 100 000 元。合同约定的固定资产、原材料价值与公允价值相符,不考虑其他因素。

要求:编制有关会计分录。

5. 某有限责任公司接受投资者投入原材料一批,投资合同约定原材料的价值为 200 000 元,取得的增值税专用发票上注明的增值税为 34 000 元,投资者占该公司注册资本的份额为 180 000 元,要求编制该公司的会计分录。

6. 某企业 2010 年年初未分配利润为借方余额 12 000 元(该亏损为超过 5 年的未弥补亏损),当年利润为 210 000 元,按 10% 的比例提取盈余公积。所得税率为 20%。不考虑其他事项。要求确认该企业 2010 年度所得税费用,应提盈余公积并作相关会计分录。

7. 东方公司 2010 年和 2011 年有关资料如下:

(1) 东方公司 2010 年税后利润为 200 万元,经股东大会批准,决定按 10% 提取法定盈余公积,分派现金股利 80 万元。

(2) 东方公司现有股东情况如下:A 公司占 25%,B 公司占 30%,C 公司占 10%,D 公司占 5%,其他占 30%。经公司股东大会决议,以盈余公积 100 万元转增资本,并已办妥转增手续。

(3) 2011 年东方公司尚有未弥补亏损 280 万元,该亏损系 2001 年产生,决议以盈余公积补亏 100 万元。

要求:根据以上资料,编制有关会计分录。

8. 甲公司原由投资者 A 和投资者 B 共同出资成立,每人出资 200 000 元,各占 50% 的股份。经营两年后,投资者 A 和投资者 B 决定增加公司资本,此时有一新的投资者 C 要求加入甲公司。经有关部门批准后,甲公司实施增资,将实收资本增加到 900 000 元。经三方协商,一致同意,完成下述投入后,三方投资者各拥有甲公司 300 000 元实收资本,并各占甲公司 1/3 的股份。协议约定投入资产按评估值入账。各投资者的出资情况如下:

(1) 投资者 A 以一台设备投入甲公司作为增资,该设备原价 180 000 元,已提折旧 95 000 元,评估确认原价 180 000 元,评估确认净值 126 000 元。

(2) 投资者 B 以一批原材料投入甲公司作为增资,该批材料账面价位 105 000 元。评估确认价值 110 000 元,税务部门认定应交增值税额为 18 700 元。投资者 B 已开具了增值税专用发票。

(3) 投资者 C 以银行存款投入甲公司 390 000 元。

要求:根据以上资料,分别编制甲公司接受投资者 A、投资者 B 增资时以及投资者 C 初次出资时的会计分录("应交税费"账户要求写出二级和三级明细科目)。

9. 甲公司 2010 年 12 月 31 日的股本为 20 000 万股,每股面值为 1 元,资本公积(股本溢价) 5 000 万元,盈余公积 3 000 万元。经股东大会批准,甲公司以现金回购本公司股票 3 000 万股并注销。要求:

(1) 假定每股回购价为 0.8 元,编制回购股票和注销股票的会计分录。

(2) 假定每股回购价为 2 元,编制回购股票和注销股票的会计分录。

(3) 假定每股回购价为 3 元.编制回购股票和注销股票的会计分录。

10. 黄河公司 2011 年度的有关资料如下:

(1) 年初未分配利润为 1 000 000 元,本年实现的净利润为 1 700 000 元。

(2) 按税后净利润的 10% 提取法定盈余公积。

(3) 提取任意盈余公积 200 000 元。

(4) 向投资者宣告分配现金股利 500 000 元。

要求:

(1) 编制黄河公司结转本年利润的会计分录。

(2) 编制黄河公司提取法定盈余公积的会计分录。

(3) 编制黄河公司提取任意盈余公积的会计分录。

(4) 编制黄河公司向投资者宣告分配现金股利的会计分录。

(5) 计算年末未分配利润(不需要作结转利润分配明细科目的相关账务处理,除"所得税费用"账户和"应付股利"账户外,其他科目均需要写出明细科目)。

二、实务操作题

实务操作题(一):

实训项目	所有者权益业务核算(一)
实训目的	熟练掌握有限责任公司所有者权益业务的账务处理
实训资料	1. 实训企业概况 　企业名称:北京华益有限责任公司 　地址: 北京市西三环北路 70 号 　开户银行及账号:中国建设银行北京市长安支行 6227003288080856721 　法人代表:李文 　企业类型:有限责任公司(增值税一般纳税人) 　经营范围:体育用品销售 2. 公司于 2006 年 6 月成立,有关股东出资及实收资本增减变动业务附后 3. 所需凭证账页:记账凭证(通用或专用凭证)
实训任务	进行所有者权益业务的会计处理,编制记账凭证

北京华益公司 2006 年以来,相关业务如下。

业务 1:2006 年 6 月 15 日,由甲、乙企业各出现金 500 000 元组建了华益有限责任公司,出资额已经注册会计师审验,并全部存入公司开户银行。

验资报告（略）
验资事项说明
（摘录）

……

三、审验结果

截至 2006 年 6 月 30 日止，贵公司已收到甲方、乙方缴纳的注册资本（实收资本）合计人民币 100 万元，实收资本占注册资本的 100%。

（一）甲方实际缴纳出资额人民币 50 元。其中：货币出资 50 元，于 2006 年 6 月 15 日缴存北京华盛有限公司（筹）在中国建设银行开立的人民币临时存款账户 6227003288080856721 账号内。

（二）乙方实际缴纳出资额人民币 50 元。其中：货币出资 50 元，于 2006 年 6 月 20 日缴存北京华盛有限公司（筹）在中国建设银行开立的人民币临时存款账户 6227003288080856721 账号内。

（三）全体股东的货币出资金额合计 100 万元，占注册资本总额的 100%。

……

中国建设银行现金交款单

2006年6月15日

交款单位	甲公司							收款单位	北京华益有限责任公司
款项来源	投资款							账号	6227003288080856721

大写金额	伍拾万元整		百	十	万	千	百	十	元	角	分
（币种）		¥	5	0	0	0	0	0	0	0	0

券别	100元	50元	20元	10元	5元	2元	1元	5角	2角	1角	5分	2分	1分	合计金额
整把券														
零张券														

中国建设银行 收款银行 长安支行 盖章 2006.06.15 2006年6月15日 税讫

第一联 银行盖章后交收款人的收账通知

现金交款单

2006 年 6 月 18 日

交款单位	乙公司		收款单位	北京华益有限责任公司
款项来源	投资款	账号	6227003288080856721	中国建设银行

大写金额（币种）	伍拾万元整		百	十	万	千	百	十	元	角	分
			￥	5	0	0	0	0	0	0	0

券别	100元	50元	20元	10元	5元	2元	1元	5角	2角	1角	5分	2分	1分	合计金额	
整把券															中国建设银行 长安支行 收款银行 盖章 2006年6月18日
零张券															

第一联：银行盖章后交收款人的收账通知

专用收款收据

2006 年 6 月 15 日　　　　　　　　第 086 号

今收到：甲投资者交来的投资款（货币）											
人民币（大写）	伍拾万元整	百	十	万	千	百	十	元	角	分	
			￥	5	0	0	0	0	0	0	0
事由：投资款											
交款人	甲	财务负责人	张三		收款人		李四				

第三联：记账联

专用收款收据

2006 年 6 月 18 日　　　　　　　　第 087 号

今收到：乙投资者交来的投资款（货币）											
人民币（大写）	伍拾万元整	百	十	万	千	百	十	元	角	分	
			￥	5	0	0	0	0	0	0	0
事由：投资款											
交款人	乙	财务负责人	张三		收款人		李四				

第三联：记账联

业务 2:2007 年 6 月 15 日,丙企业愿意出资 600 000 元加入北京华益有限责任公司,三位股东各占公司新注册资本的三分之一(北京华益有限责任公司注册资本变更为 1 500 000 元)。增资手续已办好并经注册会计师审验,出资款全部存入银行。

投资协议书(摘录)

投资方:丙企业

接收方:北京华益有限责任公司

……

第三,丙企业向北京华益有限责任公司投入货币投资 60 万元,在注册资本中享有的份额为 50 万元,超额投入部分作资本公积。

……

投资方:丙企业(盖章)

接收方:北京华益有限责任公司(盖章)

2007 年 6 月 30 日

现金交款单

2007 年 6 月 15 日

交款单位	丙公司		收款单位	北京华益有限责任公司
款项来源	投资款	账号	6227003288080856721	中国建设银行

大写金额 (币种)	陆拾万元整	百	十	万	千	百	十	元	角	分
			¥	6	0	0	0	0	0	0

券别	100元	50元	20元	10元	5元	2元	1元	5角	2角	1角	5分	2分	1分	合计金额
整把券														
零张券														

中国建设银行
长安支行
收款银行
盖章
2007 年 6 月 15 日

第一联:银行盖章后交收款人的收账通知

专用收款收据

2007 年 6 月 15 日   第 012 号

今收到:丙投资者交来的投资款(货币)												

人民币(大写)	陆拾万元整	百	十	万	千	百	十	元	角	分
		¥	6	0	0	0	0	0	0	0	0

事由:投资款											

交款人	丙	财务负责人	张三	收款人	李四

第三联:记账联

验资报告(略)。

业务 3:2009 年 2 月 28 日,经华益公司股东会决议,将资本公积 60 万元转增资本,增资手续已办好并经注册会计师审验。

北京华益有限责任公司股东会决议

时间:2009 年 2 月 28 日上午 9:00

地点:北京天龙大酒店 20 楼会议室

参会人员:李鹏、张宏达等 25 人

……

经股东会一致同意,形成决议如下:

通过董事会决议《用资本公积 60 万元转增资本的议案》。

……

股东签字:(略)(法人股东加盖公章并由法定代表人签字,自然人股东亲笔签字)

北京华益有限责任公司(盖章)

2009 年 2 月 28 日

验资报告(略)

业务 4:华益公司 2009 年发生经营亏损 50 万元,2010 年 3 月 12 日经股东会决议,将盈余公积 50 万元弥补亏损。

北京华益有限责任公司股东会决议

时间:2010 年 3 月 12 日上午 9:00

地点:北京天龙大酒店 20 楼会议室

参会人员:李鹏、张宏达等 25 人

……

经股东会一致同意,形成决议如下:

通过董事会决议《用盈余 60 万元弥补亏损的议案》。

……

股东签字:(略)(法人股东加盖公章并由法定代表人签字,自然人股东本人签字)

北京华益有限责任公司(盖章)

2010 年 3 月 12 日

实务操作题(二):

实训项目	所有者权益业务核算(二)
实训目的	熟练掌握股份有限公司所有者权益业务的账务处理
实训资料	1. 实训企业概况 　企业名称:北京华盛公司 　地址:北京市中关村南大街 15 号 　法人代表:张武 　企业类型:股份有限公司 　注册资金:30 000 000 元 　经营范围:太阳能电电池开发、生产 　开户银行及账号:中国工商银行北京灯市口支行 33011809032591 2. 公司于 2004 年 6 月成立,有关股份发行及所有者权益其他业务如下 3. 所需凭证账页:记账凭证(通用或专用凭证)
实训任务	进行所有者权益业务的会计处理,编制记账凭证

北京华盛公司 2007 年以来,相关业务如下。

业务 1:2007 年 4 月,经股东大会决议,华盛公司向社会公开发行股票 5 000 万股,每股面值 1 元,每股发行价 2 元,由中信证券公司承销,手续费率为发行价的 2%。至 2007 年底,股票发行成功,收到扣除手续费的股款存入基本账户,已办好增资手续并经注册会计师审验。

证券承销协议(略)

验 资 报 告
（摘录）

华盛股份有限公司全体股东：

我们接受华盛股份有限公司（以下简称"贵公司"）的委托，审验了贵公司截至 2007 年 12 月 31 日止新增注册资本的实收情况……

根据中国证券监督管理委员会于 2007 年 4 月 12 日签发的证监发行字〔2007〕15 号文，核准贵公司本次公开发行每股面值人民币 1 元的普通股股票 50 000 000 股，全部向社会公开发行，发行价格为每股人民币 2 元。经我们审验，截至 2007 年 12 月 31 日止，贵公司已向社会公开发行人民币普通股股票募集资金新增注册资本合计人民币 50 000 000 元。

……

中国工商银行进账单（收账通知）

填制日期　2007 年 12 月 31 日　　　　　第 085 号

付款人	全　称	中信证券公司	收款人	全　称	华盛股份有限公司
	账　号	33051448215548		账　号	33011809032591
	开户银行	中国工商银行北京市灯市口支行		开户银行	中国工商银行江城市庆春支行

人民币（大写）	玖仟捌佰万元整	千	百	十	万	千	百	十	元	角	分
		9	8	0	0	0	0	0	0	0	0
票据种类											
票据张数											
单位主管　　会计　　复核　　记账											

中国工商银行
灯市口支行
2007 年 12 月 31 日
受理银行盖章
业务专业章

此联是收款人开户行交给收款人的收账通知

业务 2：2008 年，华盛公司实现净利润 2 000 万元，按 10% 计提法定盈余公积。2009 年 3 月，经股东大会决议按 5% 计提任意盈余公积，向投资者分配利润 600 万元。

股东大会决议
（摘录）

一、特别提示

……

二、会议召开和股东出席情况

……

三、提案审议情况

……

会计审议通过了 2009 年度利润分配方案如下：

按中正会计师事务所对本公司财务情况、经营成果的审计结果，本公司 2009 年度实现净利润 1 000 万元，按净利润的 10% 提取法定盈余公积金，按净利润的 5% 提取任意盈余公积金，以 2009 年末总股本 60 000 股为基数，每 10 股派发现金股利 0.1 元，共派现 600 万元……本年度不进行资本公积转增资本……

……

职业拓展能力训练

拓展训练一

某有限责任公司 2008 年初"利润分配——未分配利润"账户余额为借方余额 100 000 元，2008 年公司实现利润总额 500 000 元，适用企业所得税率为 25%，盈余公积计提比例为 10%。试计算公司 2008 年应计提的盈余公积数（注：该公司 2004 年曾发生经营亏损 1 000 000 万元，2005 年至 2007 年间均为盈利，共实现利润 700 000 万元。以上利润均假定与应纳税所得额不存在差异）。

拓展训练二

蒸湘公司 2008 年 1 月 1 日的所有者权益为 2 000 万元（其中：股本为 1 500 万元，资本公积为 100 万元，盈余公积为 100 万元．未分配利润为 300 万元）。B 公司 2008 年实现净利润为 200 万元，按实现净利的 10 ％提取法定盈余公积金。2009 年 B 公司发生亏损 50 万元。用以前年度的未分配利润每股分派现金股利 0.1 元，每 10 股分派股票股利 1 股。

要求：

（1）编制蒸湘公司 2008 年和 2009 年结转盈亏、利润分配有关业务的会计分录。

（2）计算蒸湘公司 2009 年 12 月 31 日所有者权益的余额（金额单位用万元表示）。

拓展训练三

东方公司 2010 年发生所有者权益有关业务如下：

（1）将资本公积 150 万元转增注册资本，其中 A、B、C 三家公司各占 1/3，已按规定办好相关增资手续。

（2）用盈余公积 42.5 万元弥补以前年度亏损。

（3）从税后利润中提取法定盈余公积 20 万元。

（4）接受 D 公司加入联营，经投资各方协议，D 公司实际出资额中 500 万元作为新增注册资本，使投资各方在注册资本总额中均占 1/4。D 公司以银行存款 650 万元缴付出资额。

要求:根据上述经济业务(1)～(4)编制东方公司的相关会计分录(不要求编制将利润分配各明细科目余额结转到"利润分配——未分配利润"账户中的分录,分录中的金额单位为万元)。

拓展训练四

衡山公司对联营企业投资采用权益法核算,衡山公司及其联营企业适用的所得税税率均为25%,2011年有如下业务:

(1)拥有A联营企业40%股权份额,A联营企业2011年1月将自用房屋转作经营性出租且以公允价值计价,该房产原值2 200万元,已计提折旧200万元,转换日公允价值为2 500万元,2011年12月31日公允价值为2 500万元。

(2)拥有B联营企业30%股权份额,B联营企业本期购买某公司股票确认为可供出售金融资产,初始成本500万元,2011年12月31日公允价值600万元。

(3)拥有C联营企业20%股权份额,该投资是2009年1月1日取得,2010年12月31日该投资账面余额为500万元,其中"长期股权投资——损益调整"为150万元,2011年5月10日C公司宣告分派2010年现金股利600万元,C联营企业2011年取得税后净利润1 000万元。

(4)2011年12月20日出售本公司2010年购入的账面价值为800万元的可供出售金融资产,其中初始投资成本700万元,2010年末确认公允价值变动100万元,出售收入850万元存入银行。

要求:做出衡山公司上述经济业务的会计处理。

拓展训练五

大海公司2010年度和2011年度的有关资料如下:

(1)2010年年初未分配利润为400万元,本年利润总额为1 200万元,适用的企业所得税税率为25%。按税法规定本年度准予扣除的业务招待费为40万元,实际发生业务招待费60万元;国库券利息收入为40万元;企业债券利息收入50万元。除此之外,不存在其他纳税调整因素。

(2)2011年2月6日董事会提请股东大会2010年利润分配议案:按2010年税后利润的10%提取法定盈余公积;向投资者宣告分配现金股利80万元。

(3)2011年3月6日股东大会批准董事会提请股东大会2010年利润分配方案:按2010年税后利润的10%提取法定盈余公积;向投资者宣告分配现金股利100万元。

要求(除"所得税费用"账户和"应付股利"账户外,其他科目均需要写出二级明细科目。金额单位用万元表示):

(1)计算大海公司本期所得税费用,并编制相应的会计分录。

(2)根据2011年2月6日董事会提请股东大会2010年利润分配议案,编制相应的会计分录。

(3)根据2011年3月6日股东大会批准董事会提请股东大会2010年利润分配方案,编制大海公司向投资者宣告分配现金股利的会计分录。

(4)计算年末未分配利润。

学习情境 10 收入和费用业务核算

知识点回顾:

1. 收入业务核算

业务内容	会计处理
一般商品销售	借:银行存款等账户 　　贷:主营业务收入 　　　　应交税费——应交增值税(销项税额)
商业折扣销售商品	借:银行存款等账户[扣除折扣后实收或应收金额] 　　贷:主营业务收入 　　　　应交税费——应交增值税(销项税额)
现金折扣销售商品	销售产品时: 借:应收账款[不扣除折扣的应收总金额] 　　贷:主营业务收入 　　　　应交税费——应交增值税(销项税额) 收到款项时: 借:银行存款 　　财务费用 　　贷:应收账款
延期销售商品	销售商品时: 借:长期应收款 　　贷:主营业务收入 　　　　应交税费——应交增值税(销项税额) 　　　　未实现融资收益 收取款项时: 借:银行存款 　　贷:长期应收款 确认未实现融资收益时: 借:未实现融资收益 　　贷:财务费用
预收款销售商品	预收款时: 借:银行存款 　　贷:预收账款 实际销售时: 借:预收账款 　　贷:主营业务收入 　　　　应交税费——应交增值税(销项税额) 多退少补时: 借:预收账款 　　贷:银行存款 或: 借:银行存款 　　贷:预收账款

续表

业务内容	会计处理
委托代销销售商品（视同买断）	发出货物时： 借：发出商品 　　贷：库存商品 如果增值税纳税义务已经发生： 借：应收账款 　　贷：应交税费——应交增值税（销项税额） 收到代销清单时： 借：应收账款 　　贷：主营业务收入 　　　　应交税费——应交增值税（销项税额） 收到款项时： 借：银行存款 　　贷：应收账款
委托代销销售商品（收取手续费方式）	发出货物时： 借：发出商品 　　贷：库存商品 如果增值税纳税义务已经发生： 借：应收账款 　　贷：应交税费——应交增值税（销项税额） 收到代销清单时： 借：应收账款 　　贷：主营业务收入 　　　　应交税费——应交增值税（销项税额） 收到款项时： 借：银行存款 　　销售费用 　　贷：应收账款
不满足商品销售收入确认条件的商品销售	借：发出商品 　　贷：库存商品 如果增值税纳税义务已经发生： 借：应收账款 　　贷：应交税费——应交增值税（销项税额）
销售退回	借：主营业务收入 　　应交税费——应交增值税（销项税额） 　　贷：银行存款等账户
提供劳务过程中发生各项支出	借：劳务成本 　　贷：银行存款／应付职工薪酬等
预收劳务款	借：银行存款 　　贷：预收账款——××单位
确认劳务收入并结转劳务成本	借：应收账款／预收账款／银行存款 　　贷：主营业务收入／其他业务收入 同时： 借：主营业务成本／其他业务成本 　　贷：劳务成本

2. 费用业务核算

业务内容	会计处理
生产成本核算	发生的各项直接生产费用： 借：生产成本——基本生产成本 　　　　——辅助生产成本 　　贷：库存现金 　　　　银行存款 　　　　原材料 　　　　应付职工薪酬 生产车间应负担的制造费用： 借：生产成本——基本生产成本 　　　　——辅助生产成本 　　贷：制造费用 月份终了分配辅助生产车间费用： 借：生产成本——基本生产成本 　　管理费用 　　销售费用 　　其他业务支出等账户 　　贷：生产成本——辅助生产成本
制造费用核算	发生各项间接费用时： 借：制造费用 　　贷：银行存款 　　　　原材料 　　　　应付职工薪酬等账户 月份终了分配制造费用： 借：生产成本——基本生产成本 　　　　——辅助生产成本 　　劳务成本 　　贷：制造费用
劳务成本核算	发生各项劳务成本时： 借：劳务成本 　　贷：应付职工薪酬 　　　　银行存款等 结转完成劳务的成本： 借：主营业务成本 　　其他业务成本 　　贷：劳务成本
主营业务成本核算	实现销售结转成本时： 借：主营业务成本 　　贷：库存商品 月末转入本年利润： 借：本年利润 　　贷：主营业务成本

业务内容	会计处理
其他业务成本核算	实现销售结转成本时: 借:其他业务成本 　　贷:原材料 　　　　累计摊销等 月末转入本年利润: 借:本年利润 　　贷:其他业务成本
营业税金及附加核算	计算企业应缴纳的营业税、消费税、城市维护建设税、教育费附加和资源税等时: 借:营业税金及附加 　　贷:应交税费——应交营业税等 月末转入本年利润: 借:应交税费——应交营业税等 　　贷:银行存款 交纳营业税、消费税、城市维护建设税、教育费附加和资源税等时: 借:本年利润 　　贷:营业税金及附加
销售费用核算	在销售环节中发生各项如运输费、广告费等时: 借:销售费用 　　贷:银行存款/库存现金 在销售环节中发生各项如专设销售机构职工的工资福利费等时: 借:销售费用 　　贷:银行存款 　　　　应付职工薪酬等 月末转入本年利润: 借:本年利润 　　贷:销售费用
管理费用核算	发生各项管理费用时: 借:管理费用 　　贷:银行存款 　　　　应付职工薪酬 　　　　应交税费等账户 月末转入本年利润: 借:本年利润 　　贷:管理费用
财务费用核算	发生时: 借:财务费用 　　贷:银行存款 　　　　长期借款等 发生利息或汇兑收益: 借:银行存款等 　　贷:财务费用 月末转入本年利润: 借:本年利润 　　贷:财务费用

续表

业务内容	会计处理
所得税费用核算	计算应交所得税时： 借：所得税费用 　　贷：应交税费——应交所得税 　　　　递延所得税负债[根据其是增加还是减少来判断方向] 　　　　递延所得税资产[根据其是增加还是减少来判断方向] 月末转入本年利润： 借：本年利润 　　贷：所得税费用

职业判断能力训练

一、选择题

1. 某企业 2009 年 10 月承接一项设备安装劳务,劳务合同总收入为 200 万元,预计合同总成本为 140 万元,合同价款在签订合同时已收取,采用完工百分比法确认劳务收入。2009 年已确认劳务收入 80 万元,截至 2010 年 12 月 31 日,该劳务的累计完工进度为 60%。2010 年该企业应确认的劳务收入为(　　)万元。

A. 36　　　　　　B. 40　　　　　　C. 72　　　　　　D. 120

2. 下列各项中,不可用于确定所提供劳务完工进度的方法有(　　)。

A. 根据测量的已完工作量加以确定

B. 按已经发生的成本占估计总成本的比例计算确定

C. 按已经收到的金额占合同总金额的比例计算确定

D. 按已经提供的劳务占应提供劳务总量的比例计算确定

3. 下列各项中,关于收入确认表述正确的事(　　)。

A. 采用预收货款方式销售商品,应在收到货款时确认收入

B. 采用分期收款方式销售商品,应在货款全部收回时确认收入

C. 采用交款提货方式销售商品,应在开出发票收到货款时确认收入

D. 采用支付手续费委托代销方式销售商品,应在发出商品时确认收入

4. 企业取得与收益相关的政府补助,用于补偿已发生相关费用的,直接计入补偿当期的(　　)。

A. 资本公积　　　　B. 营业外收入　　　　C. 其他业务收入　　　　D. 主营业务收入

5. 某企业销售商品一批,增值税专用发票上标明的价款为 60 万元,适用的增值税税率为 17%,为购买方代垫运杂费为 2 万元,款项尚未收回。该企业确认的应收账款为(　　)万元。

A. 60　　　　　　B. 62　　　　　　C. 70.2　　　　　　D. 72.2

6. 下列各项中,应计入管理费用的是(　　)。

A. 筹建期间的开办费　　　　　　B. 预计产品质量保证损失

C. 生产车间管理人员工资　　　　D. 专设销售机构的固定资产修理费

7. 下列各项中,不应计入财务费用的有(　　)。

A. 企业发行股票支付的手续费　　　B. 企业支付的银行承兑汇票手续费

C. 企业购买商品时取得的现金折扣   D. 企业销售商品时发生的现金折扣

8. 企业发生的违约金支出应计入(   )。

A. 管理费用   B. 营业外支出

C. 财务费用   D. 其他业务支出

9. 企业专设销售机构人员的工资应计入(   )账户。

A. 管理费用   B. 主营业务成本   C. 销售费用   D. 其他业务支出

10. 工业企业费用分类的标准很多,其中最基本的分类是(   )。

A. 生产费用按与生产工艺的关系分类   B. 生产费用按计入产品成本的方法分类

C. 生产费用按产品的品种分类   D. 费用按经济内容和经济用途分类

二、多项选择题

1. 下列有关收入的确认表述正确的是(   )。

A. 销售商品采用托收承付方式的,在办妥托收手续时确认收入

B. 销售商品采用支付手续费方式委托代销的,在收到代销清单时确认收入

C. 销售商品需要安装和检验的,商品发出后确认收入

D. 销售商品采用以旧换新方式的,销售的商品应当按照销售商品收入确认条件确认收入,回收的商品作为购进商品处理

2. 下列有关提供劳务收入确认的表述正确的是(   )。

A. 申请入会费和会员费只允许取得会籍,所有其他服务或商品都要另行收费的,在款项收回不存在重大不确定性时,确认收入

B. 申请入会费和会员费能使会员在会员期内得到各种服务或商品,或者以低于非会员的价格销售商品或提供服务的,在整个受益期内分期确认收入

C. 属于提供设备和其他有形资产的特许权费,在设备和其他有形资产使用时分期确认收入

D. 长期为客户提供重复的劳务收取的劳务费,在相关劳务活动发生时确认收入

3. 下列有关提供劳务收入确认的表述正确的是(   )。

A. 企业在资产负债表日提供劳务交易的结果能够可靠估计的,应当采用完工百分比法确认提供劳务收入

B. 合同包括销售商品和提供劳务时,销售商品部分和提供劳务部分不能够区分,应当将销售商品部分和提供劳务部分全部作为销售商品处理

C. 合同包括销售商品和提供劳务时,销售商品部分和提供劳务部分虽能区分但不能够单独计量的,应当将销售商品部分和提供劳务部分全部作为销售商品处理

D. 合同包括销售商品和提供劳务时,销售商品部分和提供劳务部分不能够区分,应当将销售商品部分和提供劳务部分全部作为提供劳务处理

4. 有关政府补助的表述正确的有(   )。

A. 与收益相关的政府补助,用于补偿企业以后期间的相关费用或损失的,取得时确认为递延收益,在确认相关费用的期间计入当期损益(营业外收入)

B. 与收益相关的政府补助,用于补偿企业已发生的相关费用或损失的,取得时直接计入当期损益(营业外收入)

C. 政府补助为非货币性资产的,应当按照公允价值计量

D. 公允价值不能可靠取得的,按照名义金额计量

5. 下列各项中,属于收入确认范围的有(　　　　　　)。

A. 运输劳务收入　　　　　B. 罚没收入　　　　C. 处置固定资产净收益　　　D. 销售收入

6. 下列各项中属于管理费用核算内容有(　　　　　　)。

A. 委托代销手续费　　　　　　　　　　B. 厂部管理人员薪酬

C. 生产车间保险费　　　　　　　　　　D. 印花税、房产税、土地使用税和车船使用税

7. 下列各项中,属于"废品损失"账户借方核算的内容有(　　　　　　)

A. 不可修复废品的生产成本　　　　　　B. 可修复废品的修复费用

C. 废品残料回收的价值　　　　　　　　D. 可修复废品的生产成本

8. 下列科目中,年末余额应结转到"本年利润"账户的有(　　　　　　)

A. 财务费用　　　　　B. 制造费用　　　　C. 销售费用　　　　　D. 管理费用

9. 生产费用按与生产工艺的关系可以分为(　　　　　　)

A. 直接生产费用　　　　　　　　　　　B. 直接(计入)费用

C. 间接生产费用　　　　　　　　　　　D. 间接(计入)费用

10. 生产费用按计入产品的成本的方法可以分为(　　　　　　)

A. 直接生产费用　　　　　　　　　　　B. 直接(计入)费用

C. 间接生产费用　　　　　　　　　　　D. 间接(计入)费用

三、判断题

1. 企业出售无形资产和出租无形资产取得的收益,均应作为其他业务收入。(　　)

2. 固定资产盘盈先通过"待处理财产损溢"账户,批准后再转入"营业外收入"账户中。(　　)

3. 收入按照收入的性质可分为商品销售收入、劳务收入和让渡资产使用权收入。按照企业经营业务的主次分类,可以分为主营业务收入和其他业务收入。(　　)

4. 企业难以区分某政府补助中哪些与资产相关、哪些与收益相关,或者对其进行划分不符合重要性原则或成本效益原则。这种情况下,企业可以将整项政府补助归类为与收益相关的政府补助。(　　)

5. 判断一项商品所有权上的主要风险和报酬是否已转移给买方,需视情况不同而定。大多数情况下,所有权上的风险和报酬伴随着所有权凭证的转移或实物的交付而转移。(　　)

6. 企业将商品所有权上的主要风险和报酬转移给买方后,如仍然保留通常与所有权相联系的继续管理权则此项销售不能成立,不能确认相应的销售收入。(　　)

7. 企业对售出的商品仍然实施有效控制,不能确认相应的销售收入。(　　)

8. 生产工人薪酬是费用要素。(　　)

9. 制造费用和废品损失属于产品成本项目。(　　)

10. 固定资产折旧费全部计入产品的成本。(　　)

职业实践能力训练

一、计算分析题

1. 甲上市公司为增值税一般纳税人,库存商品采用实际成本核算,商品售价不含增值税,商品销售成本随销售同时结转。2010 年 3 月 1 日,W 商品账面余额为 230 万元,对 W 商品期初存货

跌价准备余额为 0。2010 年 3 月发生的有关采购与销售业务如下：

(1) 3 月 3 日，从 A 公司采购 W 商品一批，收到的增值税专用发票上注明的货款为 80 万元，增值税为 13.6 万元。W 商品已验收入库，款项尚未支付。

(2) 3 月 8 日，向 B 公司销售 W 商品一批，开出的增值税专用发票上注明的售价为 150 万元，增值税为 25.5 万元，该批 W 商品实际成本为 120 万元，款项尚未收到。

(3) 销售给 B 公司的部分 W 商品由于存在质量问题，3 月 20 日 B 公司要求退回 3 月 8 日所购 W 商品的 50%，经过协商，甲上市公司同意了 B 公司的退货要求，并按规定向 B 公司开具了增值税专用发票(红字)，发生的销售退回允许扣减当期的增值税销项税额，该批退回的 W 商品已验收入库。

(4) 3 月 31 日，经过减值测试，W 商品的可变现净值为 230 万元。

要求：

(1) 编制甲上市公司上述(1)、(2)、(3)项业务的会计分录。

(2) 计算甲上市公司 2010 年 3 月 31 日 W 商品的账面余额。

(3) 计算甲上市公司 2010 年 3 月 31 日 W 商品应确认的存货跌价准备并编制会计分录。

("应交税费"账户要求写出明细科目和专栏名称，答案中的金额单位用万元表示)

2. 甲公司为增值税一般纳税人，适用的增值税税率为 17%，商品售价中不含增值税。假定销售商品、提供劳务均符合收入确认条件，其成本在确认收入时逐笔结转，不考虑其他因素。2010 年 4 月，甲公司发生如下交易或事项：

(1) 销售商品一批，按商品标价计算的金额为 200 万元，由于是成批销售，甲公司给予客户 10% 的商业折扣并开具了增值税专用发票，款项尚未收回。该批商品实际成本为 150 万元。

(2) 向本公司行政管理人员发放自产产品作为福利，该批产品的实际成本为 8 万元，市场售价为 10 万元。

要求：编制甲公司上述交易或事项的会计分录("应交税费"账户要写出明细科目及专栏名称)。

3. 甲公司为增值税一般纳税人，增值税税率为 17%。商品销售价格不含增值税，在确认销售收入时逐笔结转销售成本。假定不考虑其他相关税费。2010 年 6 月份甲公司发生如下业务：

(1) 6 月 2 日，向乙公司销售 A 商品 1 600 件，标价总额为 800 万元(不含增值税)，商品实际成本为 480 万元。为了促销，甲公司给予乙公司 15% 的商业折扣并开具了增值税专用发票。甲公司已发出商品，并向银行办理了托收手续。

(2) 6 月 10 日，因部分 A 商品的规格与合同不符，乙公司退回 A 商品 800 件。当日，甲公司按规定向乙公司开具增值税专用发票(红字)，销售退回允许扣减当期增值税销项税额，退回商品已验收入库。

(3) 6 月 15 日，甲公司将部分退回的 A 商品作为福利发放给本公司职工，其中生产工人 500 件，行政管理人员 40 件，专设销售机构人员 60 件，该商品每件市场价格为 0.4 万元(与计税价格一致)，实际成本 0.3 万元。

(4) 6 月 25 日，甲公司收到丙公司来函。来函提出，2010 年 5 月 10 日从甲公司所购 B 商品不符合合同规定的质量标准，要求甲公司在价格上给予 10% 的销售折让。该商品售价为 600 万元，增值税额为 102 万元,货款已结清。经甲公司认定,同意给予折让并以银行存款退还折让款,同时开具了增值税专用发票(红字)。

除上述资料外,不考虑其他因素。

要求:

(1) 逐笔编制甲公司上述业务的会计分录。

(2) 计算甲公司 6 月份主营业务收入总额。

("应交税费"账户要求写出明细科目及专栏名称,答案中的金额单位用万元表示)

4. 甲、乙两企业均为增值税一般纳税人,增值税税率均为 17%。2010 年 3 月 6 日,甲企业与乙企业签订代销协议,甲企业委托乙企业销售 A 商品 500 件,A 商品的单位成本为每件 350 元。代销协议规定,乙企业应按每件 A 商品 585 元(含增值税)的价格售给顾客,甲企业按不含增值税的售价的 10% 向乙企业支付手续费。4 月 1 日,甲企业收到乙企业交来的代销清单,代销清单中注明:实际销售 A 商品 400 件,商品售价为 200 000 元,增值税额为 34 000 元。当日甲企业向乙企业开具金额相同的增值税专用发票。4 月 6 日,甲企业收到乙企业支付的已扣除手续费的商品代销款。

要求:根据上述资料,编制甲企业如下会计分录:

(1) 发出商品的会计分录。

(2) 收到代销清单时确认销售收入、增值税、手续费支出,以及结转销售成本的会计分录。

(3) 收到商品代销款的会计分录。

("应交税费"账户要求写出明细科目及专栏名称,答案中的金额单位用元表示)

5. 某企业 2010 年发生下列政府补助业务:

(1) 2010 年 1 月 1 日收到一笔用于补偿企业以后 5 年期间的因与治理环境相关的费用 1 000 万元。

(2) 2010 年 6 月 10 日,收到一笔用于补偿企业已发生的相关费用 100 万元。

(3) 2010 年 6 月 15 日收到国家 800 万元的政府补助用于购买一台医疗设备,6 月 20 日,企业用 800 万元购买了一台医疗设备。假定该设备按 5 年,采用直线法计提折旧,无残值,设备预计使用年限为 5 年。

(4) 收到增值税返还 50 万元。

要求:根据上述资料,编制该企业 2010 年度与政府补助有关的会计分录,涉及固定资产,编制固定资产计提折旧的会计分录。

6. 甲股份有限公司(以下简称甲公司)系增值税一般纳税人,适用的增值税税率为 17%,适用的所得税税率为 25%。销售单价除标明为含税价格外,均为不含增值税价格。甲公司采用视同买断代销方式委托东方企业销售 A 产品 100 件,协议价为每件 2 000 元,该产品每件成本为 1 000 元,商品已发出,甲公司尚未收到款项。假定销售商品时风险和报酬已经转移。

要求:编制上述业务的会计分录。

7. 宏利造纸厂 2007 年 6 月份为进行产品生产而发生下列业务:耗用外购主要材料 250 000 元、外购辅助材料 80 000 元、外购低值易耗品 70 000 元。其中生产甲产品耗用外购主要材料 150 000 元、外购辅助材料 50 000 元、自制材料 20 000 元、生产工人工资 80 000 元,基本生产车间一般消耗外购主要材料 50 000 元、辅助材料 30 000 元、低值易耗品 70 000 元、车间设备折旧费

5 000 元、车间管理人员工资 60 000 元；厂部管理人员工资 100 000 元、厂部办公用房及其设备折旧费 55 000 元。该企业各月实际发生的职工福利费相差较大，本月根据工资总额的 14% 估计职工福利费。

要求：

(1) 计算费用要素：外购材料、折旧费、职工薪酬的金额。

(2) 计算产品成本项目：直接材料、直接人工和制造费用的金额。

8. 某工业企业下设供水和供电两个辅助生产车间，辅助生产车间的制造费用不通过制造费用科目核算。基本生产成本明细账设有原材料、直接人工和制造费用 3 个成本项目。2011 年 4 月份各辅助生产车间发生的费用资料如下：

(1) 供水车间本月共发生成本 88 000 元，提供水 115 000 吨；供电车间本月共发生成本 90 000 元，提供照明 175 000 度。

(2) 供水车间耗电 25 000 度，供电车间耗用水 5 000 吨。

(3) 基本生产车间动力耗电 100 000 度，照明耗电 30 000 度，耗水 100 000 吨；行政管理部门耗电 20 000 度，耗水 10 000 吨。

要求：

(1) 采用直接分配法，分别计算水费分配率和电费分配率。

(2) 根据水费分配率，计算分配水费。

(3) 根据电费分配率，计算分配电费。

(4) 编制辅助生产费用分配的会计分录（辅助生产成本科目要列出明细科目）。

9. 某企业生产甲、乙两种产品，共耗原材料费用 268 800 元，单件产品原材料消耗定额：甲产品 15 公斤，乙产品 12 公斤，每公斤原材料单价 8 元，本月投产甲产品 100 件，乙产品 50 件。

要求：按照原材料定额费用比例分配，计算甲、乙产品实际原材料费用。

10. 某工业企业生产甲、乙两种产品的有关资料如下表：

项目	原材料(元)	定额(元)	工资(元)	制造费用(元)	工时(小时)	合计(元)
甲产品		28 000			2 400	
乙产品		12 000			1 600	
合计	44 000	40 000	26 000	31 200	4 000	101 200

甲产品本月完工 100 件，在产品 100 件，在产品完工程度 30%；乙产品本月全部完工 80 件。假定原材料于生产开始时一次投入，工资和制造费用在生产过程中均衡发生，原材料按定额比例分配，工资和制造费用按工时比例分配。假定甲、乙产品均无在产品期初余额。

要求：根据上述资料计算甲、乙产品的完工成本（单独写出计算过程，将结果填列产品成本计算单），并编制结转产品成本的会计分录。

甲产品成本计算单

项目	原材料	工资	制造费用	合计
生产费用				
完工产品成本				
单位产品成本				
月末在产品成本				

乙产品成本计算单

项目	原材料	工资	制造费用	合计
生产费用				
完工产品成本				
单位产品成本				

二、实务操作题

实训项目	收入和费用业务核算
实训目的	熟悉收入与费用岗位的基本职责;能正确完成满足销售收入确认条件的商品销售收入的账务处理;能准确登记收入总账和明细账;能根据材料费用分配表、工资费用分配表、制造费用分配表等业务单据准确地编制记账凭证;能准确登记生产成本、制造费用明细账和总账;掌握收入业务和费用业务的账务处理
实训资料	1. 实训企业概况 　企业名称:华新化工科技有限公司 　地址:杭州市科技产业园 27 号 　法人代表:孙丰 　注册资金:500 万元 　企业类型:有限责任公司(增值税一般纳税人) 　经营范围:化工产品 　开户银行:工行天安支行 　基本账户账号:14253911 2. 2010 年 12 月有关业务附后 3. 所需凭证账页:记账凭证(通用或专用凭证)、总账、明细账页
实训任务	审核各种原始单据,据以编制记账凭证,并登记"主营业务收入"账户、"主营业务成本"账户等总账和明细账。

华新化工科技有限公司 2010 年 12 月相关业务如下:

业务 1:12 月 2 日,华新化工科技有限公司销售产品。相关凭证如下所示。

浙江省增值税专用发票

浙江省

此联不作报销扣税凭证使用

开票日期：2010 年 12 月 02 日　　　　　　　　　NO. 0028639

购货单位	名　称：成尚公司 纳税人识别号：110379087412457 地址、电话：珠海市胜利路 13 号 开户行及账号：工行胜利支行 73853654						密码区	
货物或应税劳务名称	规格型号	单位	数量	单价	金额	税率	税额
硫酸		吨	380	375.00	142 500.00	17%	24 225.00
氯磺酸		吨	560	650.00	364 000.00	17%	61 880.00
合计					￥506 500.00		￥86 105.00
价税合计(大写)	伍拾玖万贰仟陆佰零伍元整				(小写)￥592 605.00		
销货单位	名　称：华新化工科技有限公司 纳税人识别号：110283783927347 地址、电话：杭州市科技产业园 27 号 开户行及账号：工行天安支行 14253911			备注	华新化工科技有限公司 110283783927347 发票专用章			

收款人：×× 　　　复核：×× 　　　开票人：×× 　　　销货单位:(章)

第一联：记账联　销货方记账凭证

商业承兑汇票　2　　　汇票号码：00138

出票日期(大写)贰零壹零年壹拾贰月零贰日

付款人	全　称	成尚公司	收款人	全　称	华新化工科技有限公司
	账　号	73853654		账　号	14253911
	开户银行	工行胜利支行		开户银行	工行天安支行

出票金额	人民币 (大写)	伍拾玖万贰仟陆佰零伍元整	千	百	十	万	千	百	十	元	角	分
				￥	5	9	2	6	0	5	0	0

汇票到期日(大写)	贰零壹零年叁月零贰日	付款人开户行	行号	120012000002
交易合同号码	第 2009052 号		地址	珠海市胜利路 179 号

本汇票已经承兑,到期无条件支付票款	本汇票请予以承兑于到期日付款

承兑人签章(略)

承兑日期 2010 年 12 月 02 日

出票人签章(略)

此联持票人开户行随托收凭证寄付款人开户行作借方凭证附件

业务 2:12 月 27 日,收取租金收入,不考虑各项税金。相关凭证如下所示。

浙江省杭州市工业企业统一发票(记账联) №0068429

客户公司:强生公司   2010 年 12 月 27 日

项目	计量单位	数量	单价	金额						
				十	万	千	百	十	元	角	分
12 月办公楼租金	平方米	200	35.00			7	0	0	0	0	0
					¥	7	0	0	0	0	0
合计人民币(大写)	柒仟元整			¥ 7 000.00						

开票人:××   收款人:××   收款单位:(章)

中国工商银行进账单(回单或收账通知)

2010 年 12 月 27 日   · 第 28 号

收款单位	全　称	华新化工科技有限公司	付款单位	全　称	强生公司								
	账　号	14253911		账号或地址	73304859								
	开户银行	工行天安支行		开户银行	工行正信支行								
人民币(大写)	柒仟元整				百	十	万	千	百	十	元	角	分
						¥	7	0	0	0	0	0
票据种类	转账支票 XI23167												

收款人开户行盖章(略)

业务 3:12 月 20 日,向南海丽发有限公司出售多余 A 材料,A 材料成本 1 800 元,售价 1 900 元,增值税率 17%,收到一张转账支票已交存银行。相关凭证如下所示。

浙江省增值税专用发票

此联不作报销票扣税凭证使用

NO. 22000872

开票日期: 2009 年 12 月 20 日

购货单位	名　　　称: 南海丽发有限公司 纳税人识别号: 32012248821593 地 址、电 话: 玄武区中山路201号 025 - 32549213 开户行及账号: 中山路支行 33011809015328	密码区	67893--+9827/16<241< 0<<>3<2+876<-6105>4+> 51*84-9319<8>9-20<750 0/-3000252/9-*+91>>4+

货物或应税劳务名称	规格型号	单位	数量	单价	金额	税率	税额
A材料		公斤	1 000	1.900	1 900.00	17%	323.00
价税合计（大写）		⊗万贰仟贰佰贰拾叁元零角零分			（小写）	¥: 2 223.00	

销货单位	名　　　称: 华新化工科技有限公司 纳税人识别号: 110283783927347 地 址、电 话: 杭州市科技产业园27号 0571-8133666 开户行及账号: 工行天安支行 14253911	备注	华新化工科技有限公司 110283783927347 （销货票专用章）

收款人: 赵芳　　　复核: 张华　　　开票人: 陈强

第一联 记账联 销货方记账凭证

🏦 中国工商银行进账单(收账通知)

2010 年 12 月 20 日　　　　　　　　第　　号

付款人	全　称	南海丽发有限公司	收款人	全　称	华新化工科技有限公司
	账　号	33011809015328		账　号	14253911
	开户银行	中山路支行		开户银行	工行天安支行

人民币(大写) 贰仟贰佰贰拾叁元整	千	百	十	万	千	百	十	元	角	分
				¥	2	2	2	3	0	0

票据种类	转账支票
票据张数	1 张

本月 20 日 A 材料销货款

中国工商银行
天安支行
收款人开户行盖章
2010.12.20
转讫

单位主管　　会计　　复核　　记账

此联是持票人开户银行交给持票人的收账通知

领 料 单

字第 2701 号

领料部门:销售部门 　　　　用途:销售 　　　　　　　　　　　　2010 年 12 月 20 日

品名	规格型号	单位	数量		单价	金额
			请领	实领		
A 材料		千克	1 000	1 000	1.80	1 800.00
备注	出售多余材料					

领料部门负责人 　　　　领料人 张小燕 　　　　会计 　　　　　发料人 孙小海

业务 4:12 月 10 日,销售员李立报销差旅费。相关凭证如下所示。

差旅费报销单

2010 年 3 月 10 日

事由:出差 　　　　　　　　　　　　　　　　　　　　　　　　单据张数:28 张(略)

部门:销售部 　　　　姓名:李立 　　　　职务:销售员 　　　　预借款:5 000 元

起止时间				起止地点	车船费	办公邮电费	住宿费	市内交通	伙食补贴		合计
月	日	月	日						天数	金额	
3	2	3	2	杭州－广州	1 900						1 900
3	2	3	10	广州－广州		150	1 000	300	8	35	1 730
3	10	3	10	广州－杭州	1 900						1 900
合　计											￥5 530

人民币(大写)伍仟伍佰叁拾元整 　　　　　　　　　　　应退(补√):￥530.00 元

部门主管:姜丰 　　　财务主管:张宏 　　　会计: 　　　出纳: 　　　领款人:

收 款 收 据

2010 年 3 月 10 日 　　　　　　　　　　　　　　　　　　　　　NO1158935

交款单位	李立	交款方式							现金			第三联::会计联
人民币(大写)	伍仟元整		十	万	千	百	十	元	角	分		
				￥	5	0	0	0	0	0		
交款事由	收回出差借支款	现金付讫										

收款单位: 　　　　主管: 　　　　会计: 　　　　出纳:

业务 5:12 月 8 日,缴纳养老保险。

中华人民共和国税收转账专用完税证 地

征收机关:杭州市地税局　　　填发日期:2010 年 12 月 8 日　　(2010)杭地转完 00574202

纳税人代码	110283783927347	开户银行	工行天安支行				
纳税人名称	华新化工科技有限公司	账号	14253911				
税种	品目名称	税款所属时期	课税数量	计税金额或销售收入	税率或单位税额	已缴或扣除额	实缴金额
养老保险费	企业缴纳	2010.11		250 000	19%		47 500
	个人缴纳	2010.11		250 000	8%		20 000
金额合计	(大写)陆万柒仟伍佰元整						￥67 500.00
税务机关盖章	收款银行盖章	填票人(章)	备注:				

职业拓展能力训练

拓展训练一

甲公司本期发生了下列业务:

(1) 本公司向外提供劳务(其他业务),合同总收入 100 万元。规定跨年度完工,完工后一次付款,年底已发生劳务成本 36 万元(均用存款支付)。预计劳务总成本 60 万元,营业税率 5%。

(2) 甲公司有一停车场,将收费权转让给外单位,期限 5 年,一次性收到 20 万元,甲公司每年负责停车场的维修与保养。

(3) 甲公司发出 40 万元的家电产品,货款未收,成本 30 万元,实行"三包",根据经验估计有 5% 退货,3% 需调换,2% 需返修(增值税率 17%)。

(4) 采用交款提货方式,销售产品 40 万元,成本 30 万元,增值税额 6.8 万元,增值税专用发票已开。款未收到,后因质量问题,双方协商折让 10%,款已收回。

(5) 销售产品 50 万元,成本 30 万元,增值税率 17%,需承担安装任务,且为重要步骤,安装尚未完工,商品已发,增值税专用发票已开,款未收。

要求:确认甲公司收入,并编制全部业务的会计分录。

拓展训练二

正保股份有限公司(以下简称正保公司)为增值税一般纳税企业,适用的增值税税率为 17%。商品销售价格均不含增值税额,所有劳务均属于工业性劳务。销售实现时结转销售成本。正保公司销售商品和提供劳务为主营业务。2010 年 12 月,正保公司销售商品和提供劳务的资料如下:

(1) 12 月 1 日,对 A 公司销售商品一批,增值税专用发票上销售价格为 100 万元,增值税额为 17 万元。提货单和增值税专用发票已交 A 公司,A 公司已承诺付款。为及时收回货款,给予 A 公司的现金折扣条件如下:2/10,1/20,n/30(假设计算现金折扣时不考虑增值税因素)。该批商品的实际成本为85万元。12月19日,收到A公司支付的扣除所享受现金折扣金额后的款项,并存入银行。

(2) 12月2日,收到B公司来函,要求对当年11月2日所购商品在价格上给予5%的折让(正保公司在该批商品售出时,已确认销售收入200万元,并收到款项)。经查核,该批商品外观存在质量问题。正保公司同意了B公司提出的折让要求。当日,收到B公司交来的税务机关开具的索取折让证明单,并出具红字增值税专用发票和支付折让款项。

(3) 12月14日,与D公司签订合同,以现销方式向D公司销售商品一批。该批商品的销售价格为120万元,实际成本75万元,提货单已交D公司。款项已于当日收到,存入银行。

(4) 12月15日,与E公司签订一项设备维修合同。该合同规定,该设备维修总价款为60万元(不含增值税额),于维修完成并验收合格后一次结清。12月31日,该设备维修任务完成并经E公司验收合格。正保公司实际发生的维修费用为20万元(均为维修人员工资)。12月31日,鉴于E公司发生重大财务困难,正保公司预计很可能收到的维修款为17.55万元(含增值税额)。

(5) 12月25日,与F公司签订协议,委托其代销商品一批。根据代销协议,正保公司按代销协议价收取所代销商品的货款,商品实际售价由受托方自定。该批商品的协议价200万元(不含增值税额),实际成本为180万元。商品已运往F公司。12月31日,正保公司收到F公司开来的代销清单,列明已售出该批商品的20%,款项尚未收到。

(6) 12月31日,与G公司签订一件特制商品的合同。该合同规定,商品总价款为80万元(不含增值税额),自合同签订日起2个月内交货。合同签订日,收到C公司预付的款项40万元,并存入银行。商品制造工作尚未开始。

(7) 12月31日,收到A公司退回的当月1日所购全部商品。经查核,该批商品存在质量问题,正保公司同意了A公司的退货要求。当日,收到A公司交来的税务机关开具的进货退出证明单,并开具红字增值税专用发票和支付退货款项。

要求:

(1) 编制正保公司12月份发生的上述经济业务的会计分录。

(2) 计算正保公司12月份主营业务收入和主营业务成本("应交税费"账户要求写出明细科目,答案中的金额单位用万元表示)。

拓展训练三

甲公司系工业企业,为增值税一般纳税人,适用的增值税税率为17%,适用的所得税税率为33%。销售单价除标明外,均为不含增值税价格。甲公司2010年12月1日起发生以下业务(均为主营业务):

(1) 12月1日,向A公司销售商品一批,价款为500 000元,该商品成本为400 000元,当日收到货款。同时与A公司签订协议,将该商品融资租回。

(2) 12月6日,向B企业销售一批商品,以托收承付结算方式进行结算。该批商品的成本为200 000元,增值税专用发票上注明售价300 000元。甲公司在销售时已办妥托收手续后,得知B企业资金周转发生暂时困难,难以及时支付货款。

(3) 12月9日,销售一批商品给C企业,增值税发票上售价为400 000元,实际成本为250 000元,本公司已确认收入,货款尚未收到。货到后C企业发现商品质量不合格,要求在价格上给予10%的折让,12月12日本公司同意并办理了有关手续和开具红字增值税专用发票。

（4）12 月 16 日采用分期收款方式向 E 企业销售商品一批,售价为 800 000 元,分 8 个月等额收取,每月付款日期为 16 日,第一次应收取的款项已于当日如数收存银行。该批商品的实际生产成本为 640 000 元。

（5）12 月 19 日接受一项产品安装任务,安装期 2 个月,合同总收入 450 000 元,至年底已预收款项 180 000 元,实际发生成本 75 000 元均为应付工人工资,预计还会发生成本 150 000 元,按实际发生的成本占估计总成本的比例确定劳务的完成程度。

（6）12 月 25 日与 G 企业达成协议,甲公司允许 G 企业经营其连锁店。协议规定,甲公司共向 G 企业收取特许费 900 000 元,其中,提供家具、柜台等收费 300 000 元,这些家具、柜台成本为 270 000 元;提供初始服务,如帮助选址、培训人员、融资、广告等收费 600 000 元,发生成本 500 000 元。假定款项在协议开始时一次付清。

要求:根据上述业务编制相关会计分录。

拓展训练四

某企业设一个基本生产车间和一个辅助生产车间(维修车间)。基本生产车间生产甲、乙两种产品,辅助生产车间的制造费用不通过“制造费用”账户核算。

6 月份车间发生的经济业务如下:

（1）基本生产车间领用材料 80 000 元,其中,直接用于甲产品生产的 A 材料 21 600 元,直接用于乙产品生产的 B 材料 36 000 元,甲、乙产品共同耗用的 C 材料 20 000 元(按甲、乙产品的定额消耗量比例进行分配,甲产品的定额消耗量为 440 公斤,乙产品的定额消耗量为 560 公斤),车间一般消耗 2 400 元;辅助生产车间领用材料 4 600 元,共计 84 600 元。

（2）结算本月应付职工工资,其中,基本生产车间的工人工资 32 000 元(按甲、乙产品耗用的生产工时比例分配,甲产品生产工时为 300 小时,乙产品生产工时为 500 小时),车间管理人员工资 5 000 元,辅助生产车间职工工资为 3 000 元,共计 40 000 元。

（3）按照工资总额的 14% 计提职工福利费。

（4）计提固定资产折旧费。基本生产车间月初在用固定资产原值 200 000 元,辅助生产车间月初在用固定资产原值 80 000 元,月折旧率为 1%。

（5）基本生产车间和辅助生产车间发生的其他支出分别为 2 400 和 1 200 元,均通过银行办理转账结算。

（6）辅助生产车间(维修车间)提供劳务 2 505 小时,其中为基本生产车间提供劳务 2 000 小时,为管理部门提供劳务 505 小时。

（7）基本生产车间的制造费用按生产工时比例在甲、乙产品之间进行分配。

（8）甲产品各月在产品数量变化不大,生产费用在完工产品与在产品之间进行分配,采用在产品按固定成本计价法。乙产品原材料在生产开始时一次投入,原材料费用按完工产品数量和月末在产品数量的比例进行分配,工资及福利费和制造费用采用约当产量比例法进行分配。乙产品本月完工产品件,月末在产品件,完工率为 50%。甲产品月初在产品成本为 19 000 元,其中,原材料费用 8 000 元,工资及福利费 2 400 元,制造费用为 8 600 元;乙产品月初在产品成本为 29 000 元,其中,原材料费用为 12 000 元,工资及福利费 7 000 元,制造费用 10 000 元。

要求:

（1）编制各项要素费用分配的会计分录。

(2) 编制辅助生产费用分配的会计分录。

(3) 编制结转基本生产车间制造费用的会计分录。

(4) 计算并填列甲、乙产品成本明细账,计算甲、乙产品成本。

(5) 编制结转入库产成品成本的会计分录。

拓展训练五

甲股份有限公司为上市公司(以下简称甲公司),系增值税一般纳税人,适用的增值税税率为 17%。甲公司 2008 年度财务报告于 2009 年 4 月 10 日经董事会批准对外报出。报出前有关情况和业务资料如下:

(1) 甲公司在 2009 年 1 月进行内部审计过程中,发现以下情况:

① 2008 年 7 月 1 日,甲公司采用支付手续费方式委托乙公司代销 B 产品 200 件,售价为每件 10 万元,按售价的 5% 向乙公司支付手续费(由乙公司从售价中直接扣除)。当日,甲公司发了 B 产品 200 件,单位成本为 8 万元。甲公司据此确认应收账款 1 900 万元、销售费用 100 万元、销售收入 2 000 万元,同时结转销售成本 1 600 万元。

2008 年 12 月 31 日,甲公司收到乙公司转来的代销清单,B 产品已销售 100 件,同时开出增值税专用发票,但尚未收到乙公司代销 B 产品的款项。当日,甲公司确认应收账款 170 万元,应交增值税销项税额 170 万元。

② 2008 年 12 月 1 日,甲公司与丙公司签订合同销售 C 产品一批,售价为 2 000 万元,成本为 1 560 万元。当日,甲公司将收到的丙公司预付货款 1 000 万元存入银行。2008 年 12 月 31 日,该批产品尚未发出,也未开具增值税专用发票。甲公司据此确认销售收入 1 000 万元,结转销售成本 780 万元。

③ 2008 年 12 月 31 日,甲公司对丁公司长期股权投资的账面价值为 1 800 万元,拥有丁公司 60% 有表决权的股份。当日,如将该投资对外出售,预计售价为 1 500 万元,预计相关税费为 20 万元;如继续持有该投资,预计在持有期间和处置时形成的未来现金流量的现值总额为 1 450 万。甲公司据此于 2008 年 12 月 31 日就该长期股权投资计提减值准备 300 万元。

(2) 2009 年 1 月 1 日至 4 月 10 日,甲公司发生的交易或事项资料如下:

① 2009 年 1 月 12 日,甲公司收到戊公司退回的 2008 年 12 月从其购入的一批 D 产品,以及税务机关开具的进货退出相关证明。当日,甲公司向戊公司开具红字增值税专用发票。该批 D 产品的销售价格为 300 万元,增值税额为 51 万元,销售成本为 240 万元。至 2009 年 1 月 12 日,甲公司尚未收到销售 D 产品的款项。

② 2009 年 3 月 2 日,甲公司获知庚公司被法院依法宣告破产,预计应收庚公司款项 300 万元收回的可能性极小,应按全额计提坏账准备。

甲公司在 2008 年 12 月 3 日已被宣告知庚公司资金周转困难可能无法按期偿还债务,因而相应计提了坏账准备 180 万元。

(3) 其他资料:① 上述产品销售价格均为公允价格(不含增值税),销售成本在确认销售收入时逐笔结转。除特别说明外,所有资产均未计提减值准备。

② 甲公司适用的所得税税率为 25%。2008 年度所得税汇算清缴于 2009 年 2 月 28 日完成,在此之前发生的 2008 年度纳税调整事项,均可进行纳税调整。假定预计未来期间能够产生足够的应纳税所得额用于抵扣暂时性差异。不考虑除增值税、所得税以外的其他相关税费。

③ 甲公司按照当年实现净利润的 10% 提取法定盈余公积。

要求:

(1) 判断资料(1)中相关交易或事项的会计处理,哪些不正确(分别注明其序号)。

(2) 对资料(1)中判断为不正确的会计处理,编制相应的调整分录。

(3) 判断资料(2)相关资产负债表日后事项,哪些属于调整事项(分别注明其序号)。

(4) 对资料(2)中判断为资产负债表日后调整事项的,编制相应的调整分录。

(逐笔编制涉及所得税的会计分录;合并编制涉及"利润分配——未分配利润"账户、"盈余公积——法定盈余公积"账户的会计分录。答案中的金额单位用万元表示)

拓展训练六

某机械制造有限公司于 2010 年 1 月注册成立进行生产经营,系增值税一般纳税人,该企业采用《企业会计制度》进行会计核算。2010 年应纳税所得额为 -50 万元。2011 年度生产经营情况如下:

(1) 销售产品取得不含税收入 9 000 万元,从事符合条件的环境保护项目的收入为 1 000 万元(第一年取得该项目收入)。

(2) 2011 年利润表反映的内容如下:

① 产品销售成本 4 500 万元,从事符合条件的环境保护项目的成本为 500 万元。

② 销售税金及附加 200 万元,从事符合条件的环境保护项目的税金及附加 50 万元。

③ 销售费用 2 000 万元(其中广告费 200 万元),财务费用 200 万元。

④ "投资收益"账户 50 万元(投资非上市公司的股权投资按权益法确认的投资收益 40 万元,国债持有期间的利息收入 10 万元)。

⑤ 管理费用 1 200 万元(其中业务招待费 85 万元,新产品研究开发费 30 万元)。

⑥ 营业外支出 800 万元(其中通过省教育厅捐赠给某高校 100 万元,非广告性赞助支出 50 万元,存货盘亏损失 50 万元)。

(3) 全年提取并实际支付工资支出共计 1 000 万元(其中符合条件的环境保护项目工资 100 万元),职工工会经费、职工教育经费分别按工资总额的 2%、2.5% 的比例提取。

(4) 全年列支职工福利性支出 120 万元,职工教育费支出 15 万元,拨缴工会经费 20 万元。

(5) 假设:① 除资料所给内容外,无其他纳税调整事项。

② 从事符合条件的环境保护项目的能够单独核算。

③ 期间费用按照销售收入在化工产品和环境保护项目之间进行分配。

要求:计算该公司 2011 年应缴纳的企业所得税。

❖ 学习情境 11　利润业务核算 ❖

知识点回顾：

1. 利润形成业务核算

业务内容	会计处理
营业外收入产生核算	借：银行存款 / 固定资产清理等 　　贷：营业外收入
营业外支出产生核算	借：营业外支出 　　贷：银行存款 / 固定资产清理等
费用、损失结转至本年利润	借：本年利润 　　贷：各费用、损失账户
收入、利得结转至本年利润	借：各收入、利得账户 　　贷：本年利润

2. 利润分配业务核算

业务内容		会计处理
本年利润结转		盈利时： 借：本年利润 　　贷：利润分配——未分配利润 亏损时： 借：利润分配——未分配利润 　　贷：本年利润
利润分配	提取盈余公积	借：利润分配——提取法定 / 任意盈余公积 　　贷：盈余公积
	应付现金股利	借：利润分配——应付现金股利 　　贷：应付股利
	应付股票股利	借：利润分配——转做股本的股利 　　贷：股本 　　　　资本公积——股本溢价
	盈余公积补亏	借：盈余公积 　　贷：利润分配——盈余公积补亏
结转利润分配		借：利润分配——未分配利润 　　　　　　——盈余公积补亏 　　贷：利润分配——提取法定 / 任意盈余公积 　　　　　　——应付现金股利 　　　　　　——转作股本的股利

职业判断能力训练

一、单项选择题

1. 与收益相关的政府补助,用于补偿企业以后期间的相关费用或损失的,收到补助时确认为(　　)。

　　A. 递延收益　　　　　　　　　　B. 营业外收入

　　C. 营业外支出　　　　　　　　　D. 管理费用

2. 下列各项中,经批准计入营业外支出的是(　　)。

　　A. 计算差错造成的存货盘亏　　　B. 管理不善造成的存货盘亏

　　C. 管理不善造成的固定资产盘亏　D. 出售材料结转的成本

3. "本年利润"账户 8 月末贷方余额反映的是(　　)。

　　A. 从年初开始至 8 月末累计实现的净利润

　　B. 8 月份实现的净利润

　　C. 从年初开始至 8 月末累计实现的净收入

　　D. 上年累计未分配利润加上本年从年初开始至 8 月份末累计实现的净利润

4. 下列各项中,不属于利润分配的是(　　)。

　　A. 提取法定盈余公积　　　　　　B. 提取任意盈余公积

　　C. 宣告分派优先股股利　　　　　D. 结转应交所得税

5. 利润总额是指(　　)。

　　A. 主营业务利润加其他业务利润

　　B. 营业利润加营业外收支净额

　　C. 营业利润加投资收益和营业外收支净额

　　D. 主营业务利润加其他业务利润和营业外收支净额

6. 某企业某年主营业务收入 2 000 万元,主营业务成本 1 200 万元,营业税金及附加 100 万元,其他业务利润 200 万元,期间费用 150 万元,投资收益 250 万元,营业外收入 200 万元,营业外支出 250 万元,所得税费用 300 万元。该企业的营业利润为(　　)万元。

　　A. 650　　　　　B. 700　　　　　C. 750　　　　　D. 1 000

7. 某企业 2008 年发生亏损 60 万元,按规定可以用 2009 年度实现的利润弥补。该企业 2009 年实现利润 100 万元弥补了去年全部亏损,2009 年末企业会计处理的方法是(　　)。

　　A. 借:利润分配——盈余公积;贷:利润分配——未分配利润,金额为 60 万元

　　B. 借:盈余公积;贷:利润分配——未分配利润,金额为 60 万元

　　C. 借:利润分配——未分配利润;贷:利润分配——其他转入,金额为 40 万元

　　D. 借:本年利润;贷:利润分配——未分配利润,金额为 100 万元

8. 企业发生的下列与损益有关的事项中,不通过"本年利润"账户核算的是(　　)。

　　A. 利润总额　　　　　　　　　　B. 所得税费用

　　C. 净利润　　　　　　　　　　　D. 以前年度损益调整

9. 企业某年度可供投资者分配的利润是指(　　)。

　　A. 本年净利润

B. 本年净利润减提取的盈余公积

C. 年初未分配利润加本年净利润减提取的盈余公积

D. 年初未分配利润加本年利润

10. 企业于会计期末结账时,应将本期发生的各类支出转入( )。

A. "本年利润"账户借方　　　　B. "本年利润"账户贷方

C. "利润分配"账户借方　　　　D. "利润分配"账户贷方

二、多项选择题

1. 下列各科目,年末无余额的有( )。

A. 管理费用　　　　　　　　　B. 所得税费用

C. 生产成本　　　　　　　　　D. 长期股权投资

2. 下列属于政府补助的主要形式的是( )。

A. 财政拨款　　　　　　　　　B. 财政贴息

C. 税收退还　　　　　　　　　D. 抵免部分税额

3. 下列业务中,能引起企业利润增加的有( )。

A. 收回已确认的坏账　　　　　B. 取得债务重组收益

C. 计提持有至到期投资利息　　D. 收到供应单位违反合同的违约金

E. 溢价发行股票收入的溢价款

4. 下列不需要进行会计处理的业务有( )。

A. 用盈余公积转增资本　　　　B. 用资本公积转增资本

C. 用税前利润补亏　　　　　　D. 用税后利润补亏

5. 以下事项,在利润分配时按先后顺序排列( )。

A. 弥补以前年度亏损　　　　　B. 提取任意盈余公积

C. 提取法定盈余公积　　　　　D. 支付普通股股利

6. 下列各项中,应计入"营业外收入"账户的有( )。

A. 出售固定资产取得的净收益　B. 转让长期股权投资的净收益

C. 赔款收入　　　　　　　　　D. 盘盈存货取得的净收益

7. 下列各项,影响企业利润总额的有( )。

A. 资产减值损失　　　　　　　B. 公允价值变动损益

C. 所得税费用　　　　　　　　D. 营业外支出

8. 在账务处理中,可能与"营业外支出"账户发生对应关系的账户有( )。

A. 待处理财产损溢　　　　　　B. 固定资产清理

C. 银行存款　　　　　　　　　D. 本年利润

9. 股份有限公司采用收购本公司股票的方式减资的,下列说法中正确的有( )。

A. 按股票面值和注销股数计算的股票面值总额减少库存股

B. 按股票面值和注销股数计算的股票面值总额减少股本

C. 按所注销库存股的账面余额减少库存股

D. 购回股票支付的价款低于面值总额的,应按股票面值总额,应冲减"资本公积——股本溢价"账户

10. 下列项目中,减少期末未分配利润的有(　　　　　)。

A. 盈余公积转增资本

B. 超出所得税纳税扣除标准的业务招待费

C. 弥补五年外产生的以前年度亏损

D. 税法不允许抵扣的资产减值损失

三、判断题

1. 投资收益属于利润总额的内容,但不属于营业利润的内容。(　)

2. 企业当年实现的净利润即为企业当年可供分配的利润。(　)

3. 企业在以前年度的亏损尚未弥补完前,不得提取盈余公积。(　)

4. 营业利润是主营业务利润与其他业务利润之和。(　)

5. 影响营业利润的收支项目必然会影响利润总额,但影响利润总额的收支项目不一定会影响营业利润。(　)

6. 企业向股东分派现金股利,不会导致所有者权益总额的变化。(　)

7. 利润是反映了一定会计期间的收入和费用支出相抵之后的经营成果,属于静态的会计要素。(　)

8. 营业外收支与企业正常的生产经营活动无直接关系,偶发性很强,前后不发生联系,但是属于利润总额的组成部分。(　)

9. “本年利润”账户属于损益类账户,所以年终需要转入“利润分配”账户,转账后该账户无余额。(　)

10. 企业利润的会计处理有月结法和账结法两种方法。(　)

职业实践能力训练

一、计算分析题

1. 东方公司 2001 年的有关情况如下:

(1) 本年利润总额为 480 万元,适用的企业所得税税率为 25%。按税法规定本年度准予扣除的业务招待费为 30 万元,实际发生业务招待费为 50 万元,支付的税法罚款 10 万元,国债利息收入 10 万元。假定不存在其他纳税调整因素,也不存在递延所得税。

(2) 公司年初未分配利润为贷方 80 万元。

(3) 按税后利润的 10% 和 5% 计提法定盈余公积和任意盈余公积。

(4) 向投资者宣告分配现金股利 100 万元。

要求:

(1) 计算东方公司 2011 年的所得税费用、净利润,并编制相应的会计分录。

(2) 编制东方公司提取法定盈余公积、任意盈余公积的会计分录。

(3) 计算东方公司 2011 年年末的未分配利润。

(“应交税费”、“盈余公积”、“利润分配”需要写出二级科目,金额用万元表示)

2. 2011 年 7 月 1 日,东方公司将一批商品销售给乙公司,销售价格为 600 万元(不含增值税),商品销售成本为 480 万元,商品已经发出,于当日收到 702 万元。按照双方协议,东方公司将该批商品销售给乙公司后一年后以 660 万元的价格购回。2011 年 7 月 1 日,东方公司确认了销售收入

600万元,并结转相应成本480万元。

要求:更正分录东方公司的会计处理,并计算错误分录对公司利润总额的影响额。

3. 东方公司2010年12月转让一项专利权的使用权,取得当年转让收入15万元存入银行,该专利权账面原价60万元,按直线法在10年内进行摊销。

要求:

(1)编制上述业务的会计分录。

(2)计算上述业务对企业利润总额的影响额。

4. 东方公司2010年12月结转前损益类科目金额如下表(单位万元):

损益科目余额表

科目名称	借方余额	贷方余额
主营业务收入		1 150
主营业务成本	500	
营业税金及附加	20	
投资收益		40
销售费用	40	
管理费用	150	
公允价值变动损益		20
财务费用	20	
资产减值损失	80	
营业外收入		30
营业外支出	10	

要求:

(1)结转东方公司2010年损益账户。

(2)计算东方公司的营业利润、利润总额。

5. 东方公司为一般纳税人,适用增值税率为17%。2011年9月份发生下列经济业务(假设除增值税以外的其他税费不予考虑):

(1)5日销售商品一批,价款300 000元,增值税51 000元,款项尚未收到,该批商品成本为180 000元。

(2)10日取得出租固定资产收入5 000元,款项尚未收回。

(3)11日出售一项专利权,该专利权的账面余额为50 000元,累计计提的摊销金额为25 000元,累计计提的减值准备为5 000元,取得的出售价款为18 000元,款项已收到存入银行。

(4)15日收到货币资金捐赠400 000元。

(5)24日取得出租包装物收入3 000元,款项已收到存入银行。

要求:

(1)根据上述经济业务编制会计分录。

(2)计算本月营业利润、利润总额。

6. 东方公司年初"利润分配——未分配利润"账户余额为贷方10万元,今年产生净利润

100 万元,按照 10% 提取法定公积金,5% 提取盈余公积金,50% 分配现金股利。

要求:

(1) 做今年利润分配的相关分录。

(2) 计算东方公司年末未分配利润是多少。

7. 东方公司 2011 年的税前利润总额为 100 万元,所得税税率为 25%,公司年末利润分配方案为:提取法定盈余公积金 10%;提取任意盈余公积 15%;剩余部分的 70% 向各股东分配股利(假设无纳税调整事项)。

要求:

(1) 对利润分配情况进行计算。

(2) 做利润分配的相关会计分录。

8. 东方公司拥有甲公司 30% 的股权,对甲公司生产经营政策具有重大影响。2010 年,甲公司实现净利润为 2 000 万元,按实现净利润的 10% 提取法定盈余公积,5% 提取任意盈余公积,宣布向投资者支付利润 500 万元。

要求:

(1) 编制甲公司 2010 年有关利润及其分配的会计分录。

(2) 编制东方公司 2010 年投资有关业务的会计分录。

9. 东方公司 2011 年实现净利润 400 万元。2012 年 4 月 2 日,公司通过 2011 年的利润分配方案为:按净利润的 10% 提取法定盈余公积;按净利润的 5% 提取任意盈余公积;分配现金股利 100 万元。2012 年,东方公司发生净亏损 500 万元。

要求:

(1) 编制东方公司利润分配的会计分录。

(2) 结转公司 2012 年的亏损(答案中的金额单位用万元表示)。

10. 东方公司 2011 年度发生的有关交易或事项如下:

(1) 以盈余公积转增资本 5 500 万元。

(2) 向股东分配股票股利 4 500 万元。

(3) 因自然灾害发生固定资产净损失 200 万元。

(4) 持有的交易性金融资产公允价值上升 60 万元。

(5) 持有的可供出售金融资产的公允价值上升 85 万元。

要求:

(1) 做上述东方公司业务 (1) 至 (5) 的会计分录。

(2) 计算上述业务对东方公司 2011 年度营业利润的影响额。

(3) 计算业务对东方公司 2011 年度利润总额的影响额。

(4) 计算业务对东方公司 2011 年度所有者权益的影响额。

二、实务操作题

实训项目	利润业务核算
实训目的	熟悉利润核算及其利润核算的基本职责、业务流程;熟悉并能填制、审核相关原始凭证;学会登记本年利润、利润分配的明细账及相应总账

续表

实训项目	利润业务核算
实训资料	1. 实训企业概况 企业名称:新通光电制品企业 地址:杭州滨江路 101 号 法人代表:杨巡 注册资金:1 000 万元 企业类型:股份有限公司(增值税一般纳税人) 经营范围:塑料、铜管、钢板等各类五金件 纳税人登记号:31685603000021389 开户银行:工行滨江支行 基本账户账号:33011020044783 2. 2010 年 12 月 1 日有关账户余额: "本年利润"账户贷方:2 622 000 元 "利润分配——未分配利润"账户贷方:168 900 元 3. 2010 年 12 月有关业务附后 4. 所需凭证账页:记账凭证(通用或专用凭证)、三栏式明细账页
实训任务	1. 填制各种原始单据,并据以编制记账凭证 2. 登记"本年利润"账户、"利润分配"账户明细账

新通光电制品企业 2010 年 12 月发生以下业务。

业务 1:12 月 1 日,电汇给中国少年儿童基金会 200 000 元,作为公益性捐赠,同时收到基金会的公益性单位接受捐赠统一收据一张,做相应的会计处理。

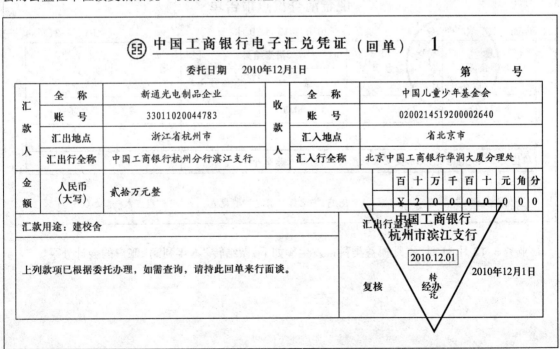

公益性单位接受捐赠统一收据

国财 00201　　　　　（QY财政2M监印）　　　　　　　　（04）No 0033524

财政部监制	捐赠者	新通光电制品企业																第二联 捐赠者
	捐赠项目	中国儿童少年基金会（建校）																
	捐赠金额（实物价值）	大写 零佰贰拾零万零仟零佰零拾零元零角零分																
		小写	200 000.00		佰	拾	万	仟	佰	拾	元	角	分					
							￥	2	0	0	0	0	0	0	0			
	种类（实物）																	
	备注																	
	接收单位（盖章）　　　　审核　　　　经手人 王都　　　　支票号																	

业务 2：12 月 30 日，当期营业结束现金盘点时发现长款 10 000 元，无法查明原因，做相应的会计处理。

现金清查盘点报告单

单位：新通光电制品企业　　　　　　2010 年 12 月 30 日　　　　　BV　　312684

账面余额	实存金额	清查结果		说明
		盘盈	盘亏	
6 523.92	75 233.92	10 000.00		账实不符，原因不明

单位负责人处理意见：无法查明长款原因，同意计入营业外收入。

备注：

财务负责人：李浩　　　　出纳：宋运辉　　　　监盘人：　　　　盘点人：张捷

业务 3：12 月 31 日，本月损益类科目发生额如下，做结转"本年利润"账户的会计分录。

损益科目余额表

科目代码	科目名称	发生额贷方余额	发生额借方余额
6001	主营业务收入	1 800 000	
6051	其他业务收入	40 000	
6101	公允价值变动损益	15 000	
6111	投资收益	8 000	
6301	营业外收入	10 000	
6401	主营业务成本		950 000
6402	其他业务成本	1 873	25 000
6405	营业税金及附加		35 000
6601	销售费用		150 000
6602	管理费用		80 000
6603	财务费用		30 000
6701	资产减值损失		15 000
6711	营业外支出		20 000
6801	所得税		190 000

业务 4:对新通光电制品企业 2010 年的税后利润进行分配:计提法定盈余公积 10%,任意盈余公积 8%,应付利润 40%。填制盈余公积计算表、应付利润计算表,并作出相应的会计分录。

新通光电制品企业应付利润计算表

2010 年

项目	计提比例	计提金额
计提依据(净利润)		
应付利润		

复核: 制表:

新通光电制品企业盈余公积计算表

2010 年

项目	计提比例	计提金额
计提依据(净利润)		
法定盈余公积		
任意盈余公积		

复核: 制表:

业务 5:结转新通光电制品企业 2010 年的本年利润、利润分配。

职业拓展能力训练

拓展训练一

长江股份有限公司系增值税一般纳税人,所得税核算采用资产负债表债务法,所得税率为25%,增值税率为17%。库存材料采用实际成本核算,该公司2011年年初未分配利润为670万元,2011年度发生如下有关经济业务:

(1) 向A公司销售产品一批,增值税专用发票上注明的价款为100万元,增值税为17万,销售成本为60万元,款项尚未收到。

(2) 取得罚款收入6万元,存入银行。

(3) 结转固定资产清理净收益6.8万元。

(4) 以银行存款支付违反税收规定的罚款3万元,非公益性捐赠支出2万元。

(5) 以银行存款支付广告费7万元。

(6) 销售材料一批,该批材料成本为7万元,销售价格为10万元,款项已经收到并存入银行。

(7) 计提本期应负担的城市维护建设税3万元。

(8) 计提本年销售应负担的教育费附加0.1万元。

(9) 计提短期借款利息0.5万元。

(10) 有一成本法核算的长期股权投资——B企业宣告发放现金股利100万元,长江股份有限公司拥有B企业10%的股权(双方的所得税税率相同)。

(11) 计提管理部门使用的固定资产年折旧12.5万元。

(12) 公司本年度发生其他管理费用3万元,已用银行存款支付。

(13) 公司应纳所得税7.5万元(无纳税调整事项)。

要求:

(1) 编制2011年度有关经济业务的会计分录。

(2) 计算长江公司2011年度的营业利润、利润总额、净利润。

(3) 编制损益类科目结转至本年利润、本年利润结转至利润分配的相关分录。

拓展训练二

长江股份公司2011年12月份部分业务如下:

(1) 收到被告支付的赔偿款70 000元存入银行。

(2) 通过银行获得从其他单位分得的利润80 000元。

(3) 支付借款利息30 000元(已预提)。

(4) 本公司各损益账户本期发生额合计如下:主营业务收入、投资收益、营业外收入贷方本期发生额合计分别为1 300 000元、80 000元、75 000元,主营业务成本、营业税金及附加、销售费用、管理费用、财务费用、营业外支出借方余额为920 000元、25 000元、20 000元、160 000元、30 000元、60 000元。

(5) 据计算,企业本月应交所得税60 000元。

要求:

(1) 做业务(1)至(3)的会计分录。

(2) 月底,结转除所得税费用外的各损益账户。

(3) 计提所得税,并将所得税费用转入本年利润。

(4) 将本年利润结转至利润分配。

(5) 按净利润的 10% 计提企业法定盈余公积;按净利润的 8% 分配给投资者现金股利。

(6) 结转利润分配。

拓展训练三

长江股份有限公司(以下简称长江公司)2007 年至 2015 年度有关业务资料如下:

(1) 2007 年 1 月 1 日,长江公司股东权益总额为 46 500 万元(其中,股本总额为 10 000 万股,每股面值为 1 元;资本公积为 30 000 万元;盈余公积为 6 000 万元;未分配利润为 500 万元)。

(2) 2007 年度实现净利润 400 万元,股本与资本公积项目未发生变化。

(3) 2008 年 3 月 1 日,长江公司董事会提出如下预案:按 2007 年度实现净利润的 10% 提取法定盈余公积;以 2007 年 12 月 31 日的股本总额为基数,将资本公积(股本溢价)转增股本,每 10 股转增 4 股,计 4 000 万股。

(4) 2008 年 5 月 5 日,长江公司召开股东大会,审议批准了董事会提出的预案,同时决定分派现金股利 300 万元。2008 年 6 月 10 日,长江公司办妥了上述资本公积转增股本的有关手续。

(5) 2008 年度,长江公司发生净亏损 3 142 万元。

(6) 2009 年至 2014 年度,长江公司分别实现利润总额 200 万元、300 万元、400 万元、500 万元、600 万元和 600 万元。假定长江公司所得税核算采用资产负债表债务法,适用的所得税税率为 25%,无其他纳税调整事项。

(7) 2015 年 5 月 9 日,长江公司股东大会决定以法定盈余公积弥补 2014 年 12 月 31 日账面累计未弥补亏损。

假定:(1) 2008 年发生的亏损可用以后 5 年内实现的税前利润弥补。

(2) 除前述事项外,其他因素不予考虑。

要求:

(1) 编制长江公司 2008 年 3 月提取 2007 年度法定盈余公积和法定公益金的会计分录。

(2) 编制长江公司 2008 年 5 月宣告分派 2007 年度现金股利的会计分录。

(3) 编制长江公司 2008 年 6 月资本公积转增股本的会计分录。

(4) 编制长江公司 2008 年度结转当年净亏损的会计分录。

(5) 计算长江公司 2014 年度应交所得税并编制结转当年净利润的会计分录。

(6) 计算长江公司 2014 年 12 月 31 日账面累计未弥补亏损。

(7) 编制长江公司 2015 年 5 月以法定盈余公积弥补亏损的会计分录。

("利润分配"账户、"盈余公积"账户要求写出明细科目,答案中的金额单位用万元表示)

拓展训练四

长江公司对西湖公司进行长期股权投资,有关资料如下:

(1) 长江公司于 2009 年 1 月 1 日用厂房投资于西湖公司,取得西湖公司 30% 的股权,对西湖公司生产经营政策具有重大影响。投出厂房的账面原价为 3 000 万元,已提折旧 500 万元,未计提资产减值准备;该厂房在投资日的公允价值为 3 200 万元。投资各方约定,按照投入资产的公允价值作为厂房的入账价值;实收资本按照注册资本 10 000 万元的 30% 入账。

(2) 西湖公司 2009 年 5 月分配 2008 年利润,对投资者分配利润共计 400 万元。

(3) 西湖公司 2009 年实现净利润为 2 000 万元,按实现净利润的 10% 提取法定盈余公积,5%

提取任意盈余公积。

（4）2010 年 6 月分配 2009 年利润 500 万元。

（5）2010 年西湖公司发生亏损 1 500 万元。同时，由于可供出售金融资产业务增加资本公积 200 万元。

要求（单位为万元）:（1）编制西湖公司 2009 年和 2010 年有关利润及其分配的会计分录。

（2）编制西湖公司 2009 年接受投资的会计分录。

（3）编制西湖公司 2010 年可供出售金融资产增加资本公积的会计分录。

（4）编制长江公司 2009 年和 2010 年与投资有关业务的会计分录。

拓展训练五

长江公司为一般纳税企业，商品销售价格中均不含增值税额，商品销售成本按发生的经济业务逐项结转。商品销售及提供劳务均为主营业务。长江公司 2009 年 12 月有如下业务:

（1）12 月 1 日，向 A 公司销售商品一批，增值税专用发票上注明销售价格为 500 万元，增值税率为 17%，提货单和增值税专用发票已交 A 公司，款项尚未收取。为及时收回货款，给予 A 公司的现金折扣条件如下：2/10，1/20，N/30（假定计算现金折扣时不考虑增值税）。该批商品的实际成本为 300 万元。

（2）12 月 5 日，收到 B 公司来函，要求对当年 11 月 10 日所购商品在销售价格上给予 10% 的折让（长江公司在该批商品售出时，已确认销售收入 100 万元，但款项尚未收取）。经核查，该批商品存在外观质量问题。长江公司同意了 B 公司提出的折让要求。

（3）通过银行转账向希望工程捐赠 200 万元，收到捐赠收据。

（4）12 月 9 日，收到 A 公司支付的货款，并存入银行。

（5）12 月 12 日，与 C 公司签订一项专利技术使用权转让合同。合同规定，C 公司有偿使用长江公司的该项专利技术，使用期为 5 年，一次性支付使用费 150 万元。长江公司在合同签订日提供该专利技术资料，不提供后续服务。与该项交易有关的手续已办妥，从 C 公司收取的使用费已存入银行。

（6）12 月 22 日，销售材料一批，价款为 30 万元，该材料发出成本为 20 万元，款项已收入银行。

（7）12 月 24 日，转让交易性金融资产取得转让收入 120 万元并存入银行，交易性金融资产账面成本为 85 万元，公允价值变动借方 15 万元。

（8）企业盘盈现金 1.5 万元，转入损溢。

要求（金额单位为万元）:（1）做上述业务（1）至（8）的会计分录。

（2）计算上述业务对公司营业利润的影响额及对利润总额的影响额。

学习情境 12　财务会计报告编制

知识点回顾:

知识内容	编制方法
资产负债表	反映企业特定日期的财务状况反映企业特定日期的财务状况，根据有关账户的期末余额分析填列

续表

知识内容	编制方法
利润表	反映企业一定期间的经营成果,根据有关账户的发生额净额分析填列
现金流量表	反映企业一定期间的现金及现金等价物的流动情况,根据资产负债表和利润表及有关账户分析填列
所有者权益变动表	反映企业特所有者权益的构成及其变动情况反映企业特所有者权益的构成及其变动情况,根据有关账户的发生额分析填列
附注	披露企业相关的会计政策、会计基础等信息

职业判断能力训练

一、单项选择题

1. 资产负债表是反映企业(　　　)的会计报表。

A. 一定时期的财务状况　　　　B. 一定时期的经营成果

C. 某一特定日期的经营成果　　D. 某一特定日期的财务状况

2. 下列账户的贷方余额,以"—"号列入资产负债表左方的有关账户是(　　　)。

A. 应收账款　　　　B. 固定资产清理　　　C. 坏账准备　　　D. 累计折旧

3. 下列项目中,不应列入资产负债表的"存货"项目的是(　　　)。

A. 工程物资　　　　　　　　B. 材料成本差异

C. 委托加工物资　　　　　　D. 委托代销商品

4. 资产负债表中的"应付账款"项目,应根据(　　　)。

A. "应付账款"账户的期末贷方余额和"应收账款"账户的期末贷方余额计算填列

B. "应付账款"账户的期末贷方余额和"应收账款"账户的期末借方余额计算填列

C. "应付账款"账户和"预付账款"账户所属相关明细账户的期末贷方余额计算填列

D. "应付账款"账户的期末贷方余额填列

5. 某上市公司 2011 年初发行在外的普通股 10 000 万股,2011 年 3 月 2 日新发行 4 500 万股,12 月 1 日回购 1 500 万股,以备将来奖励职工。该公司 2011 年实现净利润 2 725 万元。不考虑其他因素,该公司 2011 年每股收益为(　　　)元。

A. 0.272 5　　　　B. 0.21　　　　　C. 0.29　　　　　D. 0.2

6. 下列项目中,不符合现金流量表中现金概念的是(　　　)。

A. 银行本票存款　　　　B. 不能随时用于支付的存款

C. 外埠存款　　　　　　D. 购入 3 个月内到期的国债

7. 下列各项中,不属于筹资活动产生的现金流量的是(　　　)。

A. 收回投资所收到的现金　　B. 吸收投资所收到的现金

C. 分配股利所支付的现金　　D. 借款所收到的现金

8. 所有者权益变动表中"净利润"账户的金额应对应(　　　)账户专栏填列。

A. 实收资本(或股本)　　　B. 资本公积

C. 盈余公积　　　　　　　　D. 未分配利润

9. 某公司因对外捐赠和无法按期支付材料款而计入"营业外支出"账户 50 000 元和 30 000

元,在会计报表附注中应披露(　　　　)。

A. 本期发生额 50 000 元

B. 本期结转额 80 000 元

C. 本期发生额 80 000 元,其中捐赠支出 50 000 元、违约金 30 000 元

D. 影响减少所有者权益金额 80 000 元

10. 企业确认的资产减值损失在利润表计算(　　　　)项目时扣除。

A. 主营业务利润　　　　B. 营业利润　　　　C. 利润总额　　　　D. 净利润

二、多项选择题

1. 我国现行会计制度规定,财务会计报告包括(　　　　　　)。

A. 资产负债表、利润表、现金流量表和所有者权益变动表等

B. 有关附表　　　　C. 会计报表附注

D. 其他应当在财务报告中披露的相关信息和资料

2. 编制资产负债表时,需根据有关资产账户与其备抵账户抵消后的净额填列的项目有(　　　　)。

A. 应收账款　　　　B. 交易性金融资产　　　　C. 固定资产　　　　D. 无形资产

3. 下列项目中,应在资产负债表"存货"账户列示的有(　　　　　　)。

A. 委托加工物资　　　　B. 自制半成品　　　　C. 受托代销商品　　　　D. 在产品

4. 资产负债表中"应收账款"账户包括(　　　　　　)。

A. "应收账款"账户所属明细账户的借方余额

B. "应收账款"账户所属明细账户的贷方余额

C. "坏账准备"账户与其相关的期末余额

D. "预收账款"账户所属明细账户的借方余额

5. "直接计入所有者权益的利得和损失"项目是通过以下哪些明细项目反映的(　　　　　　　)。

A. 可供出售金融资产公允价值变动净额

B. 权益法下被投资单位其他所有者权益变动的影响

C. 与计入所有者权益项目相关的所得税影响

D. 营业外支出

6. 某公司对外提供贷款担保,应在公司会计报表附注中披露(　　　　　　)。

A. 贷款单位的贷款偿还情况

B. 本公司承担的担保责任情况

C. 贷款单位财务状况对贷款偿还的影响情况

D. 因贷款涉及的相关法律状况,如是否被提起诉讼

7. 下列各项中,属于投资活动产生的现金流量有(　　　　　　)。

A. 支付的所得税款　　　　　　　　B. 支付给职工以及为职工支付的现金

C. 取得债券利息收入所收到的现金　　D. 购建固定资产所支付的现金

8. 在采用间接法将净利润调节为经营活动产生的现金净流量时,下列各调整项目中,属于调增项目的有(　　　　　　)。

A. 投资收益　　　　　　　　　　　　B. 固定资产折旧

C. 存货的增加　　　　　　　　D. 经营性应付项目的增加

9. 下列交易或事项中,不影响当期现金流量的有(　　　　　)。

A. 计提固定资产折旧　　　　　B. 发放股票股利

C. 摊销无形资产　　　　　　　D. 以固定资产偿还债务

10. 下列项目中,影响现金流量表中的"购买商品、接受劳务支付的现金"项目的有(　　　　　)。

A. 存货的本年增加额　　　　　B. 支付增值税进项税额

C. 生产车间计提的折旧　　　　D. 应付款项的本年增加额

三、判断题

1. 利润表是反映企业某一时期经营成果的会计报表。(　　)

2. 资产负债表中"应收账款"账户所属明细账户如有贷方余额,应与其他有借方余额的明细账户相抵消,以净额在报表中反映。(　　)

3. 我国企业资产负债表上的资产各项目均按照历史成本计价,在编制资产负债表时无须调整有关资产的价值。(　　)

4. 融资租入的固定资产不包括在资产负债表中的"固定资产"账户中,而应在资产负债表的补充资料中进行反映。(　　)

5. 代销商品款应作为流动负债在资产负债表中单独列示。(　　)

6. 现金流量表除了反映企业与现金有关的经营活动、投资活动和筹资活动外,还要在补充资料里反映不涉及现金收支的重大投资和筹资活动。(　　)

7. 所有者权益变动表是企业某一会计期间内构成所有者权益各组成部分增减变动情况的报表。(　　)

8. 会计报表附注是对企业内部提供会计信息的资料,资产负债表、利润表、现金流量表是对企业外部提供会计信息的资料,因此没必要以表格的形式列示数据资料。(　　)

9. 我国企业利润表的结构是单步式利润表。(　　)

10. 在现金流量表中,如果本期有销售退回的,其实际收到的现金应当在销售商品收到的现金中反映。(　　)

职业实践能力训练

一、计算分析题

1. A 企业"应付账款"账户月末贷方余额 20 000 元,其中:"应付甲公司账款"明细科目贷方余额 30 000 元,"应付乙公司账款"明细科目借方余额 10 000 元,"预付账款"账户月末贷方余额 30 000 元,其中:"预付丙企业账款"明细科目贷方余额 40 000 元,"预付丁企业账款"明细科目借方余额 10 000 元。计算企业月末资产负债中"预付账款"账户和"应付账款"账户的金额。

2. 企业期末结账后,"无形资产"账户的余额为 100 万元,"累计摊销"账户的余额为 20 万元,"无形资产减值准备"账户的余额为 10 万元,计算资产负债表中"无形资产"账户的金额。

3. 某企业期末"工程物资"账户的余额为 100 万元,"发出商品"账户的余额为 50 万元,"原材料"账户的余额为 60 万元,"材料成本差异"账户的贷方余额为 5 万元。"存货跌价准备"账户的余额为 20 万元,假定不考虑其他因素,计算该企业资产负债表中"存货"账户的金额为多少万元。

4. 某企业 2010 年 12 月 31 日"固定资产"账户余额为 2 000 万元,"累计折旧"账户余额为 800 万元,"固定资产减值准备"账户余额为 100 万元,"在建工程"账户余额为 200 万元。计算该企业 2010 年 12 月 31 日资产负债表中"固定资产"账户的金额。

5. 甲公司 2010 年度"主营业务收入"账户的贷方发生额为 5 000 万元,借方发生额为 100 万元(系 10 月发生的购买方退货);"其他业务收入"账户的贷方发生额为 300 万元;"主营业务成本"账户的借方发生额为 4 000 万元,2010 年 10 月 10 日,收到购买方退货,其成本为 60 万元;"其他业务成本"账户借方发生额为 200 万元;2010 年 12 月 10 日,收到销售给某单位的一批产品,由于质量问题被退回,其收入为 60 万元,成本为 40 万元。

要求:根据上述资料,计算利润表中的"营业收入"账户和"营业成本"账户金额。

6. 某公司 2010 年 1 月 2 日发行 4% 可转换债券,面值 800 万元,每 100 元债券可转换为 1 元面值普通股 90 股。2010 年净利润 4 500 万元,2010 年初发行在外普通股 4 000 万股,所得税税率 25%,不考虑其他因素,计算该公司 2010 年稀释的每股收益。

7. 某工业企业为增值税一般纳税企业,适用的增值税率为 17%,所得税率 25%。该企业 2010 年度有关资料如下:

(1) 本年度内发出产品 50 000 件,其中对外销售 45 000 件,其余为在建工程领用。该产品销售成本每件为 12 元,销售价格每件为 20 元。

(2) 本年度内计入投资收益的债券利息收入为 30 000 元,其中,国债利息收入为 2 500 元。

(3) 本年度内发生管理费用 50 000 元,其中业务招待费 20 000 元。按税法规定可在应纳税所得额前扣除的业务招待费为 15 000 元。

(4) 本年度内补贴收入 3 000 元(计入当期营业外收入),按税法规定应交纳所得税。

要求:计算该企业 2010 年利润表中有关项目的金额:

(1) 营业利润。

(2) 利润总额。

(3) 本年度应交所得税。

(4) 净利润。

8. 企业一台设备使用期满作报废清理,设备原值 70 000 元,已提折旧 67 200 元,用银行存款支付清理费 1 000 元,收到残料变卖收入 800 元,计算现金流量表中"处置固定资产所收到的现金净额"项目应填列金额。

9. 甲公司为增值税一般纳税人。2010 年度,甲公司主营业务收入为 2 000 万元,增值税销项税额为 340 万元;应收账款期初余额为 200 万元,期末余额为 300 万元;预收账款期初余额为 100 万元,期末余额为 120 万元。假定不考虑其他因素,计算 2010 年度现金流量表中"销售商品、提供劳务收到的现金"项目的金额。

10. 甲企业当期净利润为 1 200 万元,投资收益为 200 万元,与筹资活动有关的财务费用为 100 万元,经营性应收项目增加 150 万元,经营性应付项目减少 50 万元,固定资产折旧为 80 万元,无形资产摊销为 20 万元。假设没有其他影响经营活动现金流量的项目,计算该企业当期经营活动产生的现金流量净额。

二、实务操作题

实训项目	财务会计报告编制
实训目的	熟悉会计报告岗位的职责及会计报表的种类;明确编制各会计报表的理论依据;熟悉各会计报表的基本结构和填制资料来源;掌握对外报送财务会计报告的程序、要求和方法
实训资料	1. **实训企业概况** 　　企业名称:南京恒申公司 　　地址:玄武区清流路 3 号 　　法人代表:孙丰 　　注册资金:500 万元 　　企业类型:有限责任公司(增值税一般纳税人) 　　经营范围:金属制品 　　纳税人登记号:32012248823391 　　开户银行:工行汉府支行 　　基本账户账号:33011809032591 2. 南京恒申公司销售的产品、材料均为应纳增值税货物,增值税税率17%,产品、材料销售价格中均不含增值税。材料和产品均按实际成本核算,其销售成本随着销售同时结转。 3. 南京恒申公司适用所得税率为25%,采用资产负债表债务法核算所得税。销售商品及提供劳务均为主营业务,资产销售(出售)均为正常的商业交易,采用公允的交易价格结算,除特别指明外,所售资产均未计提减值准备。除增值税与企业所得税外不考虑其他税费。 4. 华达公司为南京恒申公司的联营企业,南京恒申公司对华达公司的投资占华达公司有表决权资本的25%,南京恒申公司对华达公司的投资按权益法核算。 5. 南京恒申公司 2009 年、2010 年有关业务附后 6. 南京恒申公司所需会计报表格式附后
实训任务	1. 编制科目汇总表 2. 编制资产负债表 3. 编制利润表 4. 分析现金流量表主要项目 5. 编制所有者权益变动表

业务 1:(1)南京恒申公司 2009 年 1 月 1 日有关科目余额如下表:

科目名称	借方余额	科目名称	贷方余额
库存现金	500	短期借款	300 000
银行存款	400 000	应付票据	50 000
应收票据	30 000	应付账款	180 000
应收账款	200 000	应付职工薪酬	5 000
坏账准备	−1 000	应交税费	12 000
其他应收款	200	长期借款	1 260 000

续表

科目名称	借方余额	科目名称	贷方余额
原材料	350 000	实收资本	2 000 000
周转材料	30 000	盈余公积	120 000
库存商品	80 000	利润分配(未分配利润)	7 700
长期股权投资——华达公司	600 000		
固定资产	2 800 000		
累计折旧	−560 000		
无形资产	5 000		
合计	3 934 700	合计	3 934 700

(2) 南京恒申公司 2009 年度发生如下经济业务:

① 购入原材料一批,增值税专用发票上注明的增值税税额为 51 000 元,原材料实际成本 30 万元。材料已经到达,并验收入库。企业开出商业承兑汇票。

② 销售给华达公司一批产品,销售价格 4 万元,产品成本 32 000 元。产品已经发出,开出增值税专用发票,款项尚未收到(除增值税以外,不考虑其他税费)。南京恒申公司销售该产品的销售毛利率为 20%。

③ 对外销售一批原材料,销售价格 26 000 元,材料实际成本 18 000 元。销售材料已经发出,开出增值税专用发票。款项已经收到,并存入银行(除增值税以外,不考虑其他税费)。

④ 出售一台不需用设备给华达公司,设备账面原价 15 万元,已提折旧 24 000 元,出售价格 18 万元。出售设备价款已经收到,并存入银行。南京恒申公司出售该项设备的毛利率为 30%(假设出售该项设备不需交纳增值税等有关税费)。华达公司购入该项设备用于管理部门,本年度提取该项设备的折旧 18 000 元。

⑤ 按应收账款年末余额的 5‰计提坏账准备。

⑥ 用银行存款偿还到期应付票据 2 万元,交纳所得税 2 300 元。

⑦ 华达公司本年实现净利润 28 万元,南京恒申公司按投资比例确认其投资收益。

⑧ 摊销无形资产价值 1 000 元;计提管理用固定资产折旧 8 766 元。

⑨ 本年度所得税费用和应交所得税为 42 900 元,实现净利润 87 100 元,计提盈余公积 8 710 元。

要求:

(1) 编制南京恒申公司的有关经济业务会计分录(各损益类科目结转本年利润以及与利润分配有关的会计分录除外。除"应交税费"账户外,其余科目可不写明细科目)。

(2) 填列南京恒申公司 2009 年 12 月 31 日资产负债表的年末数(填入下表)。

资产负债表

编制单位:南京恒申公司　　　　　　　　　　2009 年 12 月 31 日　　　　　　　　　　单位:元

资产	期末余额	负债及所有者权益	期末余额
流动资产:		流动负债:	
货币资金		短期借款	
应收票据		应付票据	

续表

资产	期末余额	负债及所有者权益	期末余额
应收账款		应付账款	
其他应收款		应付职工薪酬	
存货		应交税费	
流动资产合计		流动负债合计	
非流动资产:		非流动负债:	
长期股权投资		长期借款	
固定资产		非流动负债合计	
无形资产		负债合计	
非流动资产合计		所有者权益:	
		盈余公积	
		未分配利润	
		所有者权益合计	
资产合计		负债及所有者权益合计	

业务 2:南京恒申公司 2010 年有关资料如下:

(1) 资产负债表有关账户年初、年末余额和部分账户发生额如下表(单位:万元):

账户名称	年初余额	本年增加	本年减少	年末余额
应收账款	2 340			4 680
应收票据	585			351
交易性金融资产	300		100(出售)	200
应收股利	20	30		10
存货	2 500			2 400
长期股权投资	500	200(以固定资产投资)		700
应付账款	1 755			2 340
应交税费				
应交增值税	250	302(已交)	408(进项税额)	180
应交所得税	30	100		40
短期借款	600	400		700

(2) 利润表有关账户本年发生额如下表(单位:万元):

账户名称	借方发生额	贷方发生额
主营业务收入		4 000
主营业务成本		2 500
投资收益现金股利		10
出售交易性金融资产		20

（3）其他有关资料如下：

交易性金融资产均为非现金等价物，出售交易性金融资产已收到现金，应收、应付款项均以现金结算，应收账款变动数中含有本期计提的坏账准备 100 万元。不考虑该企业本年度发生的其他交易和事项。

要求：计算以下项目现金流入和流出（要求列出计算过程）：

（1）销售商品、提供劳务收到的现金（含收到的增值税销项税额）。

（2）购买商品、接受劳务支付的现金（含支付的增值税进项税额）。

（3）支付的各项税费。

（4）收回投资收到的现金。

（5）分得股利或利润收到的现金。

（6）借款收到的现金。

（7）偿还债务支付的现金。

业务 3：南京恒申公司 2009 年 12 月发生的经济业务及相关资料如下：

（1）12 月 1 日，向 A 公司销售商品一批，增值税专用发票上注明销售价格为 100 万元。增值税额为 17 万元。提货单和增值税专用发票已交 A 公司，款项尚未收取。为及时收回货款，给予 A 公司的现金折扣条件如下：2/10，1/20，N/30（假定现金折扣按销售价格计算），该批商品的实际成本为 75 万元。

（2）12 月 3 日，收到 B 公司来函，要求对当年 11 月 5 日所购商品在销售价格上给予 5% 的折让（南京恒申公司在该批商品售出时，已确认销售收入 200 万元，但款项尚未收取）经查核，该批商品存在外观质量问题，南京恒申公司同意了 B 公司提出的折让要求。当日，收到 B 公司交来的税务机关开具的索取折让证明单，并开具红字增值税专用发票。

（3）12 月 10 日，收到 A 公司支付的货款，并存入银行。

（4）12 月 15 日，与 C 公司签订一项专利技术使用权转让合同。合同规定：C 公司有偿使用南京恒申公司的该项专利技术，使用期为 2 年，一次性支付使用费 100 万元，南京恒申公司在合同签订日提供该专利技术资料，不提供后续服务，与该项交易有关的手续已办妥，从 C 公司收取的使用费已存入银行。

（5）12 月 16 日，与 D 公司签订一项为其安装设备的合同，合同规定，该设备安装期限为 2 个月，合同总价款为 35.1 万元（含增值税额），合同签订日预收价款 25 万元。至 12 月 31 日，已实际发生安装费用 14 万元（均为安装人员工资），预计还将发生安装费用 6 万元。南京恒申公司按实际发生的成本占总成本的比例确定安装劳务的完工程度。假定该合同的结果能够可靠地估计。

（6）12 月 20 日，收到 E 公司退回的商品一批，该批商品系当年 11 月 10 日售出，销售价格为 50 万元，实际成本为 45 万元，售出时开具了增值税专用发票并交付 E 公司，但未确认该批商品的销售收入，货款也尚未收取。经查核，该批商品的性能不稳定，南京恒申公司同意了 E 公司的退货要求，当日，南京恒申公司办妥了退货手续，并将开具的红字增值税专用发票交给了 E 公司。

（7）12 月 20 日，与 F 公司签订协议销售商品一批，销售价格为 800 万元，根据协议，协议签订日预收价款 400 万元，余款于 2010 年 1 月 31 日交货时付清。当日，收到 F 公司预付的款项，并存入银行。

（8）12 月 21 日，收到先征后返的增值税 34 万元，并存入银行。

（9）12 月 23 日，收到国家拨入的专门用于技术研究的款项 50 万元，并存入银行。

（10）12 月 31 日，财产清查时发现一批原材料盘亏和一台固定资产报废，盘亏的原材料实际成本为 10 万元，报废的固定资产原价为 100 万元，累计折旧为 70 万元，已计提的减值准备为 10 万元，原材料盘亏系计量不准所致。

（11）除上述经济业务外，登记本月发生的其他经济业务形成的有关账户发生额如下：

账户名称	借方发生额(万元)	贷方发生额(万元)
其他业务成本		
销售费用		
管理费用		
财务费用		
营业税金及附加		
投资收益		
营业外收入		
营业外支出		

（12）12 月 31 日，计算交纳本月应交所得税（假定本月无纳税调整事项）。

要求：（1）编制南京恒申公司上述（1）至（10）和（12）项经济业务相关的会计分录（"应交税费"账户要求写出明细科目及专栏名称）。

（2）编制南京恒申公司 2009 年 12 月份的利润表（答案中的金额单位用万元表示）。

利　润　表

编制单位：南京恒申公司　　　　　　2009 年度 12 月　　　　　　　　　　单位：万元

项　　目	本期金额
一、营业收入	
减：营业成本	
营业税金及附加	
销售费用	
管理费用	
财务费用	
资产减值损失	
加：公允价值变动收益（损失以"–"号填列）	
投资收益（损失以"–"号填列）	
其中：对联营企业和合营企业的投资收益	
二、营业利润（亏损以"—"号填列）	
加：营业外收入	
减：营业外支出	
其中：非流动资产处置损失	

续表

项　目	本期金额
三、利润总额（亏损总额以"-"号填列）	
减：所得税费用	
四、净利润（净亏损以"-"号填列）	
五、每股收益	
（一）基本每股收益	
（二）稀释每股收益	
六、综合收益	
（一）其他综合收益	
（二）综合收益总额	

业务4：南京恒申公司2010年发生下列业务：

(1) 销售甲产品40 000件，每件销售单价20元，成本15元。

(2) 取得国库券利息收入6 000元。

(3) 发生管理费用29 000元。其中，业务招待费18 000元。按照税法规定可在应纳税所得额前扣除8 000元。

(4) 该公司按净利润的20%计提盈余公积，按净利润的40%向所有者分配。

(5) 用资本公积转增资本300 000。

要求：计算该公司所有者权益变动表中下列有关项目本年增减变动金额，并指出其对应的所有者权益内容。

(1) 净利润。

(2) 利润分配。

(3) 所有者权益内部结转。

业务5：景源有限责任公司设立于2009年1月1日，注册资本400万元。接受甲公司转账支付投资40万元，拥有景源有限责任公司10%的股份。甲公司对景源有限责任公司采用成本法合算。同时，景源有限责任公司对外投资30万元，占被投资单位（与景源有限责任公司所得税率相同）10%的股份，除此之外无其他收益项目。

2009年，景源有限责任公司实现净利润80万元（公司自身生产经营所得），年末按10%计提盈余公积，向投资者分配利润50万元。景源有限责任公司从被投资单位分得3万元，已经转账收妥。

要求：计算该公司所有者权益变动表中下列有关项目本年增减变动金额，并指出其对应的所有者权益内容。

(1) 净利润。

(2) 所有者投入和减少资本。

(3) 利润分配。

职业拓展能力训练

拓展训练一

某公司为增值税一般纳税人,适用的增值税税率为17%。原材料和库存商品均按实际成本核算,商品售价不含增值税,其销售成本随销售同时结转。2010年1月1日资产负债表(简表)资料如下表:

资产负债表(简表)

编制单位:某公司　　　　　　　　　　2010年1月1日　　　　　　　　　　计量单位:万元

资产	年初余额	负债和所有者权益	年初余额
货币资金	320.4	短期借款	200
交易性金融资产	0	应付账款	84
应收票据	24	应付票据	40
应收账款	159.2	预收款项	60
预付项款	0.16	应付职工薪酬	4
存货	368	应交税费	9.6
长期股权投资	480	应付利息	40
固定资产	1 442	长期借款	1 008
在建工程	100	实收资本	1 600
无形资产	204	盈余公积	96
长期待摊费用	50	未分配利润	6.16
资产总计	3 147.76	负债和所有者权益总计	3 147.76

2010年某公司发生如下交易或事项:

(1) 以商业承兑汇票支付方式购入材料一批,发票账单已经收到,增值税专用发票上注明的货款为30万元,增值税额为5.1万元。材料已验收入库。

(2) 委托证券公司购入公允价值为100万元的股票,作为交易性金融资产核算。期末交易性金融资产公允价值仍为100万元。

(3) 计算并确认短期借款利息5万元。

(4) 计算并确认坏账准备8万元。

(5) 计提行政管理部门用固定资产折旧20万元,摊销管理用无形资产成本10万元。

(6) 销售库存商品一批,该批商品售价为100万元,增值税为17万元,实际成本为65万元,商品已发出。甲公司已于上年预收货款60万元,其余款项尚未结清。

(7) 分配工资费用,其中企业行政管理人员工资15万元,在建工程人员工资5万元。

(8) 计提应计入在建工程成本的长期借款利息20万元。

(9) 确认对联营企业的长期股权投资收益50万元。

(10) 计算并确认应交城市维护建设税3万元(教育费附加略)。

(11) 转销无法支付的应付账款30万元。

(12) 本年度实现利润总额54万元,所得税费用和应交所得税均为18万元(不考虑其他因素),提取盈余公积3.6万元。

要求：

(1) 编制某公司 2010 年度上述交易或事项的会计分录（不需编制各损益类账户结转本年利润以及利润分配的有关会计分录）。

(2) 填列某公司 2010 年 12 月 31 日的资产负债表（表格如下，不需列出计算过程）。

("应交税费"账户要求写出明细科目和专栏名称，答案中的金额单位用万元表示)

资产负债表（简表）

编制单位：某公司　　　　　　　　　　2010 年 12 月 31 日　　　　　　　　　　计量单位：万元

资产	期末余额	年初余额	负债和所有者权益	期末余额	年初余额
货币资金		320.4	长期借款		200
交易性金融资产		0	应付账款		84
应收票据		24	应付票据		40
应收账款		159.2	预收款项		60
预付款项		0.16	应付职工薪酬		4
存货		368	应交税费		9.6
长期股权投资		480	应付利息		40
固定资产		1 442	长期借款		1 008
在建工程		100	实收资本		1 600
无形资产		204	盈余公积		96
长期待摊费用		50	未分配利润		6.16
资产总计		3 147.76	负债和所有者权益总计		3 147.76

拓展训练二

丁公司 2010 年有关科目发生额如下表：

科目名称	借方发生额（万元）	贷方发生额（万元）
主营业务收入	150	4 500
主营业务成本	2 400	120
其他业务收入		300
其他业务成本	225	
营业税金及附加	150	
销售费用	75	
管理费用	270	
财务费用	30	
资产减值损失	240	15
公允价值变动损益	60	105
投资收益	90	150
营业外收入		135
营业外支出	60	
所得税费用	450	

要求：根据上述资料，编制丁公司 2010 年度利润表。

利　润　表

编制单位：丁公司　　　　　　　　　　2010 年度　　　　　　　　　　单位：万元

项　　目	本期金额
一、营业收入	
减：营业成本	
营业税金及附加	
销售费用	
管理费用	
财务费用	
资产减值损失	
加：公允价值变动收益（损失以"–"号填列）	
投资收益（损失以"–"号填列）	
二、营业利润（亏损以"–"号填列）	
加：营业外收入	
减：营业外支出	
三、利润总额（亏损总额以"–"号填列）	
减：所得税费用	
四、净利润（净亏损以"–"号填列）	

拓展训练三

资料：某企业 6 月份由于会计人员变动，新来的会计对会计报表的有关知识掌握的不是很全面，在日常业务处理过程中没有发生问题，但在月末编制会计报表时，有些项目无法确定。因而请求你的帮助。该会计编制的不完整的会计报表（简化格式）和提供的相关资料如下：

利　润　表

编制单位：　　　　　　　　　　2010 年 6 月　　　　　　　　　　金额：元

项　　目	行次	本月数
一、营业收入		260 000
减：营业成本		
营业税金及附加		
销售费用		2 000
管理费用		10 000
二、营业利润		
加：营业外收入		20 000
减：营业外支出		
三、利润总额		
减：所得税费用		
四、净利润		

资产负债表

编制单位：　　　　　　　　　　　2010 年 6 月 30 日　　　　　　　　　　金额：元

资产	行次	期末数	负债及所有者权益	行次	期末数
流动资产：			流动负债：		
货币资金		200 000	短期借款		56 540
应收账款		130 000	应付账款		74 000
存货			应付股利		21 000
流动资产小计		440 000	应交税费		
			流动负债合计		218 000
固定资产		700 000	所有者权益：		
			实收资本		535 000
			盈余公积		
			未分配利润		
			所有者权益合计		922 000
资产总计		1 140 000	负债及所有者权益合计		1 140 000

其他相关资料：期初库存材料 37 000 元，本月购进材料 110 000 元，本月为生产产品而发生的直接人工费用 11 000 元，制造费用 8 000 元，期初在产品 40 000 元，期末在产品 24 000 元，期初库存商品 29 000 元，期末库存商品 32 000 元，本月提取的盈余公积金 21 700 元（以前没有结余），期初未分配利润为 304 760 元。该企业本月消耗的材料均为直接材料费。产品销售税率为 5%，所得税率为 25%。

要求：根据上述资料完成利润表和资产负债表的编制。

拓展训练四

乙股份有限公司（本题下称"乙公司"）为增值税一般纳税人，适用的增值税税率为 17%。乙公司 2010 年度有关资料如下表：

（1）部分账户 2010 年年初、年末余额或本年发生额如下表（单位：万元）：

账户名称	年初余额	年末余额	借方发生额	贷方发生额
库存现金及银行存款	1 250	4 525		
应收账款	2 500	4 800		
坏账准备	25	48		
预付账款	215	320		
原材料	800	500		
库存商品	0	700		
其他应收款	240	192		
长期股权投资	800	1 030		
固定资产	11 200	11 320		
无形资产	525	120		

续表

账户名称	年初余额	年末余额	借方发生额	贷方发生额
短期借款	140	120		
应付账款	380	800		
预收账款	200	300		
应付职工薪酬	427.5	547.5		
应付股利	45	25		
应交税费(应交增值税)	0	0		
长期借款	250	1 100		
应付债券	0	1 000		
主营业务收入				8 500
主营业务成本			5 600	
销售费用			253	
管理费用			860	
资产减值损失			20	
财务费用			37	
投资收益				290
营业外收入				10
营业外支出			10	

(2) 其他有关资料如下:

① 应收账款、预收账款的增减变动均为产品销售所引起,且以银行存款结算。本年收回以前年度已核销的应收账款3万元,款项已存入银行。

② 原材料的增减变动均为购买原材料和生产领用所引起;库存商品的增减变动均为生产产品和销售产品所引起。

③ 年末库存商品实际成本700万元,由以下成本项目构成:

原材料成本　　　　　385万元

工资及福利费　　　　225万元(以货币资金结算)

制造费用　　　　　　90万元(固定资产折旧费用60万元;折旧费用以外的其他制造费用均以银行存款支付)

④ 本年销售商品成本(即主营业务成本)5 600万元,由以下成本项目构成:

原材料成本　　　　　3 080万元

工资及福利费　　　　1 800万元(以货币资金结算)

制造费用　　　　　　720万元(固定资产折旧费用480万元;折旧费用以外的其他制造费用均以银行存款支付)

⑤ 购买原材料均取得增值税专用发票,销售商品均开出增值税专用发票。

本年应交增值税借方发生额为1 445万元,其中购买原材料发生的增值税进项税额为538.05万元,已交税金为906.95万元;贷方发生额为1 445万元(均为销售商品发生的增值税销项税额)。

⑥ 其他应收款年初余额为240万元,为预付公司办公楼租金(经营租赁)。本年以银行存款预

付该办公楼租金 240 万元,本年累计摊销额为 288 万元。

⑦ 本年以某商标向丙公司投资,享有丙公司可辨认净资产公允价值的份额为 150 万元,采用权益法核算。该商标权投出时的账面余额为 150 万元。本年根据丙公司实现的净利润及持股比例确认投资收益 80 万元(该投资收益均为投资后实现的,丙公司本年未宣告分派现金股利)。

⑧ 本年以银行存款 350 万元购入不需要安装的设备一台。

本年对一台管理用设备进行清理。该设备账面原价为 230 万元,清理时的累计折旧为 185 万元。该设备清理过程中,以银行存款支付清理费用 3 万元,变价收入 38 万元已存入银行。

⑨ 本年向丁公司出售一项专利权,价款 200 万元已存入银行,以银行存款支付营业税 10 万元。该专利权出售时的账面余额为 180 万元。

本年摊销无形资产 75 万元,其中包括:商标权对外投出前的摊销额 20 万元,专利权出售前的摊销额 25 万元。

⑩ 本年借入短期借款 300 万元。本年借入长期借款 850 万元。

⑪ 12 月 31 日,按面值发行 3 年期、票面年利率为 5% 的长期债券 1 000 万元,款项已收存银行。

⑫ 应付账款、预付账款的增减变动均为购买原材料所引起,且以银行存款支付。

⑬ 应付职工薪酬年初数、年末数均与投资活动和筹资活动无关;本年确认的工资及福利费均与投资活动和筹资活动无关。

⑭ 销售费用包括:工资及福利费 215 万元(以银行存款支付);折旧费用 8 万元,其他销售费用 30 万元(均以银行存款支付)。

⑮ 管理费用包括:工资及福利费 185 万元(以银行存款支付);折旧费用 228 万元;无形资产摊销 75 万元;承担预付的租金 288 万元;其他管理费用 84 万元(均以银行存款支付)。资产减值损失包括:计提的坏账准备 20 万元。

⑯ 财务费用包括:支付短期借款利息 15 万元;支付长期借款利息 22 万元。

⑰ 投资收益包括:收到丁公司分来的现金股利 210 万元(乙公司对丁公司的长期股权投资采用成本法核算,分得的现金股利为投资后被投资企业实现净利润的分配额);按照丙公司实现的净利润及持股比例确认的投资收益 80 万元。

⑱ 除上述所给资料外,所有债权的增减变动均以货币资金结算。

要求:填列乙公司 2010 年度现金流量表有关项目的金额。

乙股份有限公司 2010 年度现金流量表有关项目

	项　目	金额(万元)
1	销售商品、提供劳务收到的现金	
2	购买商品、接受劳务支付的现金	
3	支付给职工以及为职工支付的现金	
4	支付的其他与经营活动有关的现金	
5	取得投资收益收到的现金	
6	处置固定资产、无形资产和其他长期资产收回的现金净额	
7	购建固定资产、无形资产和其他长期资产支付的现金	

续表

	项　　目	金额(万元)
8	吸收投资收到的现金	
9	借款收到的现金	
10	偿还债务支付的现金	
11	分配股利、利润和偿付利息支付的现金	

拓展训练五

江岸公司为增值税一般纳税人,适用增值税税率为17%,所得税率25%。该公司2009年12月31日有关账户的余额如下表:

2009 年 12 月 31 日账户余额表

账户名称	借方余额	贷方余额	账户名称	借方余额	贷方余额
库存现金	3 000		短期借款		80 000
银行存款	16 800		应付票据		11 000
应收账款	65 000		应付账款		71 300
坏账准备——应收账款		300	长期借款		150 000
应收票据	6 500		实收资本		280 000
原材料	120 000		资本公积		3 500
材料成本差异		1 200	盈余公积		22 000
库存商品	78 000				
固定资产	380 000				
累计折旧		50 000			
合计	669 300	51 500			617 800

2010 年该公司发生经济业务如下:

(1) 以银行存款支付到期商业汇票款 11 000 元。

(2) 购进原材料 15 000 元,增值税 2 550 元,货款尚未支付。

(3) 上述购进材料验收入库,计划成本 16 500 元。

(4) 接受安居公司转账投资 100 000 元,全部计入实收资本。

(5) 提取固定资产折旧 20 000 元(全部计入管理费用)。

(6) 销售商品收入 100 000 元,增值税 17 000 元,销售成本 60 000 元。货款尚未收到。

(7) 归还短期借款 50 000 元。

(8) 计算应交增值税、所得税、城市维护建设税(税率 5%)、教育费附加(附加率 2%),按 10%提取盈余公积。

要求:

(1) 根据经济业务编制会计分录。

(2) 编制 2010 年度所有者权益变动表。

第三部分

考 核 成 绩

"企业财务会计"课程考核成绩登记表如下：

"企业财务会计"考核成绩登记表

学习情境序号	考核主体	能力考核(70%)				过程考核(30%)									总分
		职业判断能力训练(40%)	职业实践能力训练(40%)	职业拓展能力训练(20%)	合计	考核主体	工作计划	过程实施	职业态度	合作交流	资源利用	组织纪律	小计	折合分值	
学习情境1	教师					教师(60%)									
						小组(40%)									
学习情境2	教师					教师(60%)									
						小组(40%)									
学习情境3	教师					教师(60%)									
						小组(40%)									
学习情境4	教师					教师(60%)									
						小组(40%)									
学习情境5	教师					教师(60%)									
						小组(40%)									
学习情境6	教师					教师(60%)									
						小组(40%)									
学习情境7	教师					教师(60%)									
						小组(40%)									
学习情境8	教师					教师(60%)									
						小组(40%)									
学习情境9	教师					教师(60%)									
						小组(40%)									
学习情境10	教师					教师(60%)									
						小组(40%)									
学习情境11	教师					教师(60%)									
						小组(40%)									
学习情境12	教师					教师(60%)									
						小组(40%)									

第四部分

考核评价

"企业财务会计"课程考核评价如下：

"企业财务会计"考核评价表

学习情境序号	自我评价	教师评语
学习情境 1		
学习情境 2		
学习情境 3		
学习情境 4		
学习情境 5		
学习情境 6		
学习情境 7		
学习情境 8		
学习情境 9		
学习情境 10		
学习情境 11		
学习情境 12		

会计资源库及经管实一体化课程平台使用说明：

1. 登录高等职业教育教学资源中心http://www.cchve.com.cn，获取课程资源。
2. 登录经营专业理实一体化课程平台http://hve.hep.com.cn，点击按钮。登录方法：请使用本书封底标签上防伪明码作为登录账号，防伪密码作为登录密码。注意事项：①本账号有效学习时间50小时，到期账号失效；②本账号过期作废，有效登录时间截至2015年12月31日。

课程咨询电子邮箱：songchen@hep.com.cn
咨询电话：（010）58581854
技术支持电子邮箱：gaojiaoshe@itmc.cn
咨询电话：（010）68208490